W0271518

rowohlt
HUNDERT AUGEN

Max Annas

BERLIN, SIEGESALLEE

Roman

ROWOHLT HUNDERT AUGEN

Originalausgabe
Veröffentlicht im Rowohlt Verlag, Hamburg, Februar 2024
Copyright © 2024 by Rowohlt Verlag GmbH, Hamburg
Satz Guyot Text bei Pinkuin Satz und Datentechnik, Berlin
Druck und Bindung GGP Media GmbH, Pößneck
ISBN 978-3-498-00316-6

Die Rowohlt Verlage haben sich zu einer nachhaltigen Buchproduktion verpflichtet. Gemeinsam mit unseren Partnern und Lieferanten setzen wir uns für eine klimaneutrale Buchproduktion ein, die den Erwerb von Klimazertifikaten zur Kompensation des CO_2-Ausstoßes einschließt.
www.klimaneutralerverlag.de

FSC
www.fsc.org
MIX
Papier | Fördert gute Waldnutzung
FSC® C014496

1.

MÄRZ 1914

Ohne diese eine Begegnung wäre das alles nicht geschehen.

Joseph hatte das recht schnell erkannt. Denn gibt es nicht diese Momente, in denen sich alles verändert? In den allermeisten Fällen spürt man dies freilich erst im Nachhinein, wenn nichts mehr rückgängig zu machen ist. Nur selten ist da etwas im Augenblick selbst zu spüren, in dem ein Ereignis oder eine Begegnung stattfindet.

Wie hier in diesem Moment.

Seien wir gerecht. Aus einer Kränkung erwächst mitunter Großes, das wusste auch Joseph. Diese Begegnung hatte nur stattfinden können, weil einem menschlichen Geschöpf Unrecht widerfuhr.

Und seien wir auch ehrlich. Die Begegnung, die Joseph für den Rest seines Lebens im Herzen tragen sollte, hätte später oder unter anderen Umständen geschehen können. Einen Tag oder zwei, vielleicht zwei Wochen oder gar drei, vier Monate später.

Möglicherweise mit vertauschten Rollen. Doch gleich unter welchen Umständen sie sich ereignet hätte, sie wären nicht aneinander vorbeigelaufen, ohne dem anderen mindestens eine stumme Bekundung des Respekts zu erweisen. In jenem Moment, in dem Joseph ihn zum ersten

Mal erblickte, stand Friedrich Smith am Straßenrand, still wie eine Statue. Kaum nur hatte er wahrgenommen, wie dem Manne mitgespielt worden war. Auf seinem Spaziergang war er langsam näher gekommen, als der Omnibus gehalten hatte, um seine Passagiere aufzunehmen. Es hatte sich um eine kleine Ansammlung von Menschen gehandelt, die hinten auf die Plattform gestiegen war, um das Billett zu lösen. Und Friedrich Smith, den Joseph noch nicht kannte und den er auch nicht erkannte in diesem Moment, weil er ihn nur von hinten sah und also nur als einen außergewöhnlich gut gekleideten Herrn wahrnahm, war der Letzte von ihnen.

Weil es nicht weiter wichtig war zu beobachten, wie ein paar Leute, die es sich leisten konnten, den Omnibus bestiegen, wurde Joseph nur am Rande bewusst, was geschehen sein mochte, als Friedrich Smith wieder von der Plattform herunterstieg. Er war vielleicht noch 20 oder 25 Meter von der Haltestelle entfernt und nahm ohne echte Aufmerksamkeit wahr, wie sich Friedrich Smith wieder umwandte und dem Omnibus hinterherblickte.

Dabei stand er ganz still. Und das war es, was Joseph auffiel. Der Mann bewegte sich nicht.

Joseph passierte ihn und drehte sich in der Bewegung leicht nach hinten, als er erkannte, wie der Mann stoßweise ein- und ebenso heftig wieder ausatmete. Aber er sah noch mehr. Und deshalb hielt er mitten im Schritt inne und ging zu Friedrich Smith zurück, dessen Name Joseph immer noch nicht bekannt war.

Neben ihm angekommen, blieb er stehen und sah eine einzige Träne zwischen Nasenflügel und Wange kurz zögern und dann weiterlaufen und sich an der Oberlippe verteilen. Mit der bedächtigen Bewegung seiner Zunge fing Friedrich Smith sie auf. Ganz kurz nur war die Spur noch zu erkennen, auf der diese einsame Träne über die mittelbraune Haut gelaufen war, dann trocknete sie langsam. Friedrich Smith wandte sich Joseph zu und gab mit seinen Augen zu erkennen, dass er wusste, dass der andere genauso wusste.

Natürlich hatte Joseph schon selbst erlebt, was Smith gerade mitmachen musste. Und das mehr als einmal. Der Fahrkartenverkäufer hatte auch ihn schon aus dem Omnibus geworfen. So lange war er noch gar nicht in Deutschland, knapp sieben Monate waren es nun, aber er war schon viermal von der Plattform geschickt worden. Mal wortlos, mal lautstark.

«Joseph Ayang.» Er stellte sich vor, und Friedrich Smith tat es ihm gleich.

Und dann standen sie ein paar Minuten zusammen, ließen einen weiteren Omnibus passieren, ohne aufzuschauen oder gar zu versuchen, eine Fahrkarte zu kaufen. Sie sagten keinen weiteren Ton, spendeten sich trotzdem Trost im gemeinsamen Schweigen.

Irgendwann begann Friedrich Smith dann doch zu reden. Er arbeitete als Bote für ein Herrenoberbekleidungsgeschäft in der Friedrichstraße, das sowohl Konfektionsware als auch Maßkleidung verkaufte, war nun auf dem Weg nach Schöneberg und hatte hier an der Potsdamer Straße umsteigen wollen, um in einer Schneiderei drei bestellte Anzüge abzuholen. Es war ein kleines Geschäft, auf das sich der Besitzer des Ladens, in dem er arbeitete, verließ, wenn er, was mitunter vorkam, mehr Aufträge hatte, als er allein zu bewältigen in der Lage war. Von dem Vorfall würde er natürlich nichts erzählen, betonte Friedrich Smith, als er die kleine Vorstellung beendet hatte.

Nicht, dass Joseph das nicht längst verstanden hatte. Dann erzählte er ihm von einem kleinen Gartenfest, das der Freund Theodor vom Baum am nächsten Tag, einem Samstag, zu veranstalten gedachte. Er fühlte sich heimisch genug im vom-Baum'schen Haushalt, um einen weiteren Gast mitzubringen, zumal einen, der so fein gekleidet war.

Friedrich Smith lächelte ernst und sagte: «Ganz gewiss werde ich kommen. Rechnen Sie bitte mit mir.»

2.

«Nun mach doch», sagte Theodor im Ausgang des Union-Lichtspieltheaters.

Florentine vom Baum sah ihren Bruder im Gegenlicht des späten Nachmittags. Auf dem Kurfürstendamm gingen Menschen auf und ab. Sie wünschte, es wäre schon Abend, weder wollte sie sehen, was sich draußen abspielte, noch von irgendjemandem gesehen werden.

Schon gar nicht gesehen werden.

Theodor kam ihr entgegen. «Was ist?», fragte er. «Du weinst ja.»

Florentine wischte sich durch die Augen. «Ich weine nicht.» Dann richtete sie den Rock und verließ mit ihrem Bruder das Foyer.

Mit einer Handbewegung stoppte Theodor eine Pferdedroschke. «Steglitz», sagte er nur. Florentine ließ sich von ihm auf die Sitzbank helfen und blickte ihn an, als er sich neben sie schwang. «Wir hätten auch eine Motordroschke nehmen können.»

«Sicherlich», sagte er. Nach einer kleinen Pause fuhr er fort. «Doch wer weiß, wie lange man sich noch für diese Art des Transports entscheiden kann. Bei all den Kraftdroschken, die es schon gibt in Berlin. Nenn es Nostalgie.»

Sie hatten den Asta-Nielsen-Film «Die Suffragette» geschaut. Einige von Florentines Freundinnen redeten schon darüber, ohne ihn überhaupt gesehen zu haben. Der Film war für Jugendliche verboten, weil er zeigte, wie Asta Nielsen eine Bombe im Haus eines Politikers versteckte. Und aus anderen Gründen auch. Emilie, die eigentlich gar nicht Emilie hieß, sondern sich nur so nannte, weil sie nicht mehr Katharina gerufen werden wollte, wusste sogar, dass der Film in München die wichtigsten Szenen gar nicht zeigte. Sie waren einfach herausgenommen worden von den Behörden.

Vater hatte von ihrem Plan erfahren und Theodor mitgeschickt. Zuerst war sie empört gewesen, hatte es aber nicht gezeigt. Dann hatte sie die Vorteile dieser Entscheidung gesehen und sich gefügt. Sie war kurz vor ihrem einundzwanzigsten Geburtstag und somit gar nicht befugt, den Film zu sehen. Ihr Bruder hingegen, auch nur drei Jahre älter, aber mit einem markanten Vollbart ausgestattet, würde Florentine ohne weitere Probleme in den Kinosaal bringen.

«Wie bitte?», fragte sie zerstreut. Die Pferdedroschke war gerade auf die Konstanzer Straße abgebogen.

«Wo du nur wieder bist mit deinen Gedanken.» Theodor schüttelte den Kopf so heftig, dass sich der wilde Bart im Fahrtwind bewegte. «Und es ist doch alles gut ausgegangen, nicht wahr.»

Florentine musste den Bruder mit seltsamem Blick begegnet sein, denn er hob die Schultern und sagte: «Der Film. Der hatte doch ein schönes Ende.»

Im letzten Bild war Asta Nielsen von vier kleinen Kindern umgeben – und neben ihr stand der Politiker, den sie beinah mit der Bombe getötet hatte. Florentine war sich nicht ganz sicher, ob sie das Ende tatsächlich schön fand, wie Theodor es nannte. Sie war sich auch nicht sicher, ob sie vier Kinder haben wollte. Oder ob sie überhaupt welche bekommen wollte. Emilie hatte das in der vergangenen Woche einmal leise flüsternd erzählt. «Stell dir das nur einmal vor», hatte sie gesagt, als sie zum Tee zu Besuch war. Und dann hatte sie sich umgeblickt. Denn was es zu sagen gab, musste niemand mithören. «Stell dir vor, du könntest allein entscheiden.» Und bevor Florentine die Zeit gefunden hatte, nachzufragen, was sie damit meinte, hatte Emilie es schon erklärt. Und sie hatte, nicht zum ersten Mal, eine ganze Reihe von Ideen aufgezählt, über die sie schon lange nachgedacht hatte. Dass Frauen wählen durften, gehörte sowieso dazu. Jetzt redete sie zum ersten Mal auch über Kinder. «Stell dir also vor, dass du das selbst entscheidest, ob du welche haben willst oder nicht.»

«Aber dann will mich vielleicht niemand heiraten.»

Florentine hatte gewusst, dass der Satz Emilie nicht gefallen würde. Sie bereute ihn auch umgehend. Dabei hatte sie doch schon tatsächlich zwei Angebote abgelehnt, hinter denen, wie sie vermutete, eher der Vater gestanden hatte als die beiden Herren, die um ihre Hand angehalten hatten.

Emilie, die von ihrer Familie nach wie vor Katharina genannt wurde, war aber auch mutig. Auf den dummen Satz antwortete sie erst gar nicht, sondern goss sich noch eine Tasse Tee ein. Sie hatte sich vor ein paar Monaten mit einem Mittel, das im Garten gegen Ungeziefer eingesetzt wurde, die Kopfhaut eingerieben, bis sie Blasen geworfen hatte. Der einzige Weg, die aufgetretene Krankheit zu kurieren, hatte darin bestanden, zunächst einmal das lange blonde Haar abzuschneiden. Und das war das Ziel der Operation gewesen. Die Kopfhaut war dann auch schnell wieder geheilt. Aber die Haare waren weg. Und seitdem wuchsen die Haare auf Emilies Kopf nicht mehr wirklich nach.

Florentine hatte den Eindruck, dass ihre Freundin es schaffte, mit einer gewissen Regelmäßigkeit die Schere an ihre Frisur anzusetzen, die seit Längerem knapp unter dem Ohr endete.

«Mir hat nicht gefallen», sagte Florentine und blickte Theodor in die Augen, denn das war nun eine ernsthafte Diskussion, «dass die Suffragetten so ...», sie musste überlegen, welches Wort ihr hier passend erschien, «so garstig sind. Sie wollen doch nur das Gute für die Frauen.»

Die kurz erhobene Hand, die lieblos Luft verdrängt in ihre Richtung, war etwas, das sie gut kannte von Theodor.

Als er gerade lesen gelernt hatte, hatte er damit begonnen, so auf die kleine Schwester zu reagieren. Er wusste es besser. Wie hier und heute. «Das kannst du doch nicht ernst nehmen. Florentine.»

Dann atmete er tief ein und überlegte, wie er fortfahren sollte. Sie versuchte erst gar nicht, ihn davon abzuhalten. Zu deutlich war die Einleitung gewesen. Auch das war ihr wohlbekannt. Es war eine Frage der Satzzeichen. Eine der gesprochenen Satzzeichen. Weniger schwerwiegend wäre gewesen, wenn er in einem Fluss gesagt hätte: «Das kannst du doch nicht ernst nehmen, Florentine.» Mit einem im Sprachverlauf ausgesprochenen Komma. Dann hätte er ohne längere Pause schnell weitergeredet, um eine alltägliche Argumentation auf alltägliche Weise hinter sich zu bringen.

Hier hatte Theodor aber einen Punkt gesprochen.

Punkt. Florentine. Punkt.

Es war tatsächlich eine Frage der Satzzeichen. Nach dem Satzende musste ihr Name dann umso deutlicher intoniert werden. Flo-Ren-Ti-Ne. Mit dem gezogenen und ins Laute wachsenden Vokal in der dritten Silbe. Das hatte er so gemacht, seit er zehn, elf Jahre alt war. Anderen gegenüber hatte er diese Angewohnheit abgelegt, er war allgemein aufgeschlossen und höflich, in ihrer Anwesenheit allerdings benahm er sich immer noch wie der Elfjährige. Jetzt holte Theodor tief Luft.

«Schau mal», sagte er. Auch das kannte sie. «Schau mal. Das ist Kintopp. Das kannst du doch beim besten Willen nicht als seriöse Kunst wahrnehmen. Nichts, aber auch gar nichts daran hat Bestand. Hast du gesehen, wer da so alles im Publikum saß? Na also. Für die einfachen Leute wird das gemacht. Und das ist nicht ganz ungefährlich, wenn ich das sagen darf.»

Die Pferdedroschke hielt vor der vom-Baum'schen Villa. Theodor bemerkte es kaum. «Vater ist übrigens auch der Meinung. Deshalb hat er mich ja gebeten, dich zu begleiten. Erstens kann man nie wissen, was passiert, wenn die Leute, die nicht über so viel Bildung verfügen wie wir, diesen aufwieglerischen Ideen ausgesetzt sind.»

«Aber ...» Weiter kam sie nicht. Aufwieglerisch war doch gar nichts an dem Film, hatte Florentine sagen wollen. Schließlich waren die Suffragetten im Film als geradezu lachhaft verbissene Gestalten dargestellt worden, was sie als ungerecht empfand. Warum taten die Leute das, die so einen Film herstellten?

«Jetzt rede ich, liebe Schwester», sagte Theodor recht barsch. Man war angekommen, und der Droschkenkutscher drehte sich schon herum in Erwartung seiner Bezahlung. «Was wir da gesehen haben, ist ja nichts Natürliches in dem Sinne, dass dort nachvollziehbares menschliches Verhalten gezeigt wird. Diese Suffragetten, das wirst du nicht bestreiten, haben sich der Weibernatur ja geradezu krampfhaft entfremdet. Man findet immer wieder einmal eine, über deren Verhalten man sich nur wundern kann. Du kennst ja die Frau von dem Fabrikanten von Tötingen, man sieht sie nicht oft, aus guten Gründen, und bei ihr sagt man auch, dass sie immer wieder Phasen hat, in denen sie wirklich umnachtet erscheint. Aber was wir eben vorgeführt bekommen haben, geht ja weit darüber hinaus. Das war doch eine ganze ...»

Theodor suchte nach dem passenden Begriff, worüber sich Florentine freute. Das kam immer häufiger vor, wenn er sie belehrte. Sie nahm es als ein gutes Zeichen, dass er sich dabei mehr und mehr anstrengen musste.

«... eine ganze Schar, nein, ich verbessere mich: eine Bande von Weibern, die sich so aufspielt. Und da frage ich dich: Warum sollten Frauen so handeln? Schon gar welche, deren Leben in einem gut situierten Milieu stattfindet. Siehst du, das entspricht nicht dem, was man erwarten kann. Und.»

Auch dies wieder eine Frage der Satzzeichen. Das *und* beinah gebellt, darauf Pause.

«Und!!!», wiederholte Theodor. «Und das ist das Wichtigste. Es liegt einfach nicht in der Natur der Frauen, sich so aufzulehnen. Du musst aus der Geschichte lernen. Wann wäre so etwas je geschehen? Siehst du. Wenn es natürlich wäre, dann hätte es längst und oft stattgefunden.»

Der Kutscher räusperte sich kaum hörbar, aber so, dass Theodor nicht umhinkam, es zu bemerken. Er zog eine Münze aus dem Jackett, reichte sie nach vorne, kletterte vom Wagen und bot Florentine die Hand. Sie stützte sich allerdings auf die Seitenwand der Droschke und sprang so hinab, dass sie mit beiden Füßen zugleich auf dem Boden ankam. Ohne den Bruder anzuschauen, dessen Augen sie freilich im Rücken spüren konnte, ging sie auf das Haus zu.

Beides hatte Florentine ausgiebig geprobt. Sowohl den lockeren Sprung von der Kutsche als auch den strengen Blick Theodors einfach zu ignorieren.

3.

Friedrich Smith spazierte betont langsam durch Steglitz. Er kannte diesen Teil Berlins nicht, obwohl er in der Stadt aufgewachsen war. Genau genommen war Steglitz, auch wenn man das nicht merkte, hinter der Stadtgrenze und gehörte bereits zum Landkreis Teltow. Aber er hatte schon manches Kleidungsstück als Lieferant überbracht und war so in vielen Quartieren unterwegs gewesen.

Nur hier eben nicht. Dabei sah es hier schon ganz städtisch aus. Sogar eine Straßenbahn fuhr gerade mit lautem Quietschen vorbei. Allerdings konnte man mit der Tram nicht durchfahren von Berlin aus, wo er im Herrenoberbekleidungsgeschäft Angermann arbeitete. Smith blieb stehen und drehte sich um die eigene Achse.

Er suchte die Villa der vom Baums. Dieser Kameruner war sich sicher gewesen, dass er ihn zu einem Gartenfest einladen konnte, ohne die Gastgeber konsultiert zu haben. Erstaunlich. Eine halbe Stunde nach ihm, hatte Joseph Ayang empfohlen, solle er dort ankommen. So bliebe ihm genügend Zeit, den neuen Gast anzukündigen. Hoffentlich war der Mann kein Aufschneider.

Smith jedenfalls war neugierig genug, der Einladung zu folgen. Es war aber auch eine bemerkenswerte Begegnung gewesen am vorigen Tag.

Weit konnte sein Weg nun nicht mehr sein. Die Villen hier in der Nähe des Botanischen Gartens standen in überschaubarem Abstand zueinander. Friedrich Smith hatte beeindruckendere Wohngebäude gesehen, die auf größere Grundstücke gebaut worden waren, doch das hier war schon, was er unter reich und vermögend verstand.

Da vorn beugte sich einer zu einem Beet hinab, das einen sattgrünen Rasen vom Trottoir trennte. Den konnte er ja fragen, wo die vom Baums lebten. Obwohl, dachte er, nun nahm er Stimmen wahr und Klavierklänge, eine Gesellschaft. Sicher musste er nur weitergehen und sich umsehen, dann würde er sein Ziel finden.

Kurz bevor er den Gärtner erreichte, erhob dieser sich und drehte sich herum, ganz so, als habe er den Blick auf seinen Rücken gespürt. Friedrich Smith sah einen so großen wie stämmigen schwarzen Mann, dessen Augen sich leicht weiteten, als er den Spaziergänger bemerkte. Smith mochte seinen Schritt kaum merklich verlangsamt haben, grüßte den Mann mit einem leisen Nicken und ging weiter auf die Geräusche zu, die umso lauter wurden, je näher er der benachbarten Villa kam.

Schon konnte er erste Gestalten erkennen, zwei junge Frauen, die nahe der Straße mit einem Glas in der Hand standen und in ein Gespräch vertieft waren, dahinter eine Gruppe älterer Herren, von denen einer drei andere mit erhobenem Zeigefinger belehrte. Aus einem Impuls heraus drehte Smith sich noch einmal um, bevor er die vom-Baum'sche Villa erreichte.

Der stämmige Gärtner hatte ihm hinterhergeblickt. So viel konnte er erkennen. Er blieb selbst auch stehen. Sie betrachteten einander einige Sekunden lang. Der andere in seiner blauen Schürze, grober baumwollener Stoff, feine weiße Streifen darin, kein Fleck darauf zu erkennen. Die Mütze passte farblich zur wollenen Hose, die der

Jahreszeit nicht ganz angemessen schien, schließlich war es warm an diesem späten Märztag. Selbst dem weißen Hemd schien die Arbeit mit Dreck und Pflanzen nichts anhaben zu können. Es leuchtete beinah in der Nachmittagssonne.

Mit einem stummen Gruß, ein kurzes Nicken mit dem Kopf, verabschiedete sich Friedrich Smith vom Gärtner, dieser erwiderte die Geste. Dann wandte sich Smith um und ging gemächlichen Schrittes auf das Anwesen der Familie vom Baum zu.

Das Haus, auf das er blickte, war von seltsamem Geschmack. Fachwerk wie bei einem Bauernhaus, aber doch herrschaftlich anmutend. Der Lehmputz war von erdigem Braun und sah aus, als würde er regelmäßig gereinigt. Drei Stockwerke, gekrönt durch zwei unterschiedlich hohe Türmchen, ließen die Villa so hoch wie breit wirken, was der Umgebung geschuldet sein mochte, in der die Grundstücke eine gewisse Größe alle nicht überschritten. Wer Raum schaffen wollte, musste also in die Höhe bauen.

Einige Blicke waren schon auf ihn gerichtet, wie er einfach dort stand und darauf wartete, dass er auf das Grundstück gebeten wurde. Die der beiden Frauen zum Beispiel, die nah am Trottoir standen. Der gestikulierende ältere Herr starrte ihn ebenfalls an. So viel hatte er gelernt in seinem Leben: Auf ihn wartete niemand bei bürgerlichen Gesellschaften. Er sah aus, wie er aussah, war nicht von Adel und auch nicht von der Garde. Eine junge Frau stand an der Hausecke, die den Übergang zu einer größeren Rasenfläche markierte, wo, das schloss er aus dem Gewirr der Stimmen, weitere Gäste sich die Zeit vertrieben. Irgendwo spielte jemand auf einem Klavier, doch ob das aus dem Haus der vom Baums kam oder aus der Nachbarschaft, mochte er nicht zu sagen. Bach jedenfalls erkannte er. Die junge Frau starrte ihn unverwandt an, offener Blick, voller Neugier, und er wusste nicht, wie er darauf reagieren sollte. Sie trug erstaunlich kurzes Haar, gerade einmal schulterlang, dunkelblond, leicht gewellt, und machte schon einen Schritt auf ihn zu, als Friedrich Smith den Mann erkannte, der ihm an der Bushaltestelle wortlos beigestanden war. Begleitet wurde er von einem ungefähr Gleichaltrigen mit erstaunlich wildem Vollbart. Der Mann, der neben Joseph Ayang auf ihn zugeschritten kam, trug das Kinn so hoch, dass man ihn für den Gastgeber dieser Gesellschaft halten musste.

«Theodor», sagte Joseph Ayang, «darf ich Ihnen Herrn Friedrich Smith vorstellen.» Und dann: «Herr Smith, Theodor vom Baum ist der Gastgeber dieser kleinen Gesellschaft und ein sehr guter Freund. Nur wegen seiner Familie kann ich in Berlin sein.»

«Erfreut», sagte Theodor vom Baum mit breitem Lächeln über seinem mächtigen Bart. «Seien Sie willkommen.»

Friedrich Smith deutete eine Verbeugung an, reichte zuerst dem Gastgeber die Hand, dann Joseph Ayang und folgte den beiden in den Garten, der größer war, als er es erwartet hatte. Abgesehen von den älteren Herren, die er schon bemerkt hatte, waren die meisten Anwesenden in seinem und Theodor vom Baums Alter. Die Frauen in legerer, heller Nachmittagskleidung, die Herren im Alltagsanzug. So fiel er, das wurde ihm schnell klar, doppelt auf. In jedem Fall war er zu formal gekleidet mit Frack, Zylinder und Hemdbrust.

Eine Bedienstete näherte sich mit einem Tablett, auf dem eine Kanne, mehrere Tassen sowie Milch und Zucker zu sehen waren. Geübt goss sie mit einer Hand den dampfenden Tee ein, rührte alles zu einer hellbraunen Melange zusammen und reichte sie Smith.

Auf der Terrasse, hinter dem Haus gelegen, saßen andere Gäste in Korbstühlen. Einige von ihnen hielten Teller in der Hand, auf denen Napfkuchen lag. «Und das ist Mutter», hörte er eine Frau sagen. Die Hand auf der Schulter leitete ihn an, ins Hausinnere zu schauen, wo eine Frau am Flügel saß. Gewiss war es Bach, was sie spielte, aber er vermochte nicht zu sagen, um welches Stück es sich handelte. Nicht mit der Hand auf der Schulter.

«Ich übernehme unseren neuen Gast gerne», sagte die Stimme hinter der Hand. «Ich bin Florentine vom Baum», hörte er, als er sich herumdrehte und das Gesicht erkannte, dass ihn eben noch von der Hausecke aus voller Neugier betrachtet hatte.

«Mutter spielt, damit sie nicht reden muss», sagte Florentine. «So haben alle etwas von ihr. Finden Sie nicht?»

Friedrich Smith antwortete mit Verzögerung: «Sie spielt sehr gut.» Und dann, vielleicht, um die junge Frau zu beeindrucken: «Bach.»

«Sie mögen Bach?»

«Mehr als alles andere», sagte er, was beinah stimmte.

«Mutter spielt die Partita beinah täglich. Und heute schon zum zweiten Mal. Was machen Sie beruflich?»

Smith erzählte von seiner Anstellung bei Angermann, die er seit zweieinhalb Jahren innehatte. Er sagte, der Wahrheit entsprechend, dass er dort sehr zufrieden sei. Und er ließ sich sogar dazu hinreißen, zu erwähnen, dass er mit dem Gedanken spiele, ein eigenes Geschäft zu eröffnen, eine Schneiderei, dass er dafür allerdings Geschäftspartner brauche, da er nicht über genügend Eigenkapital verfüge. Das war eine Untertreibung. Er besaß im Grunde genommen gar keins. «Smith & Partner», sagte er leise und lächelte Florentine an.

Die nickte und blickte in den Salon hinein. Ihre Mutter hatte die Partita beendet und starrte auf die Tasten. «Ich mache gar nichts», sagte Florentine. «Ich warte darauf, dass meine Eltern mir eine gute Partie vorschlagen und ich den Ärmsten dann wieder abblitzen lasse. Sie haben keinen guten Geschmack, wenn es um heiratswillige Herren geht. Meine Eltern, meine ich. Der letzte war wohlhabend und höflich, aber auch schon weit über vierzig Jahre alt. Vielleicht gehe ich in die Kolonien. Da gibt es sicher etwas für mich zu tun. Woher stammen Sie eigentlich?»

«Aus Berlin», antwortete Friedrich Smith. Und weil er mindestens genauso höflich war wie der heiratswillige Herr über vierzig, und weil er wusste, was Florentine als Nächstes fragen würde, woher er denn davor gekommen war, und weil er ihr diese Frage – und sich selbst die Antwort natürlich auch – ersparen wollte, sagte er: «Ich bin hier geboren.»

So konnte Florentine fragen: «In Berlin?» Und das, obwohl die Frage schon beantwortet war.

Und Smith sagte: «Mein Vater war hier Mitte der Achtzigerjahre. Sie haben von der Kongo-Konferenz gehört?»

Er sah, wie Florentine die Teile zusammenlegte und sich die nächste Frage entwickelte. Auch sie ersparte er ihr. «Mein Vater war Kammerdiener eines amerikanischen Delegierten auf der Konferenz. Und meine Mutter hat in dem Hotel gearbeitet, in dem die Delegation untergebracht war.»

Florentine hob zu sprechen an, wurde aber von Theodor und Joseph unterbrochen. «Vater wünscht uns zu sehen», sagte Theodor, woraufhin sich die Geschwister verabschiedeten. «Ich werde Sie ihm noch vorstellen», sagte Theodor im Gehen zu Smith.

«Fühlen Sie sich wohl hier?», fragte Joseph Ayang, als sie schon einige Momente schweigend beieinandergestanden und in den Salon geschaut hatten.

Eine alltägliche Frage, dachte Smith. Gestellt von einem, der immerhin dafür verantwortlich war, dass er hier stand und zusah, wie die Dame des Hauses ein neues Stück zu spielen ansetzte. Das er nicht sofort erkannte. War das Brahms? Es hatte etwas von dessen Gassenhauern.

Smith blickte dem Kameruner in die Augen und nickte. Worte waren nicht nötig.

«Noch Kuchen?», fragte die junge Frau im Hausmädchenkostüm, die eben noch Tee angereicht hatte. Sie nahmen sich beide. Joseph biss in das Stück. Friedrich brach eine Ecke ab und schob sie sich in den Mund. Dann erzählte er von der Begegnung auf dem Hinweg.

Joseph hatte gerade erneut abgebissen und kaute zu Ende, schluckte dann und nickte schon, bevor er begann zu reden. «Deutsch-Südwest», sagte er. «Er ist schon ein paar Jahre hier. Als Diener für besondere Aufgaben, wie man sich hier erzählt.»

«Was bedeutet das?», fragte Smith.

«Er arbeitet im Garten und serviert dem Herrn des Hauses.»

Smith war sich nun sicher, dass sie Brahms zu hören bekamen. Dessen eingängige Melodien waren nichts für ihn. Aber die Leute mochten es, das wusste er. «Und was hat der Hausherr in der Kolonie getrieben? Ist er Kaufmann? Militär?»

«Maler», sagte Joseph.

«Haben Sie je irgendetwas von ihm gesehen?»

«Nichts. Er soll in der Kolonie, in Deutsch-Südwest, Schlachtengemälde angefertigt haben.»

Mittlerweile standen so viele Leute um die Klavierspielerin herum, dass sie kaum noch zu sehen war. Brahms eben.

«Wie schon erwähnt, habe ich keines der Kunstwerke mit eigenen Augen gesehen», sagte Joseph und machte eine Pause, während deren sich Smith fragte, ob der akzentuiert ausgesprochene Begriff *Kunstwerke* in irgendeine Art von Spott getaucht war, «aber ich habe gehört, dass man darauf sieht, wie der Kaiser persönlich die Truppen im Felde gegen die Einheimischen anführt.» Joseph war immer leiser geworden, und Smith merkte kaum, dass der Student Deutsch nicht als Muttersprache gelernt hatte. Das h in *Einheimischen* hatte er komplett verschluckt. Sonst aber war er gut.

«Der Kaiser war nie in Deutsch-Südwest.» Smith antwortete noch leiser als Joseph. Das Gespräch drohte politisch zu werden, da schien ein wenig Vorsicht doch angemessen.

«Natürlich nicht. Auf einem Bild, aber das habe ich nur von Leuten, die behaupten, sie seien vom Künstler persönlich durch das Atelier geführt worden, auf einem Bild also soll er einen Affen auf der Schulter sitzen haben, während er in die Tiefen der Wüste blickt, das Heer im Rücken, die Eingeborenen auf der Flucht. Der Maler selbst, wie gesagt, das weiß ich nicht von ihm selbst, sondern von Leuten, die mir erzählt haben, sie seien im Nachbarhaus gewesen, also er selbst soll sich nicht ganz sicher sein, ob das Bild seiner Majestät gefallen könnte.»

Joseph blickte kurz zu Boden, dann biss er erneut vom Kuchen ab, sah Smith an und neigte den Kopf ganz leicht zur Seite.

Die Frau des Hauses hatte das Brahms-Stück inzwischen beendet. Die Umstehenden applaudierten höflich. «Ihre Majestät», sagte Smith, «hat eine eigenartige Auffassung von Kunst. Vielleicht mag er es doch. Ich für meinen Teil würde es gern sehen.»

«Man lernt nie aus», sagte Joseph. Er steckte sich das letzte Stück Kuchen in den Mund. «Der Mann aus Südwest», Joseph redete unpassenderweise mit vollem Mund, «heißt übrigens Ernst.»

«Ernst?», fragte Smith.

Joseph nickte, während er schluckte. «Ja, wirklich. Ernst.»

4.

«Diese Stadt», sagte der Hauptmann der Feldgendarmerie Spengler. «Diese Stadt», wiederholte er und tippte mit dem Zeigefinger nur ganz kurz das Ende seines Schnurrbartes an, «sie wächst uns über den Kopf. Und allen anderen auch. Das alles hat seine Grenzen. Ich denke, die Menschen werden irgendwann, und bald, hoffe ich, zur Vernunft kommen und sich noch einmal ganz genau überlegen, ob man so leben kann oder eben nicht.»

August Peterhardt stand mit durchgedrücktem Kreuz vor dem Schreibtisch des Hauptmanns. Er war hier, um zuzuhören, und nicht, um die Ausführungen des Vorgesetzten zu kommentieren. Das ergab sich allein aus dem Rangunterschied zwischen Hauptmann Spengler und ihm.

«Überlegen Sie doch mal, Leutnant», fuhr der Hauptmann fort. «Je mehr von denen an einem Ort zusammenleben, desto mehr Probleme gibt es. Und wissen Sie, wie Berlin in den letzten Jahrzehnten gewachsen ist?»

Peterhardt war unsicher, ob diese Frage rhetorischer Natur war oder nicht. Er bereitete sich darauf vor, dem Hauptmann zu antworten. Der Mann war bekannt dafür, seine Umgebung teilhaben zu lassen an den klugen Gedanken, die er sich machte, während er an diesem Schreibtisch saß. Denn das war der Ort, an dem er die überwiegende Zeit seines Berufslebens verbrachte.

Das vor allem unterschied ihn von Peterhardt. Der hatte sich gerade erst abgewöhnt, was Hauptmann Spengler nun schon wieder tat. Mit den Fingern zum Bart zu gehen. Manche drehten ihn sogar vorsichtig nach, was riskant war, wenn man nicht gleichzeitig einen Blick in den Spiegel warf. Er selbst hatte ihn im letzten Jahr nach einigem Nachdenken abgenommen. Nicht dass es mit seinem Aussehen zu tun gehabt hatte. Er war wie alle Männer, denen Haare im Gesicht wuchsen, irgendwann mit der Frage konfrontiert gewesen, ob und wie er sein Barthaar zu zeigen gedachte. Da war die kaiserliche Mode die naheliegendste gewesen. Man bekannte sich zu Herrscher und Reich, zeigte damit, dass man einer von vielen war, und es tat, wenn man ganz ehrlich zu sich war, nicht weh.

Den Bart abzunehmen, war ein Akt, der natürlich bemerkt wurde. Peterhardt war es aber leid gewesen mit seinem starken Bartwuchs. Er kannte Kameraden, die sich zweimal täglich rasieren mussten, um auch am Nachmittag noch so gepflegt auszusehen, wie man es eben sein musste, wenn man einen Beruf hatte wie sie. Grundsätzlich war es ja auch nicht schwierig, sich hin und wieder mit dem Messer rund um den Bart zu fahren, um die gründliche Rasur des Morgens nachzuarbeiten. Aber bei ihm war es schon am frühen Mittag so weit. Es hatte Tage gegeben, da war er an einem Spiegel vorbeigekommen und hatte darin einen Mann gesehen, der den Eindruck vermittelte, deutlich weniger als gut gepflegt zu sein. Und gerade an den Rändern des Bartes, dort wo eine gewisse Akkuratesse absolut nötig war, hatte es dann eben oft gejuckt und war hin und wieder sogar wund geworden.

Und manchmal war man auch unterwegs in der Stadt,

die der Hauptmann gerade mit seinem harten Urteil bedachte. Immer noch war sich Peterhardt nicht sicher, ob er die Stille des Raumes mit einer Antwort füllen sollte. Aber wenn man als Soldat eines lernte, dann war es, nicht zu handeln, wenn man nicht ausdrücklich dazu aufgefordert wurde.

War man denn in der Stadt unterwegs, dann war es nicht so einfach, den stark wachsenden Bart nachzurichten. Wenn man es denn schnell einmal tat, in der Dunkelheit eines Treppenhauses oder im Schatten einer Eiche, dann war die Gefahr groß, den Schnurrbart zu beschädigen. Und mit einem asymmetrischen Kaiser-Bart gesehen zu werden, konnte einem am Ende als Spott ausgelegt werden.

Hauptmann Spengler richtete endlich die runde Brille und brachte den Kopf in die nötige Distanz, um den vor ihm liegenden Zettel lesen zu können. Der Vortrag war also gottlob zu Ende.

Ohne den Bart war er dann schon scheel angeguckt worden. Die Entschuldigung, die er vorgebracht hatte, die immer wieder juckende Haut, die er am besten mit einem Rasierwasser im ganzen Gesicht zu bekämpfen wusste, war in den meisten Fällen als mehr oder weniger glaubwürdig akzeptiert worden. Sein Ruf war ja im Grunde genommen auch tadellos. Und die roten Pusteln, die hin und wieder auf seinem Gesicht aufgetaucht waren, hatten alle wahrgenommen. Trotzdem war es ihm bewusst, dass er sich damit ins Abseits gestellt hatte. Manche Beförderung würde an ihm vorübergehen in den kommenden Jahren. Es war, wie es war.

«Ich stelle Sie ab.» Endlich redete der Hauptmann wieder. «Zeitweise jedenfalls, und das ist nicht offiziell.» Er machte eine Pause und sagte dann: «Ein Schütze auf Urlaub. Im Wedding. Erstochen.» Nun blickte er auf. «Erstochen», wiederholte er und wies mit dem Zeigefinger auf Peterhardt. «Sie sind die Verbindung zwischen der Kriminalpolizei und uns. Sie begeben sich dorthin, jetzt, sofort. Und dann verfolgen Sie die Arbeit der Berliner Polizei, wann immer Sie die Zeit dafür finden.» Er nahm einen Zettel zur Hand und schrieb mit dem Füllfederhalter darauf. «Hier wenden Sie sich ... aber das können Sie auch selbst lesen. Haben Sie diese Verbindungsarbeit schon einmal gemacht?»

Peterhardt schüttelte den Kopf und nahm den Zettel entgegen. Darauf war ein Name zu lesen und eine Zimmernummer. Er wusste, dass es sich um das Präsidium am Alexanderplatz handeln musste.

«Ja ...», sagte Hauptmann Spengler. «Sie wissen auch, dass viele Polizisten von uns kommen. Und es sind zumeist jene, die es hier nicht weit gebracht haben. Entweder weil es ihnen an Ehrgeiz gefehlt hat oder an Intelligenz. Oder ...» Er fasste sich schon wieder an den Bart. «Oder an beidem. Ich erwarte von Ihnen, dass Sie denen auf die Finger gucken. Vorsichtig natürlich. Sie müssen das nicht merken. Und denken Sie selbst nach. Vergessen Sie eines nicht. Die Leute, mit denen Sie zu tun haben werden, haben ihre militärische Ausbildung schon lange vergessen. Sie hingegen werden verstehen, was einen jungen Soldaten in einen Konflikt treiben kann, der ihn letztendlich das Leben kostet.»

«Jawohl», sagte Peterhardt und deutete ein Nicken an.

«Eine Sache noch.» Der Hauptmann machte erneut eine Pause und knetete seine Hände. «Der Tote wurde schon vor vier Tagen aufgefunden. Dass wir nicht unverzüglich informiert worden sind, liegt an folgendem Umstand: Der Mann war komplett entkleidet. Er hat nicht einmal mehr seine Unterwäsche am Leib getragen. Stellen Sie sich das nur vor. Vergessen Sie das nicht, wenn Sie herauszufinden versuchen, wer dafür verantwortlich ist.»

«Gewiss, Hauptmann.» Peterhardt wiederholte das leise Nicken.

«Abtreten.»

5.

«Er ist ein sehr zuvorkommender und höflicher Mann», sagte Adele von Schuld. «Und auch eher gut aussehend.»

Florentine fixierte sie mit den Augen, bis Adele zu Boden blickte. Sie wusste doch, was sie getan hatte. Oder etwa nicht?

Die fünf Freundinnen hatten sich im Salon getroffen. Wie immer. Zum Musizieren. Alle waren leidlich gut am Flügel. Florentine durch den Einfluss ihrer Mutter, die in früheren Jahren in kleinem Kreis auf der Bühne gespielt hatte. Aber auch Adele hatte das Talent und die Zähigkeit, sich durch ein kompliziertes Stück zu arbeiten und es dann vor der Familie aufzuführen. Emilie, die mit bürgerlichem Namen Katharina von Burgmer hieß, und ihr Vater war ganz besonders stolz auf den erst im letzten Jahr verliehenen Adelstitel, er handelte mit tropischen Früchten und belieferte sogar den Hof, war ein außerordentliches Talent am Cello, das sie mit vollem körperlichen Einsatz zu spielen pflegte. Emilies heimliche Leidenschaft war das Rollenspiel, das sie in ihrer Gruppe manches Mal vorführte. Dabei stellte sie stets nur Männer dar, zur großen Belustigung der anderen. Sie hatte sich über die Jahre einen erstaunlichen Fundus an Kleidung und Verkleidungen zugelegt.

Walburga Schlüterhahn war die jüngste der fünf Frauen, mit neunzehn, und die einzige, deren Familie noch nicht vom Kaiser in den Adelsstand versetzt worden war. Das lag vor allem daran, dass die Fabrik ihres Vaters nichts herstellte, was im Deutschen Reich von nationaler Bedeutung oder gar als kriegswichtig betrachtet wurde. Er produzierte Grammophone und Schellackschallplatten, auch solche mit Unterhaltungsmusik. Auf der Violine war Walburga talentiert, aber ihr fehlte der Wille, sich zu vervollkommnen. Beim Musizieren in ihrem kleinen Kreis stockte sie mitunter und wirkte dann enttäuscht über ihr eigenes Unvermögen.

Gitti von Braunberg war vielleicht die talentierteste von allen. Sie spielte Klavier und Violine und hatte darüber hinaus eine ausgebildete Stimme, die sie allerdings nicht immer vorzuführen geneigt war. Bei ihr war es tatsächlich so, dass die Eltern, allen voran der Reifenfabrikant Klausdieter von Braunberg, die Tochter sehr gern als Künstlerin auf den Bühnen der Stadt sehen wollten. Nun betrachtete sich Gitti allerdings mehr als Dichterin, ihre romantischen Verse wurden während der Zusammenkünfte gern gehört.

Vor allem, wenn sie neben ihren niedergeschriebenen Gedichten auch jene vortrug, die sie nur memoriert hatte und die auf gar keinen Fall irgendjemand außerhalb ihres Kreises zu hören bekommen durfte. In diesen Stücken bewies sie eine doch außerordentliche Kenntnis der männlichen Anatomie, und Florentine war immer wieder aufs Neue verwundert darüber, woher diese Kenntnisse stammen mochten. Schließlich war Gitti wie sie alle unverheiratet. Jetzt hatten sie natürlich dieses Problem mit Adele. Sie war die Erste, die dem Werben eines Mannes nachzugeben schien.

«Was meinst du mit eher gut aussehend?» Florentine empfand diese Entwicklung als ernst zu nehmende Bedrohung für ihre Treffen. Diese hatten sich, obwohl offiziell als Runde für Übung und Kulturerziehung eingeführt, Bruder Theodor redete in der Sache gern von den musizierenden Mädchen, still und heimlich als eine Möglichkeit etabliert, mehr und mehr Außermusikalisches zu besprechen, und das meinte eben nicht nur jene Männer, die um die Hand einer von ihnen anhielten, wie in dem heutigen Fall.

«Er trägt keinen Bart», sagte Adele. Das war etwas, das sie tatsächlich ausgiebig diskutiert hatten. Es war ja nicht nur völlig unverständlich, warum Männer den hässlichen Bart des Monarchen zu kopieren suchten, den sie alle verachteten und zugleich auch ein wenig fürchteten. Sie hatten auch alle schon gesehen, zum Beispiel in einem der modernen Filme im Lichtspielhaus, dass sich, die meisten Eltern taten das eher nicht oder vielleicht nur hinter verschlossener Tür, dass sich also Mann und Frau küssten. Florentine hatte noch keine Haltung entwickelt zu dieser

Art körperlicher Nähe, aber ein gezwirbelter Bart, der während der Prozedur an ihren Ohren kitzelte, erhöhte ihre Neugier, es auszuprobieren, nicht.

«Als ob das ausreichte.» Emilie zeigte ihren grimmigsten Gesichtsausdruck. «Welche Position in Papas Fabrik hat er denn inne? Hat er den Militärdienst hinter sich? Und war er schon in den Kolonien?»

Über Männer redeten sie allerdings während ihrer Treffen. Oder vielmehr über die gesellschaftliche Stellung, die Männer ihnen zuwiesen. Schon seit dem letzten Jahr hatten sie immer wieder über diese aufrührerischen Damen in England geredet, die Suffragetten, die ein Wahlrecht für Frauen forderten und dabei in der Wahl ihrer Mittel überhaupt nicht zimperlich waren. Die *Berliner Illustrirte Zeitung* berichtete immer wieder davon.

Und dann war eben der Juni 1913 gekommen, und Emily Davison hatte sich vor den Augen aller auf dem Derby zu Epsom unter das Pferd des englischen Königs geworfen.

Aus Protest.

Aus Protest gegen die Weigerung der Politiker, der männlichen, sich mit den Ideen der Suffragetten auch nur zu beschäftigen. In diesem Juni war es auch gewesen, dass sich Katharina in Emilie umbenannt hatte.

Das Foto von Emily Davison, auf dem so viel gar nicht zu erkennen gewesen war, hatte sie alle tief beeindruckt. Was diese Frau für einen Willen gehabt hatte. Leider war die beeindruckende Geschichte von Emily Davison schnell untergegangen in den Berichten über das Thronjubiläum des Kaisers, das den vorigen Sommer bestimmt hatte.

«Es ist Verrat», hörte sich Florentine sagen, ganz leise.

«Was?» Adeles Stimme klang unsicher. Und obwohl sie nur diese eine Silbe ausgesprochen hatte, war deutlich zu hören gewesen, dass sie gleich in Tränen ausbrechen würde.

«Wenn du das tust.» Florentine blickte sie wieder an. Erneut sah Adele zu Boden. Die ersten Tränen fielen auf den teuren Teppich, den Vater von einer seiner Orientreisen mitgebracht hatte.

«Du wirst es bereuen.» Florentine war erschrocken über ihre eigenen Worte, über die Angriffslust, die aus ihnen sprach. Und sie spürte, dass es den anderen ebenso erging. Adele stand an den Flügel gelehnt, mit gesenktem Kopf und unglücklich über die Aufmerksamkeit, die sie durch ihre Ankündigung erhalten hatte. Gitti hielt auf dem Klavierschemel sitzend den Kopf hoch, schüttelte ihre braunen Locken und schien auszuloten, ob sie Stellung beziehen musste. Walburga hielt sich sitzend an ihrer Violine fest und blickte ins Nirgendwo, während Emilie im Salon auf und ab lief. «Wir haben nichts zu gewinnen», sagte sie langsam.

«Aber wir müssen alle irgendwann ...» Adele zog beim Reden die Nase hoch. Ganz sicher hatte sie gelernt, dass man so nicht vor anderen redete. «Und ihr habt doch auch alle schon in der ...» Jetzt weinte sie richtig.

Wenn sie hatte sagen wollen, dass sie alle schon vor nervösen Männern gestanden hatten, die ihnen, beobachtet vom Vater, mit einem Blumenstrauß in der Hand einen Heiratsantrag gemacht hatten, dann stimmte das nicht ganz. Walburga war dies bisher erspart geblieben. Florentine meinte sich daran zu erinnern, dass Vater von Herrn Schlüterhahn gehört hatte, er müsse seine Töchter ja nicht des Geldes wegen verheiraten, also könne man sich auch Zeit lassen damit.

Sie selbst war auch in einer Position, in der sie sich vorläufig eingerichtet hatte. Die Eltern hatten ihr zwei Herren vorgestellt, die um ihre Hand angehalten, sie aber nicht bedrängt und in ihrer Entscheidung bestärkt hatten, keinem von ihnen zuzusagen. Vielleicht, hatte sich Florentine gedacht, würde sich das irgendwann ändern, beim nächsten oder beim übernächsten Interessenten.

«Du verrätst Emily», sagte Emilie und blieb so stehen, dass sie alle im Blick hatte.

Also. Jetzt hatte sie es gesagt. Florentine war froh, dass es nun ausgesprochen, und auch darüber, dass es nicht von ihr gekommen war.

Verrat.

Adele weinte bitterlich. «Aber ich will mich nicht vor ein Pferd werfen», sagte sie, zog ein Tuch aus dem Ärmel ihres Kleides und wischte sich über Augen und Nase. Sie richtete sich auf und atmete hörbar ein. Dabei zog sie ihr Kleid zurecht. Sie hatte eine Entscheidung getroffen. Es war vielleicht nicht die, zu heiraten, sondern jene, dachte Florentine, den Weg mit ihnen nicht weiterzugehen.

«Das hat auch niemand von dir erwartet», sagte Emilie. «Aber wenn du dich dem Erstbesten hingibst, wird sich nie etwas ändern.»

Walburga zog die Saiten ihrer Violine zurecht. Gitti öffnete und schloss den letzten Knopf am Kleid über ihrer Brust. Und Adele holte erneut Luft. «Er ist nicht der Erstbeste. Aber ja, vielleicht ist Herr von Schmidtheim der Beste, den ich kriegen kann. Er ist höflich und gebildet, er hat mir Fragen gestellt, anders als die anderen vorher. Gut aussehend ist er auch.»

«Und er trägt keinen Bart», sagte Gitti.

«Keinen Bart.» Walburga hatte ihre Violine zu Ende bearbeitet. Florentine vermochte nicht einzuschätzen, ob ihr Kommentar spöttisch gemeint war oder nicht.

«So wird das nichts», sagte Emilie und verließ den Salon. Sie schlug die Tür laut zu, etwas, das im Hause vom Baum praktisch nie passierte.

Adele drückte sich vom Flügel ab und marschierte in die andere Richtung. Sie öffnete die Tür zum Garten hin, hielt kurz inne und trippelte dann davon. Florentine hatte das starke Gefühl, einem Abschied beizuwohnen. Einem, der für immer galt.

«Wollen wir noch etwas spielen?», fragte Gitti, erhielt aber keine Antwort. Walburga erhob sich und packte ihre Violine ein.

Vom Bedürfnis gequält, etwas zu tun, irgendetwas, verließ Florentine den Salon. Sie würde sich erst einmal von Gerlinde in der Küche einen Kaffee machen lassen.

6.

Als er das Trottoir erreichte, blickte sich Friedrich Smith um. Hier war er neulich erst gewesen, in diesem gutbürgerlichen Teil von Steglitz. Er erinnerte sich lebhaft an die Gesellschaft im Haus der vom Baums. An die Diskussionen mit dem Kameruner, dem er begegnet war, als ihm, nicht zum ersten Mal, die Fahrt auf einem der Motorautobusse verwehrt worden war. Und natürlich an die kluge junge Tochter des Hauses, Florentine. Klug, ein wenig vorwitzig, ausnehmend reizvoll auch.

Reiß dich zusammen, Friedrich, sagte er sich. Such dir eine Frau von gleichem Stand und Rang.

Das gute Tuch hatte er gerade zu seinem neuen Besitzer getragen. Der Sohn des Hauses, der mit gierigem Auge und doch leicht verunsichert, wie es gerade die Kinder der Bürger sind, auf den Anzug blickte, hatte irgendetwas im Sinn, das mit dem neuen Kleidungsstück verbunden war. Ein Ball. Ein Antrag. Eine geschäftliche Sache möglicherweise, angestiftet vom Vater. Solcherart Pläne wurden mit ihm nicht geteilt. Er war der Bote.

Zügig war es heute zugegangen. Er hatte keine Eile, zum Angermann'schen Geschäft zurückzufahren. Langsam ging er hügelan. Dort, wo die Straße zu Ende war, musste sich der Botanische Garten befinden, von dem er zwar schon gehört und gelesen, den er aber nie gesehen hatte. Die Promenade, die er nun erreichte, war belebter, als er es erwartet hatte. Drei Kindermädchen mit Anhang, eine ältere Dame, die sich auf einen Stock stützte, zwei Herren im Frack, auch nicht mehr jung, alle genossen sie den Blick über die Schauhäuser und die Anlagen hinter dem hohen Zaun des Botanischen Gartens. Es war ein großes Gelände, die Farben schon satt und reif im beginnenden Frühjahr.

Die Gestalt, die gerade hinter ihm vorbeilief, erkannte er gleich. Groß, aber doch geduckt, kräftig der Leib, die Uniform des Gärtners hatte er abgelegt, er trug nun Wollhose und weißes Hemd zu schweren Arbeitsschuhen. Der Korb, den er in der einen Hand hielt, musste voll sein, so wie er den Arm steif zur Seite hielt. Das dichte Haar rund um den Schädel fiel Smith heute besonders auf. Er fuhr sich über den kahl rasierten Kopf. Was trüge er selbst heute, wäre es ihm nicht schon früh ausgefallen, beginnend an der Stirn? Er war kaum zwanzig Jahre alt gewesen, als er begriff, dass er das Schicksal zahlreicher Männer teilte. Zu dem radikalen Schritt der kompletten Schädelrasur hatte er sich entschieden, als ihm bei der Korrektur der Haarlinie das Messer ausgerutscht war. Weitere Korrekturen hatten es nicht besser gemacht, bis er in einem Akt der Verzweiflung das ganze Haar geschoren hatte. Danach hatte er sich lange im Spiegel betrachtet und beschlossen, dass es so gut war.

Er folgte dem Mann mit dem Korb, der auf der engen Promenade dorthin lief, wo Smith den Eingang zum Garten vermutete. Hier ging es nun wieder bergab. Das leise Klackern musste aus dem Korb kommen, den der Mann vor ihm trug. Glas an Glas, so hörte es sich an. Die Schritte des Gärtners wurden kürzer, vorsichtig blickte er sich um. Dann nahm er noch ein wenig Tempo aus seinen Bewegungen und drehte den Kopf so, dass er im Gehen nach hinten schauen konnte.

Er blieb stehen, stellte den Korb neben sich ab, wobei er erneutes Klackern produzierte, dann richtete er sich auf.

«Sie», sagte er mit tiefer, rollender Stimme. Der Ton passte zu dem großen Brustkorb.

«Ich», entgegnete Smith und blieb zwei Meter vor dem anderen stehen.

«Seit wann verfolgen Sie mich?»

«Oh», sagte Smith. «Ich folge Ihren Schritten, aber dass

ich Sie verfolge, ist ein Trugschluss.» Er steckte die Hände in die Hosentaschen, nahm sie aber sogleich wieder heraus und öffnete sie als Zeichen guter Absichten.

«Sie schulden mir trotzdem eine Erklärung.»

«Ja», sagte Smith und nannte seinen vollen Namen. «Ich bin Bote für das Herrenoberbekleidungsgeschäft Angermann in der Friedrichstraße ...»

«... und wir sind uns vor einigen Tagen schon begegnet», vervollständigte der andere den Satz. Dabei zuckte ein Mundwinkel etwas, gerade so, dass Smith es bemerkte.

«Man nennt mich Ernst.» Er hob den Korb wieder an, wies mit dem Kopf kurz in eine Richtung und setzte seinen Weg fort. Smith folgte ihm.

«Er wartet», sagte Ernst. «Brot, Käse, Wasser, Wein. Vor allem auf den Wein.»

«Der Maler?»

«Ah, man hat geredet, als Sie diese Gesellschaft besucht haben. Ja, der Maler. Erich Schneider heißt er, der Maler. Er braucht den Wein, um seine Schaffenskraft zu erhalten. Und er braucht mich, um ihm den Wein zu bringen. So hat alles seinen Platz. Nicht wahr?»

«Und der Maler ...» Smith konnte den Eingang zum Botanischen Garten schon erkennen. «... der sitzt darin.»

«Er sitzt darin, in einem Gewächshaus, und studiert tropische Pflanzen.»

«Warum tut er das?»

«Weil er den Ruhm des Kaisers mehren will.»

Sie waren zum Stillstand gekommen. Niemand außer ihnen wartete darauf, am Kassenhäuschen ein Billett zu erwerben. «Im Gewächshaus?»

«Wenn er die tropischen Blüten und ihre Pracht verstanden hat, dann überträgt er sie in ein Wandgemälde, das den Kaiser bei seinen Truppen in den Kolonien zeigt. Er wird auf einem Pferd sitzen und sie in eine Schlacht führen gegen die Wilden.»

Ernst verzog bei diesen Worten keine Miene. Smith schwieg.

«Das ist nicht meine Rede», sagte Ernst langsam. «Es ist seine.»

«Ich verstehe.»

«Der Herr wartet auf mich.»

«Kann ich mitkommen?»

Ernst blickte zu Boden, dann drehte er sich um, ließ den Blick über die Anlagen hinter dem Eingang schweifen und wandte sich wieder Smith zu. «Nein. Er würde es nicht gutheißen, uns zusammen zu sehen. Aber ich mache Ihnen einen Vorschlag. Kommen Sie doch mit hinein. Sie müssen natürlich ein Billett erwerben. Folgen Sie mir mit einigem Abstand. Dann können Sie den Herrn sehen. Wenn ich ihn versorgt habe, habe ich vielleicht Zeit, und wir können sprechen.»

Mit den letzten Worten drehte er sich schon ab und verschwand vorbei an dem Billettverkäufer in seinem Holzverschlag im Botanischen Garten. Der Mann, der Friedrich Smith erwartungsvoll anblickte, hatte Ernst mit einem kaum wahrnehmbaren Nicken passieren lassen.

Smith löste ein Billett und folgte Ernst an einem wuchtigen Glasbau vorbei, der Teil eines Ensembles war, eine große Kuppel, umgeben von kleineren Kopien, die durch Gänge miteinander verbunden waren. Ernst betrat eines der Nebengebäude, vergewisserte sich noch in der Tür, dass Smith ihm folgte.

Durch die großen Scheiben konnte Smith beobachten, wie Ernst sich dem Maler näherte, der gleich an der Tür vor einer Staffelei saß. Der Maler ließ den erhobenen Arm mit dem Zeichenstift sinken, als er Ernst neben sich gewahr wurde. Ein kleiner Tisch stand dort. Der Diener räumte geschickt zur gleichen Zeit ab, was dort stand, und tischte auf, was im Korb war. Dann goss er eine dunkle Flüssigkeit in ein Glas, verbeugte sich und zog wieder von dannen.

Smith war beinah wieder am Ausgang angekommen, als Ernst ihn eingeholt hatte: «Lassen Sie uns spazieren gehen», sagte er. Das taten sie dann. Ernst führte durch den Botanischen Garten, zeigte auf dies und jenes am Wegesrand, wies auf eine Anlage mit kolonialen Farnen, wie er sie nannte, und verriet schließlich seinen wirklichen Namen, der recht lang war und den Friedrich Smith zu wiederholen sich nicht in der Lage gesehen hätte. Ernst war schon seit 1909 in Berlin, seine ganze Familie war im Hottentottenkrieg umgekommen, und er hatte nur einen Wunsch: bald wieder in die Kolonie zurückzukehren.

«Warum sind Sie denn mit Herrn Schneider nach Berlin gekommen?», fragte Friedrich Smith, als sie an einem kleinen Sumpfstück stehen geblieben waren.

«Weil er es so wollte.»

«Hat er Sie nicht gefragt?»

«Ich lebte mit der Idee, sein Eigentum zu sein.»

«Und das sind Sie nun nicht mehr?»

«Ich war es nie, aber das musste ich zunächst begreifen.»

«Unterstützt er denn Ihre Rückkehr?»

«Nein, aber das muss mir gleichgültig sein.»

«Warum überhaupt», fragte Smith, «malt er diese Schlachtengemälde? Verkauft er sie gut?»

«Ich glaube nicht. Er redet natürlich nicht darüber. Aber ich habe gehört, dass er sich eine Stelle am Hof erhofft. Als künstlerischer Berater. Und ...» Sie waren wieder am Ausgang angelangt. Ernst blieb stehen.

«Ja?», fragte Friedrich Smith.

«Er hofft außerdem auf die Verleihung eines Adelstitels.»

Als sie den Botanischen Garten verlassen hatten, erzählte Smith über seine Arbeit als Bote, dass er wegen dieser Anstellung die Stadt sehr gut kannte, aber auch, wie wenig Beziehungen er zu deren Bürgern hatte, und er deutete an, dass es ihm schwerfalle, eine Frau zu finden, die seinen Vorstellungen entsprach. Er hatte Bildung und Manieren, war aber weitgehend mittellos, das machte es für einen wie ihn nicht leichter.

Schließlich verabschiedeten sie sich vor dem Grundstück des Malers. Smith versuchte beim Blick auf die vom-Baum'sche Villa, nicht an die Tochter des Hauses zu denken. Er ahnte nicht, dass er schon bald wieder dort zu Gast sein würde.

7.

«Da, sehen Sie.» Der Kriminalpolizist, ein Kommissar, zeigte auf das Foto in der Akte. Es war mittig eingeklebt auf ein weißes Blatt Papier. Die Abstände zu beiden Seiten sowie nach oben und unten waren jeweils genau gleich.

Leutnant Peterhardt meinte, den Geruch des Todes wahrzunehmen. In scharfen Kontrasten war die Leiche eines Mannes zu sehen, der auf dem Boden hinter einem eckig geschnittenen Busch lag, im Winkel einer Ziegelmauer. Die Unterhose trug der Mann immerhin noch, im Gegensatz zu dem, was ihm Hauptmann Spengler berichtet hatte, ansonsten war er tatsächlich unbekleidet.

«Das war doch am Anfang gar nicht zu sehen», redete der Kommissar weiter. «Für uns war das einfach nur ein Toter. Dass der einer von Ihnen war, meine ich.»

«Wie viele Messerstiche?», fragte Peterhardt.

«Fünf wahrscheinlich.»

Peterhardt sah Wunden an Brust, Hals und im Gesicht.

«Mit einem der Stiche hat der Täter die Halsschlagader getroffen. Und weil der Mann nicht bekleidet war, haben wir dann also nicht ...»

Peterhardt nickte. Das war ihm auch klar, dass der nackte Mann zuerst einmal nicht mehr war als ebendas. Ein nackter und darüber hinaus toter Mann. Er merkte, dass er immer noch nickte, stellte das ein und hob den Blick. Der Kommissar sah ihn an mit Augen, die um Verzeihung heischten. Er erkannte den Primat des Militärs über die Polizei an und schämte sich dafür, erst nach vier Tagen erkannt zu haben, dass es sich bei dem Toten um den jungen vermissten Soldaten gehandelt hatte, der kurz davorgestanden hatte, nach Kamerun geschickt zu werden. Alle Zeitungen hatten darüber berichtet. Dabei gab es nichts zu sagen in dem Fall. Erstens lag dieser Fall in der Zuständigkeit der Polizei. Und zweitens machte er dem Kommissar überhaupt keinen Vorwurf.

Im Gegenteil war Peterhardt der Berliner Polizei dankbar, dass sie sich zur Zusammenarbeit bereit erklärt hatte.

«Ich weiß es zu schätzen, dass Sie uns diesen Einblick in Ihre Arbeit gewähren», sagte er.

«Gewiss», sagte der Kommissar und nickte eifrig. «Gewiss. Aber das ist doch selbstverständlich. Wir sind immer froh, wenn wir ...» Er holte Luft. «... wenn wir dem Militär zu Diensten sein können.»

Bevor es noch unangenehmer wurde, dachte Peterhardt, sollte er sich zurückziehen. Er hatte erfahren, was er wissen wollte. Er wusste nun, wo der Mann aufgefunden worden und wie er gestorben war, warum es diese vier Tage gedauert hatte, ihn zu identifizieren, und auch, dass man ihm rätselhafterweise die Kleidung geraubt hatte.

Peterhardt erhob sich, sprach erneut seinen Dank aus und verließ die Dienststube. Sein Besuch würde gewiss dazu führen, dass der Kommissar und seine Kollegen mit gesteigertem Eifer ermitteln würden. Aber er selbst würde den Auffindungsort auf dem Friedhof im Wedding natürlich auch in Augenschein nehmen.

8.

Zuerst die Äpfel aufschneiden. Ernst viertelte die Früchte, entfernte die Schale, gab dann etwas Zucker und Johannisbeerlikör darüber. Die kleine Porzellanschale stellte er schließlich zur Seite.

Vom dunklen Brot hobelte er zwei Scheiben ab, dick, wie der Herr es liebte. Dann butterte er sie großzügig, auch das mochte der Maler, und legte die Scheiben auf ein frisches Küchentuch. Den Tilsiter schnitt er in grobe Würfel, nicht zu klein, nicht zu groß, und nicht von dem ganz frischen, dann platzierte er die Käsewürfel auf dem Brot und band das Tuch mit einem Knoten zusammen. Anschließend wusch sich Ernst die Hände, denn den Geruch des Tilsiters konnte er nicht ausstehen.

Vom geräucherten Speck putzte er vorsichtig die Salzspuren ab und nahm dann das große Messer zur Hand. Kurz blickte er sich in der Küche um, obwohl er wusste, dass er allein war, dann setzte er das Messer an und trennte eine dünne Scheibe vorsichtig vom großen Stück. Er rollte sie zusammen und steckte sie sich in den Mund. An den salzigen Geschmack hatte er sich gewöhnen müssen, und ganz im Ernst, er vermisste das Biltong schon. Trockener als der deutsche Speck, man zerkaute das harte Fleisch langsam und zersetzte es Biss für Biss mit dem Speichel, und war das nicht vielleicht der einzige Punkt, an dem er mit dem Herrn übereinstimmte? Der sagte immer, ach, mein Biltong, dabei war es gar nicht seins, sondern ihres, dachte Ernst. Der Speck war schneller zerkaut, aber er hatte sich daran gewöhnt. Schon waren drei weitere Scheiben geschnitten, so dick wie mein kleiner Finger, sagte der Herr immer, und in mundgerechte Stücke zerteilt. Sie fanden ebenfalls Platz im Knoten eines Küchentuchs. Vom süßen Senf nahm er mehrere Löffel voll und füllte sie in das kleine Porzellantässchen.

Die halbe Tafel Schokolade vom Vortag brach Ernst in Stücke und legte sie in eine Porzellanschale wie jene, in der sich schon die zerteilten Äpfel befanden. Schließlich holte er den Tontopf mit den Salzgurken aus dem Schrank und stellte ihn neben die beiden Schüsseln, die Tasse und die beiden verknoteten Tücher. Die Gurken würde er wahrscheinlich wieder unberührt zurücktragen. Wie an den Vortagen auch. Bring sie trotzdem mit, hatte der Herr gesagt.

Zeit für die Getränke. Er füllte kühles Wasser vom großen in einen kleinen Tonkrug, gab Holunderblütensirup und ein wenig weißen Pfeffer hinzu und verschloss den Krug mit einem Korkstopfen. Eine Gabel für alle Fälle, obwohl sie nicht benutzt werden würde, zwei Servietten, zwei kleine Gläser und den großen Korb, der sich unter dem Tisch befand, stellte er nebeneinander auf. Dann ging er in den Keller.

Solange davon da ist, nur von dem guten von der Ahr. Also trug Ernst die Flasche nach oben, nahm den Korkenzieher zur Hand und entfernte den Korken, ohne ein Geräusch zu machen. Er wusste, dass Rosa, das Dienstmädchen, im ersten Stockwerk zugange war, aber manchmal kam sie doch heimlich und vor allem sehr leise angeschlichen, um nachzusehen, was in der Küche geschah. Also versuchte er, den Ahrwein ganz geräuschlos zu entkorken. Das war nun ein Fall, in dem er auf den Geschmack gekommen war. Es handelte sich aber auch um einen guten Tropfen. Er griff die Flasche am Hals und setzte sie vorsichtig an die Lippen. Ganz langsam ließ er einen Mundvoll laufen, bewegte den Schluck kreisend zwischen Zunge und Wangen und schluckte. Erneut hörte er ins Haus hinein, kein Ton. Dann öffnete er die Hose und füllte vorsichtig auf, was er weggetrunken hatte. Den

Kork wieder im Hals, wendete er die Flasche und schüttelte sachte.

Kurz darauf verließ er das Haus mit dem fertig gepackten Korb und spazierte in Richtung des Botanischen Gartens.

9.

Florentine vom Baum verfolgte die Lieferung der Buttercremetorte von der Treppe aus. Gerlinde, das Dienstmädchen, nahm die Torte in Empfang und platzierte sie auf dem Teewagen. Dann rollte sie die Attraktion des Nachmittags in den Salon.

Die Eingeladenen sollten bald kommen. Florentine hatte die Torte selbst bei der Konditorei in der Schlossstraße in Auftrag gegeben. Buttercreme und Kakao. Die Eltern ließen ihr erstaunlich freie Wahl in der Ausrichtung ihrer kleinen Gesellschaften. «Kleines», hatte Vater vor einigen Monaten noch gesagt, als sie vorsichtig gefragt hatte, ob sie auch selbst in ihrem Namen einladen durfte, über die Teenachmittage mit den Freundinnen hinaus, «das werden unsere Verhältnisse noch hergeben.»

Natürlich hatte sie ihn durchschaut. Das Arrangement hatte zwei Vorteile für die Familie. So blieb alles unter seiner Kontrolle, jedenfalls dachte Vater das. Möglicherweise hoffte er auch, dass bei einer solchen Gesellschaft irgendwann auch einmal ein geeigneter Interessent auftauchen würde für eine Heirat. Florentine hatte Vater als erstaunlich offen erlebt in ihren Ablehnungen der Bewerber. Ihre Freundinnen wussten von deutlicher formulierten Erwartungen zu berichten. Vor allem wenn es darum ging, geschäftliche Verbindungen zu stärken. So war Vater aber nicht.

Noch nicht. Obwohl, dachte Florentine, er war trotz seines Rufes als hart verhandelnder Geschäftsmann nach innen, innerhalb der Familie, ein sehr toleranter Mensch, der ihr wie auch Theodor recht viel Raum ließ.

Emilie wurde vorgefahren. Ihr Vater ließ es sich am Wochenende mitunter nicht nehmen, die Tochter in seinem riesigen Automobil, einem Benz, persönlich zu kutschieren. Meistens wurde sie natürlich von einem Chauffeur begleitet. An der Tür winkte Florentine Herrn von Burgmer zu, der trocken nickte und dann mit tuckerndem Motor davonfuhr.

«Wen hast du denn eingeladen dieses Mal?», fragte Emilie atemlos, noch bevor sie das Haus erreicht hatte. Sie war die Einzige, der sie eine Überraschung angekündigt hatte, ohne allerdings einen Namen zu nennen.

«Nur uns. Und Friedrich Smith.»

«Ein Mann.»

«Versteh dies als Ausnahme. Er erscheint mir interessant.»

«Wie kommt das?» Emilie trat schon in den Salon ein und zeigte auf die Torte.

«Warte. Du wirst ihn gleich sehen.»

Emilie zeigte auf den nächsten Wagen, der vorfuhr, und ging zur Haustür hinaus, als Florentine Theodor und Joseph auf der Terrasse erblickte. Sie hatte die Ankunft des kamerunischen Freundes nicht bemerkt und schritt durch den Salon, um die beiden zu Torte und Kakao einzuladen.

Als sie die Terrassentür erreichte, legte Joseph einen Arm um Theodors Schultern, der den Kopf zur Seite legte. Florentine verharrte mitten in der Bewegung und fühlte sich plötzlich als Eindringling in einem Raum, der ihr verschlossen war.

«Auf gar keinen Fall will ich in so einem Ungetüm sitzen», sagte Joseph. Sie betrachtete die beiden Männer von hinten und ahnte, ohne es genau sehen zu können, dass sie die Hände ineinander verschränkt hielten. «Und dann ist so eines ja abgestürzt vor ein paar Wochen.» Er lachte beinah, als er das sagte.

«Das ist die Zeit», sagte Theodor. «Alles entwickelt sich. Die Zeppeline verkörpern die Zukunft. Fortschritt. Stell dir vor, wir werden alle einmal fliegen.»

Das war Theodor, wie Florentine ihn kannte. Nichts begeisterte ihn so wie die neuesten technischen Entwicklungen. Er hatte ganze Tage am Flugfeld gestanden und diesen Zeppelinen und Flugzeugen dabei zugeschaut, wie sie abhoben und landeten.

«Vielleicht», sagte Joseph.

«Nein, ganz sicher.» Florentine hatte sich mehr als einmal gewundert über die Beziehung der beiden. Schon in der Kolonie hatten sie stets zusammengesteckt. Und die Freundschaft der beiden zueinander war es dann auch, die Vater veranlasst hatte, Josephs Überfahrt zu bezahlen. Sie wunderte sich, was er in Joseph sah.

«Fortschritt», sagte Joseph jetzt und hielt die zweite Silbe hinten offen, «gibt es den nicht nur für den Krieg? Ist nicht jede eurer Erfindungen dazu gemacht, die Welt zu dominieren?»

«Ach», sagte Theodor, und er begann mit der Hand zu gestikulieren, die eben vielleicht noch die Josephs gehalten hatte. «Die Wissenschaft ist doch neutral», fuhr er fort, als Florentine hinter sich Schritte hörte. Sie wandte sich um und sah Friedrich Smith im Salon stehen. Er hatte sich erneut fein herausgeputzt. Auf den Zylinder hatte er dieses Mal verzichtet, dafür trug er einen adretten Anzug, dessen Bein, mit Aufschlag, eng am Fuß zulief und den Blick auf hellbraune Lederschuhe mit Besatz freigab.

Gleich nach ihm kamen auch schon Gitti, Adele und Walburga in den Salon. Gerlinde schnitt die Torte an, der Kakao wurde gereicht, und langsam entwickelten sich Gespräche in wechselnden Grüppchen. Friedrich und Joseph mussten einige Fragen der Freundinnen beantworten. Als die Damen erfuhren, dass Friedrichs Vater in den Vereinigten Staaten lebte, stellte sich allgemeine Begeisterung ein. Dann erzählte Joseph von seiner Familie, davon hatten sie schon gehört, auch davon, dass sein Vater von deutschen Truppen umgebracht worden war. Die Stimmung im Salon war für einige Zeit gedämpfter.

Schließlich verabschiedete sich zuerst Adele, und dann folgten die anderen Freundinnen. Als Theodor den Salon Richtung Terrasse verließ und Gerlinde den Kuchenwagen hinausrollte, blieben Friedrich und Joseph bei ihr stehen. Friedrich Smith berichtete von seiner Begegnung mit Ernst beim Botanischen Garten.

«Jeden Nachmittag?», fragte Joseph, als Friedrich geendet hatte.

Friedrich hob kurz die Schultern: «So habe ich das jedenfalls verstanden. Der Meister braucht seinen Wein, um zu malen.»

«Und Ernst kann Geschichten erzählen über den Hottentottenkrieg?»

«Das ist mein Eindruck. Warum?»

«Mein Vater», sagte Joseph. «Mein Vater hat mich gelehrt», dabei blickte er Florentine an, obwohl er auf Friedrich antwortete, «das war kurz vor seinem Tod, den Deutschen nicht zu widersprechen, wenn sie reden. Aber im Gegenzug, so hat er mir mehr als einmal eingeschärft, solle ich denen zuhören, deren Stimme man unter normalen Umständen nicht hören kann.»

«Ein kluger Mann, der Vater», sagte Friedrich, der jetzt auch Florentine in die Augen sah. «Und wenn dieser Mann tatsächlich jeden Nachmittag im Botanischen Garten ...»

Joseph nickte. «Warten Sie, ich werde mich von Theodor verabschieden.»

«Kommen Sie auch mit, Florentine?» Friedrich hatte den Blick nicht von ihr gewendet.

«Natürlich», sagte sie, ohne lange nachzudenken.

10.

«Ich wünschte, er würde endlich kommen.» Friedrich hatte sich an der Straßenkreuzung hingestellt, von der aus man einen guten Blick auf das Haus der vom Baums hatte.

«Wer?», fragte Ernst, der hinter ihm stand. Es war ausreichend dunkel zwischen dem als Blickfang gedachten

Busch und der Tanne auf dem Grundstück der Meysenbergs. Ausreichend dunkel für ihre Zwecke.

«Mir ist es gleich», sagte Friedrich.

Joseph wartete hinter den beiden, halb in der Tanne verborgen, und fühlte sich auf eine seltsame Weise ruhig. Friedrich war aufgeregt und ständig versucht, aufzubrechen und irgendetwas zu tun, nur um nicht weiter hier zu warten. Ernst war kalt wie ein Lachs auf dem Weg stromaufwärts. Er rührte sich nicht und wirkte wie eine Statue. Auch Friedrichs nervöses Zucken brachte ihn nicht aus der Fassung. Joseph blickte fasziniert zu dem Mann aus Deutsch-Südwest.

«Entweder der eine oder der andere», sagte Friedrich.

Ernst legte ihm eine Hand auf die Schulter. «Wir haben hier einen guten Ort gefunden», sagte er, seine Stimme hatte auch im Flüsterton einen tiefen Klang. «Aber wir sollten Vorsicht walten lassen. Wenn wir aus dem Haus heraus entdeckt werden, aus irgendeinem der Häuser hier, zum Beispiel aus dem des Malers», er zeigte schräg über die Straße, «wird es schwer, unseren Plan umzusetzen.»

Sie waren alle in Schwarz gekleidet, das war die Absprache gewesen. Friedrich Smith in einem unauffälligen Anzug, ohne Rockschöße, und mit Zylinder. Natürlich trug er eine Weste. Ernst hatte eine grobe Hose und ein schwarzes Hemd übergeworfen. Und Joseph hatte einen schon oft getragenen Anzug gefunden, den er eigentlich schon hatte weggeben wollen. Er hatte ihn auf der Überfahrt von Douala nach Hamburg getragen und empfand leise nostalgische Gefühle für das Kleidungsstück. Nur deshalb hatte er noch im Kleiderschrank gehangen. In dem abgetragenen Anzug sah er mehr wie ein Arbeiter aus als wie ein Student der Theologie im Wartestand. Ohnehin war die Kombination mit dem dunkelblauen Hemd, dem einzigen nicht wirklich schwarzen Stück Oberbekleidung, das an ihren Leibern zu sehen war, keine, die er im Alltag gewählt hätte.

Zu sehen war nicht viel. Die Nacht war nun ganz hereingebrochen, und das Warten am Rand des Grundstücks hatte im Grunde genommen schon viel zu lange gedauert.

«Was, wenn beide zur gleichen Zeit auftauchen?» Friedrich war immer noch zu aufgeregt.

Ernst legte ihm erneut die Hand auf die Schulter. «Dann werden wir mit der Situation angemessen umgehen.»

In einiger Entfernung waren Schritte zu hören.

«Da ist er», sagte Friedrich.

«Ru-he», zischte Ernst.

Joseph zog sich beinah in die Äste der Tanne zurück und beobachtete die beiden anderen, während sich die Schritte näherten. Friedrich mit den Händen in den Hosentaschen, um sie an einem Ort zu haben, wo er sie gar nicht erst bewegen konnte. Selbst hier, weit entfernt von der nächsten Lichtquelle, war ihm anzusehen, wie sehr er sich zur Ruhe zwingen musste. Ernst hingegen hatte die Arme angelegt, sein Atmen war im Gegensatz zu jenem Friedrichs nicht wahrzunehmen.

Die Schritte waren gleichmäßig und ruhig. Sie kamen langsam näher, zögerten dann doch für einen Moment und waren dann wieder im alten Rhythmus zu hören. Gleich sollten sie den Polizisten sehen können, der, so wussten sie, zweimal in der Nacht diese Straßen patrouillierte.

Friedrich wippte auf und ab, ohne seinen Standort zu verlassen. Ernst bewegte sich ein paar Zentimeter zur Seite und legte ihm nun beide Hände auf die Schultern.

Genau an der Kreuzung blieb der Polizist stehen. Zunächst rührte er sich nicht, gar nicht, und Joseph konnte ihn betrachten. Die Pickelhaube, der lächerliche Kaiserschnurrbart, die Uniform, der Bauch, der dicke, unter ihr verborgen. Es dauerte sicherlich eine Minute, bis er nach links blickte, dann nach rechts. Dann machte er einen Schritt nach vorn und hielt wieder inne.

Beweg dich doch, dachte Joseph. In Gottes Namen, geh weiter.

Genau jetzt durfte sich nur nichts im Hause der vom Baums rühren. Alles durfte geschehen, doch das nicht.

Der Polizist räusperte sich, drehte sich einmal schwerfällig um die eigene Achse und setzte seinen Weg fort. Ganz langsam zuerst. Dann beschleunigte er und bewegte sich weiter in Richtung Botanischer Garten. Was würde er tun, wenn er dort angekommen war? Würde er umdrehen? Oder seinen Weg am Rand des Geländes fortsetzen und in einer Parallelstraße zurückkehren? Sie hätten seine Gewohnheiten erkunden sollen.

Von Friedrich war nun tiefes Atmen zu hören. Tief ein. Langsam aus. Die Schritte des Polizisten verklangen gerade, als sich Ernst an den Busch drückte und einige Zweige zur Seite schob. Über seinen Arm hinweg konnte Joseph erkennen, wie sich eine Gestalt an der Seite des vom-Baum'schen Hauses hinabließ. Es war genau das Fenster, das sie im Auge gehabt hatten. Offensichtlich waren auch von dort die Schritte des Polizisten genau verfolgt worden.

Die Gestalt landete gebückt auf dem Rasen unterhalb des zwischen den Geschossen liegenden Fensters, ohne auch nur ein Geräusch zu machen. Sie blieb lauschend stehen, so viel konnte Joseph sehen, lief dann quer über den Rasen und machte sich von dannen, weg von ihnen und ihrem Versteck. Ernst stupste Friedrich an und blickte dann nach hinten. Es ging los.

11.

Von der Seitentür der großen Villa der Rodostins aus konnte Florentine vom Baum nicht viel mehr sehen als einen winzigen Ausschnitt der Kreuzung, an der sich die drei Männer verborgen hielten. Jedenfalls galt das, wenn sie sich ganz in die Ecke des einige Stufen unter Bodenniveau gelegenen Eingangs drückte. Wie jetzt, als der Polizist seinen Rundgang machte. Er drehte sich langsam um sich selbst und richtete seinen Blick auf das Rodostin-Haus, vielleicht sogar auf die dunkle Ecke, in der sie gerade gebückt hockte. Aber von seinem Standpunkt aus konnte er sie kaum wahrnehmen.

Florentine plagte ihr schlechtes Gewissen. Sie hatte den dreien, die dort auf dem Grundstück der Meysenbergs warteten, von Gerlinde erzählt und vor allem von dem Besuch, den sie von Zeit zur Zeit empfing. Gerlinde und sie waren einander sehr nah. Die Eltern hatten diese Nähe zugelassen, auch wenn Gerlinde nur ein Dienstmädchen war. Aber sie waren im gleichen Alter, Gerlinde hatte bei den vom Baums als Vierzehnjährige zu arbeiten angefangen, und sie erzählten sich Geschichten, die mit den ganz großen und wichtigen Fragen zu tun hatten. Florentine hatte ihre Faszination für die Frauenrechtsbewegung oft genug vor Gerlinde ausgebreitet, um sie zum Nachdenken zu bringen. Trotzdem hatte diese ganz andere Vorstellungen davon, wie ihr Leben einst aussehen sollte. Ein Mann spielte in jeder dieser Vorstellungen eine große Rolle.

Endlich ging der Polizist weiter. Vater machte sich mitunter lustig über ihn. Er sagte dann, dass sie in einer sicheren Gegend lebten. Es würde schon nichts passieren. Mutter dachte da anders. Sie hatte Freundinnen, die in Zehlendorf lebten und in Grunewald, bei denen schon eingebrochen worden war. «Ich bin froh, dass einer aufpasst», sagte sie manchmal.

Der Mann, in den Gerlinde gerade große Hoffnung setzte, war der Sohn der Familie von Beukenberg. Ein junger Offizier, durchaus gut aussehend, voll von diesem männlichen Schneid, mit dem Florentine nicht recht etwas anzufangen wusste. Seit ein paar Monaten schon empfing Gerlinde heimlich, natürlich heimlich, sehr heimlich, diesen Gerold von Beukenberg. Sie öffnete ein Fenster an der Hintertreppe, er kletterte hinein, fand den Weg zu Gerlindes Zimmer, und Florentine konnte sich gut vorstellen, was die beiden dann anstellten.

Das schlechte Gewissen, das Florentine belastete, hatte mit den Hoffnungen Gerlindes in diesen Gerold zu tun. Sie waren natürlich substanzlos, die Hoffnungen. Niemals würde ein junger Offizier, und ganz sicher keiner der von Beukenbergs, etwas von Gerlinde wollen, das über das hinausging, was die beiden gerade in dem winzigen

Zimmer unterm Dach beschäftigt hielt. Lange konnte das nicht mehr dauern. Auch so etwas findet einmal sein Ende.

Auch wenn sie wusste, dass Gerlindes Schwärmerei für Gerold nichts mit einer irgendwie gestaltbaren Zukunft zu tun haben konnte, hatte Florentine das Bild ihrer Freundin in jenem Moment vor Augen, da sie erfahren würde, was Gerold von Beukenberg zugestoßen war.

Zugestoßen sein würde. Florentine verbesserte ihre Gedanken. Noch war der Mann im Haus ihrer Familie. Sonst stünden Friedrich Smith und Joseph und Ernst nicht dort verborgen zwischen Busch und Baum. Sie wagte sich weiter vor. Sicher war sie kaum wahrzunehmen in der seltsamen Kleidung, die sie sich ausgesucht hatte für diese Nacht. Eine schwarze Anzughose Theodors, dazu ein schwarzes Hemd, auch vom Bruder, beides zu weit, sie hatte Hose wie Hemd an der Taille abgebunden. Und fühlte sich wohl darin.

Im Botanischen Garten neulich hatten sie lange zusammengestanden. Zuerst war es Ernst gewesen, der auf ihre Fragen geantwortet hatte. Über die Hottentottenkriege wusste er viel zu erzählen, nicht nur dass ihm dieser Name nicht gefiel. Er nannte ihn «unseren Krieg gegen die deutschen Schutztruppen». Dann hatte Joseph von Kamerun erzählt, von Strafexpeditionen, Landkauf mit falschen Versprechungen und Hinrichtungen. Und dann war es Friedrich gewesen, der gesagt hatte, dass man solche Verbrechen nicht unbeantwortet lassen dürfe.

Langsam, sehr langsam hatten sie sich herangetastet an etwas, das zu tun ihnen angemessen schien. Aber erst als Florentine von dem Offizier in Gerlindes Zimmer erzählte, noch dazu einem, der in den Kolonien gewesen war, wenn auch in Deutsch-Ostafrika, begann ein Plan Gestalt anzunehmen. Der Mann hatte, das hatte ihr Gerlinde offenbart, sich damit gebrüstet, dort so viele Menschen füsiliert zu haben, dass er sich an ihre Zahl nicht erinnern könne.

Irgendwann, so erinnerte sich Florentine, hatte Ernst Friedrichs Frage beantwortet, wie es komme, dass ein junger Offizier zu einer Dienstbotin ins Bett steige.

«Ein Penis», hatte Ernst gesagt und dabei Florentine angeblickt, «ein Penis kennt keine Klasse. Und ...», dann hatte er erneut eine Pause gemacht und seine Augen nicht von ihr genommen, «und auch keine Herkunft.» Darüber hatte sie noch einige Male nachdenken müssen. Über Penisse und deren Perspektive, aber auch über Ernsts düsteren Blick.

Da war nun Bewegung auf dem anderen Gelände. Ernst war der Erste, der auf dem Trottoir auftauchte, dann Friedrich, der sich unsicher umblickte, und schließlich Joseph. Ernst war es, der die beiden anführte. Er begann zu laufen und vertraute darauf, dass ihm die anderen beiden folgten.

12.

Friedrich Smith ließ Joseph passieren und folgte den beiden anderen die Straße entlang, auf der sich der Uniformierte langsam entfernte. Sie hatten genau gesehen, dass er sich aufgerichtet hatte, als er das Trottoir erreichte. Wie ein Dieb hatte er sich aus dem Haus geschlichen. Jetzt, auf öffentlichem Terrain, fühlte er sich wieder sicher.

Gar nicht sicher fühlte sich Friedrich. Er staunte über die Entschlossenheit seiner beiden neuen Bekannten, die von Zweifel und Widerspruch nicht angerührt schienen. Allein die Art, wie Ernst ihre kleine Gruppe anführte. Er wusste genau, was er wollte, und er wirkte, als könne er es auch umsetzen.

Davor allein graute Friedrich.

Aber Kopf und Schultern vorgebeugt, war Ernst dem Offizier schnell näher gekommen. Joseph folgte ihm auf dem Fuß. Und er ... Er suchte noch nach sich selbst. Friedrich beschleunigte den Schritt, um nicht zurückzufallen.

«Herr Offizier», hörte er Ernst nun ausrufen. «Herr Offizier!» So als habe der Angesprochene seine Börse verloren oder ein Taschentuch. Wenige Meter waren es nur noch zwischen Ernst und dem Uniformierten, dessen Namen Friedrich schon wieder vergessen hatte.

Vergessen hatte er auch die Rolle, die er in diesem Stück zu spielen hatte. Alle hatten dem Plan zugestimmt. Auch Florentine, die nicht bei ihnen sein konnte, weil das, was sie taten, nichts war, woran eine Frau beteiligt sein sollte. Also war er hier und wusste nicht, was zu tun war. Auch er nahm nun, wie Ernst, wie Joseph, jede Eile aus seinen Bewegungen.

Ernst war beinah stehen geblieben, als er den Mann angerufen hatte. Friedrich stand nun hinter Joseph. Der Offizier drehte sich um. Fahrig wirkte er, nicht sicher, er brauchte einen Moment, um Füße, Beine und folgend den Oberkörper in eine Linie zu bringen. Mit allem hatte er gerechnet, aber nicht damit, hier und jetzt, mitten in der Nacht, in dieser Situation, der noch die Heimlichkeit innewohnte, angesprochen zu werden. Jetzt weiteten sich seine Augen.

Wie in einem Stück lief es nun ab. Wie im Theater. Ernst hatte den Mann erreicht. Er schlug ihm auf den Kopf, das war zur Überraschung gedacht. Genauso hatte er es Tage vorher formuliert: «Ich schlage ihn, weil es das ist, womit er am wenigsten rechnet. Nicht zu dieser Zeit. Nicht an diesem Ort. Und vor allem nicht von mir.» Dann gab er dem taumelnden Mann eine mächtige Ohrfeige und drehte ihn sich zurecht. Schnell hatte er ihm unter die Achseln gegriffen und präsentierte ihn Joseph, der das Messer schon in der Hand hielt.

Friedrich fiel nun auch ein, welche Rolle ihm zugekommen war, als sie das Stück entworfen hatten. Beobachte die Umgebung. Wenn wir nicht zu viel Unruhe und Lärm machen, dann wird niemand bemerken, was geschieht, hatte Ernst gesagt. Aber einer von uns muss die Straße im Blick haben.

Im Blick hatte Friedrich aber Joseph. Er machte den langen Schritt, griff dem Offizier ins Haar und zog den Kopf nach hinten. Dann trat er zur Seite und zog ihm das Messer über den Hals.

Und noch einmal.

Und schon wieder.

Erst beim dritten Mal kam das Blut, dann aber in einer mächtigen Fontäne.

Während Ernst den Offizier weiter hielt, trat Joseph einen halben Schritt zurück und beobachtete die Szene. Das Blut verließ den Körper in Schüben. Einer letzten steilen Fontäne Blutes folgten weitere, abnehmend an Intensität, ein Zucken dann, das den Leib durchfuhr, dann noch eines, und schließlich lief es nur noch.

Ernst ließ den Mann auf den Boden fallen.

Während die beiden anderen auf den leblosen Körper hinabschauten, drehte sich Friedrich langsam um. Das war seine Aufgabe. Das hatte er versprochen. Dort hinten irgendwo erkannte er das Haus der vom Baums. Aber alles war ruhig. Warum auch nicht? Es hatte beinah kein Geräusch gemacht, einem Menschen den Hals durchzuschneiden.

Nirgendwo war auch nur ein Licht in einem Fenster zu sehen. Rundumher war alles dunkel. Alles ruhig. Nichts in Bewegung.

Oder?

Was hatte sich vor dem Haus der vom Baums getan? Schlich da jemand herum? Nur ganz kurz vermeinte er eine Silhouette zu sehen, dunkel wie sie, doch kleiner.

Ein Schatten, ein Strauch im Wind vielleicht?

Welcher Wind, fragte sich Friedrich. Die Straße war ruhig. Ganz anders als er selbst. Und vor allem windstill.

«Wir gehen», hörte er Ernst nun sagen.

Alles war geplant. Bis zum Ende. Dabei, das spürte Friedrich, war dies kein Ende, sondern ein Anfang.

13.

Den jungen Mann konnte er nicht mehr befragen, was er hier zu suchen gehabt hatte. Berthold Wismer hatte der Schütze geheißen. Direkt hinter der Mauer des Sankt-

Philippus-Apostel-Friedhofs war er morgens aufgefunden worden.

Ein ordentlich geschnittener Busch, den er nicht identifizieren konnte, stand im Winkel, in den kein Grab mehr hineingepasst hatte. Dort war es gewesen. Ein Bein über die Begrenzung der Grabstätte der Familie Windmüller, der Rumpf unter und im Busch. Spritzer von Blut hatten das Windmüller-Grab verunziert, so der Kommissar am Alexanderplatz. Aber sie waren entweder abgewaschen worden oder hatten sich durch Tau und Regen aufgelöst.

Der Kommissar hatte gesagt, was er sagen musste. Von Umstürzlern hatte er geredet, Zersetzung, auch dass er persönlich den Sozialdemokraten nicht über den Weg traute, na ja, wer tat das schon, dachte sich Peterhardt, aber beizutragen zu der Antwort auf die Frage, was hier geschehen war, hatte er praktisch nichts.

Vielleicht war die Rede auch davon beeinflusst worden, dass ihm ein Angehöriger des deutschen Militärs gegenübersaß. Das hatte mitunter einen Einfluss, und nicht immer einen guten. Hatte der Kommissar nur aufgezählt, wovon er annahm, dass sein uniformiertes Gegenüber es hören wollte?

Peterhardt atmete tief ein und fuhr sich mit der glatten Hand über den deutlich spürbaren Bartwuchs an der Wange. Es war offensichtlich, warum er gerade in diesem Moment an Sieghard denken musste, seinen Sohn. Wie lange dauerte es noch, bis der einzurücken hatte? Die Wehrpflicht ruft. Peterhardt wusste genau, dass Sieghard wenig Neigung verspürte, sich dem Militär so zu verschreiben, wie es der Vater getan hatte. Aber diese Prüfung musste er nun bestehen. Zum Mann musste er werden.

Die Prüfung selbst war für den Jungen sicherlich hart genug. Vielleicht würde ihm das helfen, Orientierung zu finden in der Welt. Eine Zeit, in der man auf dem Befehlsweg erfuhr, was zu tun und was zu lassen sei, würde dem Sohn nicht schaden. Er hatte nichts gegen das Zeichnen, bei dem er den Jungen mitunter erwischte. Rein gar nichts. Talent hatte Sieghard gewiss. Aber darauf konnte man doch keine Existenz aufbauen. Sollte der Junge sich also bewähren.

Und es waren doch friedliche Zeiten, mehr oder weniger friedliche Zeiten, herrliche Zeiten waren es. Die ruhigsten seit dem Beginn der Geschichtsschreibung. Sie befanden sich nun im fünften Jahrzehnt seit der Reichsgründung, es hatte keinen Krieg gegeben, und es lag auch keiner in der Luft. Auch wenn man natürlich nie wissen konnte, was in anderen Hauptstädten ausgebrütet wurde. Über eines war sich Peterhardt im Klaren: Der Kaiser regierte mit Weitsicht und konnte nun auch schon auf einige Erfahrung zurückblicken in seiner Position. So schnell würde in Europa kein Krieg ausbrechen. Der Balkan blieb natürlich ein Problem. Die Völker dort waren ungeordnet und hatten das Feuer im Blut.

Der Kaiser hatte denn auch dafür gesorgt, dass das deutsche Militär in allen Waffengattungen gut aufgestellt war. Aber Wehrhaftigkeit war eine Notwendigkeit in allen Zeiten. Und bei allen Aufgeregtheiten durfte man doch darauf vertrauen, dass es dynastische Beziehungen gab in die regierenden Häuser Europas hinein.

Leiser Gesang riss ihn aus seinen Gedanken. Ein offensichtlich betrunkener Mann, er war in Peterhardts Alter, kam schwankend die Seestraße herabgelaufen. Kurz hatten ihre Augen Kontakt, als der Mann an der Friedhofsmauer stehen blieb, dann riss er sich zusammen und ging weiter. Was hatte der Schütze nachts auf dem Friedhof gesucht? Darauf hatte der Kommissar keine Antwort gewusst. War er allein gekommen und hatte hier seine Mörder getroffen? Keine Antwort. Oder hatte er als Teil einer Gruppe den Weg hierhin gefunden? Und war es dann zum Streit gekommen? Keine Antwort. Und wenn es zum Streit gekommen war, warum war er dann so entsetzlich blutig ausgetragen worden? Keine Antwort. Auch die Frage, ob der Schütze Wismer noch zur Öffnungszeit des Friedhofs hier angekommen war, wusste der Kommissar nicht zu beantworten. Und wenn ja, warum er dann vom Nachtwächter unentdeckt blieb. Für eine ganze Gruppe galt das erst recht. Die hätte der Nachtwächter doch bemerken müssen. Und wenn es sich anders verhalten hatte, wenn der Schütze – allein oder mit anderen – erst nach Torschluss auf den Friedhof gekommen war, dann wurde alles noch unübersichtlicher.

Die Kernfrage aber blieb für Peterhardt, warum der Mord so brutal ausgeführt worden war. Von hinten, so hatte der Kommissar dargelegt, und so hatte er selbst das auch auf dem Foto gesehen, war der Schütze gepackt worden, und dann hatte ihm jemand in Hals, Oberkörper und Gesicht gestochen. Mindestens zwei Leute waren dafür verantwortlich gewesen. Einer, der zusticht, und einer, der das Opfer hält.

So etwas machte man nicht, wenn man sich gestritten hatte. Nicht einmal über Politik. Na gut, es gab Leute, die wurden sehr ungemütlich, wenn jemand den Kaiser mit unvorteilhaften Begriffen beschrieb. Das sah man immer wieder oder, so meinte er, möglicherweise sogar immer häufiger. Die Stimmung war eben so in gewissen Kreisen. Die Sozialdemokraten fielen ihm wieder ein.

Als er sich schon vom Auffindungsort entfernt hatte, drehte sich Peterhardt noch einmal um. Wenn man einen Menschen so um sein Leben gebracht hat, dann nimmt man ihm nicht auch noch die Kleidung. Oder vielleicht sollte er es anders versuchen zu fassen. Wenn man die Kleidung eines Menschen rauben will, dann bringt man ihn nicht auf diese Weise um, denn dann hat sie Löcher.

Er musste sich bald einmal mit dem Nachtwächter befassen.

14.

APRIL 1914

Der Gartenstuhl, auf dem sich Florentine zum Lesen ihres Buches niederließ, war so positioniert, dass sie den Eingang zur Villa im Blick hatte, ohne die Augen zu heben. Sie hatte ihn, entgegen ihren Gewohnheiten, denn sie las bei entsprechendem Wetter gern unbeobachtet hinter dem Haus und nicht zur Straße hin, so aufgestellt, dass sie Joseph Ayang nicht versäumte, nachdem er mit Theodor seine Studien erledigt hatte.

Und er nicht sie.

Es dauerte vielleicht eine halbe Stunde, in der sich Florentine kaum auf die Buchstaben vor ihren Augen konzentrieren konnte, bis Joseph von ihrem Bruder verabschiedet wurde. Darauf hatte sie gehofft. Dass Theodor bis zur Tür und keinen Schritt weiter kommen würde. Sie saß nämlich so, dass sie die zur Verabschiedung ineinandergelegten Hände der beiden Männer noch wahrnehmen konnte, ihr Bruder sie im Stuhl aber nicht.

Joseph setzte gleich einen ernsten Blick auf, als er ihrer ansichtig wurde. So laut wie nötig, aber so leise wie der Situation angemessen sagte Florentine: «Lächeln Sie. Nicht so, als wollten Sie mir einen Antrag machen. Mehr so, als freuten Sie sich einfach, mich zu sehen und mit mir eine Konversation zu beginnen.»

Joseph verzog die Mundwinkel zu einem Grinsen, dann justierte er die Gesichtsmuskeln, und es gelang ihm in der Tat, sie freundlich anzuschauen.

Na also, dachte Florentine. «Kommen Sie so nah», sagte sie, «dass Sie mich hören können.»

Seit den Ereignissen jener Nacht hatte sie mit keinem der drei Männer geredet. Ernst hatte Florentine beinah täglich im Garten des Malers Schneider gesehen, und sie hatten vorsichtige Blicke ausgetauscht, doch nicht mehr. Friedrich Smith war seitdem nicht mehr im Haus der vom Baums aufgetaucht. Florentine hatte auch keine Tee-Gesellschaften mehr gegeben. Die Fragen des Vaters, ob sie denn ihrer Freundinnen müde geworden sei, hatte sie einfach ignoriert. Und Joseph hatte sie bei seinen Besuchen gemieden.

Doch nun wollte sie reden. «Wir müssen sprechen», sagte sie also.

«Worüber?» Josephs Lächeln wirkte nun gequält. «Wir haben getan, was wir getan haben. Und in der Folge ist nichts geschehen.»

Nach einer Atempause fuhr er fort. «Und nichts wird je geschehen. Was haben wir uns nur eingebildet? Den Lauf der Geschichte zu ändern?»

Florentine blickte zum nachmittäglichen Himmel, der sich merklich zugezogen hatte. Es würde bald ein Gewitter geben. Ernst hatte eben das Schneider'sche Haus verlassen, um seinem Herrn den Picknickkorb in den Botanischen Garten zu bringen. Die Gelegenheit war also gut, sich wenigstens zu dritt zu begegnen.

«Sehen Sie die beiden Schirme dort an der Wand?» Direkt neben der Haustür lehnten ein weißer Damenschirm mit Rüschen und einer in Grau für den Herrn, natürlich ohne. «Nehmen Sie sie und folgen Sie mir.» Sie erhob sich, legte das Buch auf den Stuhl und dachte noch, dass es vom Regen vielleicht in Mitleidenschaft gezogen werden würde, ging zur Straße und in Richtung des Botanischen Gartens, ohne sich umzublicken.

Ernst war nun schon eine Weile fort, und sie hoffte, ihn noch innerhalb des Botanischen Gartens anzutreffen. Dort würde sie sich wohler fühlen als auf dem Trottoir, wo sie von jedermann als Tochter des Fabrikanten vom Baum erkannt werden würde. Sie beschleunigte ihren Schritt, sehr damenhaft war das nicht, wahrscheinlich ging sie wie ein Kerl, sie vertraute darauf, dass Joseph mithalten konnte. Als sie die Billetts gelöst hatte, wusste sie, dass sie richtig gehandelt hatte. Ernst kam nämlich schon auf den Ausgang zugelaufen, den leeren Korb locker in einer Hand. Er verharrte kurz, ging dann weiter, musste hinter ihr auch Joseph erkannt haben und bog dann zu den Rosenrabatten hin ab. Er blieb erst wieder stehen, als er die Blumen erreicht hatte. Florentine stellte sich an seine rechte Seite, Joseph kurz darauf an die linke.

«Ich habe alle Zeitungen studiert, die das Haus erreichen», sagte Ernst ohne Einleitung. «Und nichts gefunden, was auf die Sache hinweist.»

«Das war nicht so gedacht.» Florentine sprach es aus. Ein toter Soldat, ein junger noch dazu, einer mit strahlender Zukunft, der Hals durchgeschnitten mitten in der Nacht, und das in einer so gutbürgerlichen Nachbarschaft. Das musste doch eminent berichtenswert sein für die Presse. «Ich habe auch nichts gesehen.»

«Sie?», fragte Ernst und wandte sich an Joseph.

Der sah zu Boden und schüttelte den Kopf. «Die Zensur?», fragte er. «Oder ... Sind sie uns auf die Spur gekommen?»

«Es ist in gar keinem Fall das ...» Joseph suchte nach Worten und blickte dann zu Ernst. «Wie haben Sie es noch genannt? Das Fanal geworden, auf das wir gehofft haben. Wenn es niemand bemerkt, kann es kein Fanal sein.»

«Irgendjemand hat es bemerkt.» Ernst wandte den Kopf und sondierte die Umgebung. «Der Mann selbst hat sehr viel bemerkt, bis er nichts mehr bemerkt hat. Seine Familie wird etwas bemerkt haben, als er nicht wieder angekommen ist zu Hause. In der Kaserne werden sie auch etwas bemerkt haben.»

Florentine musste an Gerlinde denken. Tagelang hatte sie weinend auf ihrem Zimmer verbracht. Vater und Mutter ließen sie in Ruhe, obwohl sie so gar nicht ihren Pflichten nachkam. Was immer die Eltern auch gewusst hatten von der Affäre zwischen ihr und dem Sohn der von Beukenbergs. Viel mehr als eine Schwärmerei konnten sie nicht vermuten hinter Gerlindes Trauer. Undenkbar, dass sie die nächtlichen Besuche toleriert hätten. Sie selbst wusste es ja auch nur, weil sich Gerlinde ihr anvertraut hatte. «Wir hatten erwartet», sagte sie, ohne zu wissen, wie sie den Satz vervollständigen sollte.

Ernst war es, der die folgende Pause auflöste. «Ich hatte diese Erwartung formuliert.» Immer noch blickte er um sich. «Es war eine Fehleinschätzung.»

«Aber worin haben wir uns geirrt?» Joseph sprach kaum vernehmlich. Den Blick hatte er immer noch gesenkt. «Es hätte doch einen Aufschrei geben müssen.»

«Ich bin mir nicht sicher», sagte Ernst. «Wir haben nur die Uniform gesehen.»

«Sie haben den Fall unter den Teppich gekehrt», sagte Florentine.

«Vielleicht.» Ernst stellte den Korb vor seinen Füßen ab. «Wenn es stimmt, dass niemand von der Liebschaft des Soldaten wusste ...»

«Niemand.» Florentine bestätigte, was Ernst hören wollte.

«... dann war es möglicherweise schon einfach genug, diese Sache zu verschweigen, weil sie mitten in der Nacht geschah und deshalb eben verschwiegen werden konnte. Man gibt schließlich nur bekannt, was ohnehin alle wissen. Um die Bevölkerung nicht zu beunruhigen, so nennen sie das.»

«Und weil es in der Nacht passiert ist», sagte Joseph immer noch sehr leise, «und weil es in einem nicht sehr dicht bewohnten Quartier geschehen ist, und weil ...»

«Dann machen wir es noch einmal.» Florentine stockte der Atem, als sie das gesagt hatte.

Ernst schüttelte den Kopf. Joseph senkte den Blick noch etwas mehr.

«Und dieses Mal passiert es eben nicht mitten in der Nacht», sagte sie. «Und nicht hier in Steglitz.»

An Ernsts nervösen Blicken erkannte sie, dass sie viel zu laut gesprochen hatte. Aber es war niemand in der Nähe. Zwei ältere Damen standen wenigstens dreißig Meter weit entfernt in ein Gespräch vertieft. Eine von ihnen öffnete gerade ihren Regenschirm. Sie hatte gar nicht bemerkt, dass die ersten Tropfen längst gefallen waren.

Bald standen sie da zu dritt gedrängt unter zwei Schirmen. Florentine wartete vergeblich auf Zustimmung zu ihrem Vorschlag, die Männer schwiegen. Ernst, immer noch in der Mitte, hob den Korb an. «Ich werde zu Hause erwartet», sagte er.

«Auf jeden Fall», sagte Florentine, «müssen wir Friedrich Smith einbeziehen in unsere Gedanken. Wir waren zu viert, als wir den Plan gefasst haben. Also sollten wir uns erneut zu viert treffen, um zu beschließen, was zu tun ist.»

Als wieder keiner der beiden reagierte, fuhr sie fort. «Oder eben zu lassen, wenn dies gewünscht wird.»

Douala, 16. Oktober 1914

Mein lieber, lieber Theodor,

ich bin gar nicht in der Lage auszudrücken, wie erschreckt ich bin, jeden Tag von Neuem, bei Sonnenaufgang wie bei Sonnenuntergang, über das, was wir angerichtet haben. Verzeih mir, dass ich in diesem Ton bei Dir eindringe, aber wir haben doch immer alles, beinah alles wenigstens, offen miteinander beredet. Seit Tagen schon formuliere ich in Gedanken einen Brief nach dem anderen an Dich, nur um ihn dann doch nicht zu schreiben, weil mir die Worte fehlen. Aber heute muss es endlich geschehen. Und ich vertraue darauf, gewiss, dass die internationalen Verbindungen Deines Vaters es möglich machen, den Adressaten, also Dich, zu erreichen.

Natürlich weiß ich, dass ich Dir zunächst über mich erzählen sollte. Ich kann Dir versichern, mein Lieber, dass ich wohlbehalten angekommen bin in der Heimat. Ich zögere, das Wort zu benutzen, denn eine Zeit lang, Du weißt das besser als irgendjemand sonst, hatte ich tatsächlich den Funken einer Hoffnung gespürt, Deutschland könnte mir so etwas wie eine Heimat werden. Doch tatsächlich ist dies Kamerun. Es hat mit so vielem zu tun, mit den Blicken der Menschen vor allem. Es mag die Zeit kommen, in der ich Dir mehr davon erzähle. Doch will ich sagen, dass ich mich gut eingefunden habe hier. Mein Onkel ist ein alter Mann geworden in der kurzen Spanne, in der ich in Berlin sein durfte. Aber der Familie geht es gut. Sie hat ihr Glück auf mehrere Unternehmungen gegründet, was meines Onkels Weisheit geschuldet ist. Sie haben zwar unlängst auch, und das nicht zum ersten Mal, einige Fischgründe verloren, die Angestellte der Kolonialverwaltung von heute auf morgen für sich beanspruchten. Doch andere Geschäfte gehen gut. Aber das ist nicht, worüber ich hier schreiben will. Dies nur, um Dir zu versichern, dass es mich noch gibt und dass ich sicher bin. Das gilt für den Moment.

Was meine Gedanken bestimmt, sind die Ereignisse, die mit dem Einmarsch der deutschen Truppen nach Frankreich begonnen haben. Du hattest noch über die Befürchtungen Deines Vaters erzählt, den Kaiser betreffend, mein lieber Theodor, schon bevor diese Sache in Sarajevo geschehen ist. Und bevor natürlich diese anderen Ereignisse sich zugetragen haben. Diese Gleichzeitigkeit ist etwas, das mich erschreckt. Nein, eher weniger ist es das, vielmehr ist es die Tatsache, dass ich mir sicher bin, alles wäre anders verlaufen, wenn er nur mit dem Begehren Österreich-Ungarns umzugehen gehabt hätte. Nie hätte er sich für Krieg entschieden, wenn nicht all das in Berlin geschehen wäre. Oder würdest Du mir in diesem Punkt widersprechen?

Wer hat sich denn so etwas vorstellen können? Dass dies in einen Krieg ausarten könnte. Einen richtigen Krieg. Ich ganz sicher nicht. Und wie viele Länder sind im Lauf der letzten Wochen in den Strudel geraten? Ich vermag sie kaum noch zu zählen. Belgien und England und Frankreich natürlich und die Verbündeten nun. Man vermag sich kaum vorzustellen, wo es hinführt, wenn alle Länder des Kontinents sich aufmachen, gegeneinander Krieg zu führen. Und läuft es nicht genau darauf hinaus? Hat denn die Welt dergleichen schon gesehen? Und ich verspüre diese schwere Schuld, die auf mir lastet.

Obwohl ich nicht in der Lage bin, zwischen dem, was geschehen ist in Berlin, und allem, was die Welt nun sieht, klare Linien zu ziehen, ist mir sehr wohl bewusst, dass unsere Entscheidungen beigetragen haben zu dem, was nun geschieht. Ich habe mein Erschrecken am Anfang schon in Worte zu fassen versucht. Mehr als das kann ich nicht aufschreiben hier. Zum einen fehlen mir die Worte. Zum anderen weiß man aber auch nicht, ob dieser Brief, auch wenn ich ihn auf den vermeintlich sicheren Weg gebe, Dich in der Form erreicht, in der ich ihn abschicke. Bitte lass mich auf irgendeinem Weg wissen, dass Du ihn erhalten hast. Natürlich habe ich eine Abschrift angefertigt, aber diese dient doch nur meiner eigenen Versicherung, dass ich Dir endlich zu schreiben in der Lage gewesen bin. Und bitte schreib mir, wie es um Dich bestellt ist. Jedes Wort von Dir ersehne ich. Das weißt Du.

Ich verbleibe mit dem Ausdruck meiner allervorzüglichsten Hochachtung, Dein Joseph Ayang

15.

Er hatte den Kopf kaum zur Seite gewandt, aber Friedrich Smith beim Passieren des Herrenoberbekleidungsgeschäfts Angermann trotzdem aus dem Augenwinkel erblickt. Smith war dabei gewesen, etwas zusammenzufalten und zur gleichen Zeit mit jemandem zu sprechen.

Jetzt wartete Joseph Ayang auf der anderen Seite der Friedrichstraße darauf, dass Smith das Ladenlokal verließ.

Von seinem Standort aus vermochte er nicht ins Geschäft hineinzublicken, aber bald wäre doch sicher wieder ein Botengang zu tun. Was hatte Smith gesagt? Ich fahre an jedem Tag durch Berlin, und an manchen auch darüber hinaus.

Natürlich hätte er den Laden betreten und sich vorstellen können. Aber bei dem Gedanken war ihm nicht recht wohl. In den Nächten war ihm auch schon der Wunsch erwachsen, dass sie sich nie wieder begegnen würden. Führten sie denn nicht sehr unterschiedliche Leben? Er selbst, auf eine Laufbahn als Geistlicher wartend, die er nicht wirklich anstrebte, dann die junge Frau kurz vor der Verheiratung, der Diener des so kaiserbegeisterten Künstlers und schließlich Friedrich hier, der Bote von Herrenoberbekleidung. Ein einziges Mal nur hatten sie sich in dieser Zusammensetzung getroffen, damals im Botanischen Garten, als sie beschlossen hatten, den jungen Soldaten zu töten.

Was, das setzte ihm manches Mal zu und dann auch wieder nicht, auch wenn es eine gemeinschaftliche beschlossene und durchgeführte Sache gewesen war, schlussendlich sein Werk gewesen war. Hatte er nicht das Messer geführt, das den Hals des jungen Soldaten durchschnitten hatte?

Langsam wurde er ungeduldig. An diesem Samstagmorgen war sehr viel los auf der Friedrichstraße. Wer Geld hatte, um es auszugeben, vertrat sich hier die Füße. Schon wieder musste er einen Schritt zurückweichen, um einem Ehepaar Platz auf dem Trottoir zu machen. Und die Kutsche, die gerade hielt, versperrte ihm nun die Aussicht auf die Tür des Angermann'schen Geschäfts. Er schritt zur Seite, nur um zu sehen, dass ein Automobil direkt vor der

Tür des Kleidungsgeschäfts stehen blieb. Es gab aber auch immer mehr von ihnen. Dort hinten nahm er schon wieder einen motorisierten Wagen wahr, der sich knatternd näherte. Er musste darauf achtgeben, dass er Smith nicht verpasste, so viel geschah hier zur gleichen Zeit.

Vorsicht war weiterhin geboten, außerhalb des Treffens im Botanischen Garten hatte es schließlich genügend Gelegenheiten gegeben, an denen sie miteinander in Verbindung gebracht werden konnten. Seine Studientreffen mit Theodor im Haus der vom Baums waren kein Geheimnis.

Nun stand er doch direkt gegenüber den beiden Schaufenstern des Herrenausstatters. Smith bewegte sich noch durch den Laden und stellte gerade einen Koffer neben die Tür, wenn er das richtig beobachtete. Gleich würde er auf die Straße treten.

Joseph hatte die Bilder seines Dorfes in sich getragen, als er das Messer in die Hand genommen hatte. Auch dort hatte es einen toten Soldaten gegeben. Auch dort einen toten deutschen Soldaten. Natürlich war es ein Deutscher, schließlich war Kamerun eine deutsche Kolonie.

Und in seinem Dorf damals hatte es doch wirklich ein Aufsehen gegeben, das seinesgleichen suchte. Er war noch ein Kind gewesen zu jener Zeit, das hatte ihm das Leben gerettet. Der deutsche Soldat hatte sich einem Mädchen genähert auf eine Art, die nicht angemessen war. Da hatte ihr Bruder zum Messer gegriffen.

Alle hatten es gewusst. Der Bruder hatte es angekündigt, niemand war da, es zu verhindern. Und als der Soldat tot war, stand die Zeit still. Der Kommandant der Einheit erschien und befahl, dass alle Männer des Dorfes, die auf dem Feld zu arbeiten in der Lage waren, erschossen werden sollten.

Joseph dachte an seinen Vater. Der hatte ihn weggeschickt mit nichts als seiner Kleidung am Leib, zum Onkel in die Stadt, gleich als der tote Weiße aufgefunden worden war. «Geh», hatte er gesagt. «Geh schnell und dreh dich nicht um.» Die Schüsse der ersten Exekutionen hatte er noch gehört. Den Rest der Geschichte hatte der Onkel später erzählt. Auch deshalb war er dafür gewesen, den Soldaten zu töten. Weil er immer noch Gefühle von Rache in sich trug. Und weil es damals so ein Aufsehen gegeben hatte.

Nicht wie hier. Alles war anders hier.

Smith verließ endlich den Laden. Einen großen Koffer in der Hand machte er sich auf den Weg in Richtung Unter den Linden. Vielleicht wollte er zum Bahnhof für die S-Bahn. Joseph folgte ihm und holte ihn schnell ein. «Ist die Friedrichstraße nach Ihnen benannt, mein Freund?»

«Nein», sagte Smith, ohne den Kopf zu wenden. «Nach irgendeinem König, der die preußischen Staatsfinanzen ruiniert hat. Ist es städtebauliches Interesse, das Sie veranlasst hat, auf mich zu warten?»

«Durchaus nicht», sagte Joseph und schilderte, was ihm aufgetragen worden war. Er tat dies einerseits, um Smith in Kenntnis zu setzen über die Unterredung, die er mit Ernst und Florentine gehabt hatte. Aber in der Darstellung dessen, was gemeinsamer Beschluss gewesen war, ließ er doch eine gewisse Skepsis einfließen. Die Frage, ob und wie ein solcher Plan erneut umzusetzen sei, nicht in Steglitz, nicht in der Nacht, untermalte er mit einem

Ton, der deutlich machte, dass er nicht fraglos von einem Gelingen ausging.

An der Ecke Friedrichstraße und Unter den Linden blieb Smith stehen und blickte in alle Richtungen zugleich, doch in erster Linie wohl in sein Innerstes. «Mir fällt jemand ein, den wir ...», sagte er nach einem Moment des Schweigens, stockte dann, blickte sich tatsächlich um, ob auch niemand lauschen konnte, und setzte fort: «... jemand, den wir töten könnten.»

Damit hatte Joseph nicht gerechnet.

16.

Im dritten Hof blickte sich Peterhardt um. Hier waren gleich mehrere Betriebe ansässig. Aus einer Schreinerei drang der größte Lärm, in einem Flachbau mit qualmendem Schornstein wurde wer weiß was produziert, und das harte Ping-Ping dort hinten klang nach einem Schmiedebetrieb.

Er blickte hoch und sah Wäsche vor den Fenstern hängen. Eine Frau im zweiten Stock nahm gerade ein Betttuch vom Reck und holte es in die Wohnung hinein.

Zweiter Stock. Dort musste er gleich irgendwo anklopfen. Bei Wismer. Er ließ den Lärm hinter sich und kletterte die knarzenden Stufen hoch. Den Namen fand er auf Augenhöhe an der Wohnungstür. Er war mit Bleistift auf das fahle Weiß der Tür gekritzelt. Nach dem zweiten Klopfen wurde ihm geöffnet.

Die Frau in der blauen Kittelschürze war ebenjene, die

er gerade von unten betrachtet hatte. Sie faltete ein Handtuch und starrte ihn dabei an. Schulterlanges graubraunes Haar, tiefe vertikale Falten im Gesicht. Zwei Kinder balgten hinter ihr um irgendetwas.

«Frau Wismer.» Peterhardt war als Angehöriger des Militärs zu erkennen, also musste die Frau auch wissen, warum er hier war.

Sie nickte, wandte sich um und ging stumm in die Wohnung hinein. Mehr als den Flur, die Küche und eine verschlossene Tür konnte Peterhardt nicht ausmachen. Er folgte Frau Wismer in die Küche, wo sie sich auf einen Stuhl setzte und das gefaltete Handtuch auf den Schoß legte. Sie hatte immer noch keinen Ton gesagt.

Peterhardt setzte sich auf einen der anderen Stühle am Tisch und betrachtete die drei kleinen Matratzen, die an der Wand lehnten. Auf dem Herd kochte etwas in einem großen Topf. Ein Kreuz hing an der Wand. Durch das geöffnete Fenster waren Schreinerei und Schmiede deutlich zu hören.

Die beiden Kleinen, ein Junge von vielleicht drei Jahren und ein noch jüngeres Mädchen, kamen in die Küche, stellten sich vor Peterhardt auf und starrten ihn an. Frau Wismer schien es kaum wahrzunehmen.

Gerade wurde energisch Holz in der Schreinerei zugeschnitten. Also begann Peterhardt mit lauter Stimme.

«Wissen Sie, was Ihr Sohn Berthold an jenem Abend auf dem Friedhof zu tun hatte?» Wenn sie die Kinder nicht rausschickte, dann musste ihn das auch nicht kümmern.

Die Frau atmete tief ein und sagte kein Wort. Die Kinder glotzten.

Die Frau stützte die Hände auf die Knie. Und schwieg weiter.

Peterhardt hörte, wie die Wohnungstür geöffnet und wieder geschlossen wurde. Ein Mädchen von zehn oder elf Jahren stand nun hinter den Kleinkindern. Sie guckte auf ihn, dann auf die Frau, zog die Kleinen in den dunklen Flur und stand dann erneut in der Küchentür. «Die sacht nix», flüsterte sie.

Peterhardt blickte dem Mädchen in die Augen, dann auf Frau Wismer, die das gefaltete Handtuch streichelte, und erneut auf das Mädchen.

«Nie?», fragte er.

«Nich mehr.»

Peterhardt erhob sich und verließ schnell und wortlos die Wohnung. Er hatte erst die Treppenkehre erreicht, wo es aus der Tür zum Wasserklosett streng roch, als die Wohnungstür wieder aufging. Das Mädchen stand in der Tür und sah ihm hinterher. Also wartete er.

«Früher war Mama anders.» Das Mädchen hatte Tränen in den Augen, so viel konnte er von seinem Standort aus sehen.

«Wann war das denn?», fragte er. «Früher.»

Als er sah, dass das Mädchen nachdachte, wusste Peterhardt, dass die Frage zu schwierig gewesen war. «Ist das so seit dem Tod von deinem Bruder?»

Sie schüttelte den Kopf. «Schon länger.»

«So wie jetzt?» Peterhardt machte zwei Schritte zurück zur Tür, zwei Stufen nur, aber der Geruch ließ schon nach.

«Manchmal sagt sie auch was. Wenn Papa da ist.»

«Wann kommt Papa denn?»
«Nach der Arbeit.»
«Wann ist das?»
«Spät.»
«Was macht Papa denn?»
«Er fährt Bier aus.»
«Für eine Brauerei?»
Das Mädchen überlegte. «Ich weiß nicht.»
«Wie viele seid ihr denn in der Wohnung?»
«Jetzt nur noch sieben.»
Zu acht hatten sie in der Bude gelebt. Er hatte das Schlafzimmer nicht gesehen, aber verlaufen würde man sich darin nicht.
«Weil Oma gestorben ist und weil Berthold nicht mehr wiederkommt.»
Neun, verbesserte sich Peterhardt, sie waren zu neunt gewesen. Was konnte ihm das Mädchen noch erzählen? Nichts. Er suchte und fand einen Groschen in der Hosentasche. «Komm her», sagte er.
Das Mädchen setzte die Schritte vorsichtig und blieb so stehen, dass sie auf Augenhöhe mit ihm war. Er drückte ihr die Münze in die Hand, dann ging er.

17.

Der Tilsiter kam auf den Teller. Der Speck ebenso.
«Ernst!» Schneiders Stimme war, was der Name vorgab, schneidend. Eher hoch, durchdringend, stets am Rand der Verzweiflung, trotz seiner gesellschaftlichen Position

durch die Haltung geprägt, etwas zu versäumen, nicht zu kriegen, was ihm zustand.

«Ernst!» Schon wieder.

«Ich bin gleich so weit.» Man konnte sich an alles gewöhnen, dachte Ernst, als er das Rufen hörte. Dieser Name zum Beispiel war im Grunde genommen nicht einmal besonders schlimm. Er war ja nicht Ernst.

Der Maler arbeitete heute zu Hause. Also erwartete er seine Stärkung im Atelier, das untergebracht war, wo andere in einem solch großen Haus den Salon eingerichtet hätten. Im größten und hellsten Raum.

«In den Keller muss ich noch.»

Aus dem Atelier kam ein laut vernehmliches Brummen.

Ernst blickte auf den Servierwagen. Käse, Speck, Gurken, dazu noch eingelegte rote Beete, zwei Sorten Brot in Scheiben, Butter und Schmalz, schließlich Wasser mit einem Spritzer Birnensaft. Fehlte nur noch der Wein.

Im Keller griff er zum Ahrwein. Drei Flaschen waren noch da. Bevor er wieder das Parterre erreichte, hörte er genau ins Haus hinein. Dann entkorkte er die Flasche, den Korkenzieher hatte er extra mitgenommen aus der Küche, nahm seinen Schluck und füllte auf, wie gewohnt.

Wieder oben ein letzter Blick. Besteck und Gläser, alles da. Er rollte die Verpflegung ins Atelier.

Erich Schneider stand vor der riesigen Leinwand, machte einen Schritt zurück, ging einen vor, trippelte bis zum rechten Rand des Bildes, auf dem nicht viel mehr als graue Striche zu erkennen waren. Dort drehte er den Kopf ein wenig, um bald wieder zurückzutreten und auf das ganze kaum begonnene Werk zu schauen.

«Stell's dahin», sagte er tonlos und wedelte mit der freien Hand. In der anderen befand sich ein dünner Pinsel, mit dem er Bewegungen durch die Luft vollzog, die er später an der Leinwand auszuführen gedachte.

Ernst ließ den Wagen also stehen, verließ das Atelier und schob die beiden Flügel der Tür zusammen. Einen Spalt ließ er offen.

Schon früh hatte er im Haus darauf achten gelernt, welche Dielen im Parkett Geräusche machten, wenn man auf sie trat, und welche nicht. Er setzte die Füße so, dass er nicht zu hören war und eine Weile ruhig stehen konnte. Bis Schneider sich umdrehte, um das Atelier zu verlassen. Oder bis Rosa aus der ersten Etage herabkam. Durch den Spalt sah er nun, dass sich Schneider mal wieder an den tropischen Pflanzen versucht hatte. Dafür verbrachte er schließlich Tag um Tag im Botanischen Garten. Um die Blüten üppiger Tropenvegetation zu studieren, die es im trockenen Deutsch-Südwest gar nicht gab. Jetzt zierten Umrisse dieser Pflanzen einige wenige Stellen am untersten Rand und in der linken unteren Ecke des Entwurfs. Wie sie dort überlebt hatten, im Wüstensand, musste dem Betrachter allerdings ein Rätsel sein.

Im Vordergrund ritt, so viel war schon in der Umrisszeichnung zu erkennen, der Kaiser auf einem Braunen gegen seine Leute. Hottentotten, so nannten die Deutschen sie, aber das war so wenig ihr Name, wie seiner Ernst war.

Die Striche markierten den Kaiser, der sein Pferd einhändig ritt, gegen den Feind. Ein Huf des Tieres schien eine ganze Gruppe von Angreifenden zu zerschmettern, all das dank der Entschlossenheit und der Reitkünste des Kaisers.

Dessen Physiognomie war schon in Teilen zu erkennen. Entschlossener Blick, in die Ferne gerichtet, also über die niedergerittene Bande hinaus, wo weitere Aufständische warteten, schemenhaft zu erkennen erst. Genau wie die riesige deutsche Kolonialarmee, die Schneider dem Kaiser hinterdrein ordnete. Auch hier erst dünne Striche, aber zu sehen war schon, dass dies die mächtige deutsche Schutztruppe war. Dies schien die zentrale Idee des Künstlers zu sein. Die deutschen Kolonialsoldaten ins nicht Endende fortzumalen.

Ernst las all die Zeitungen und Illustrierten, die Schneider nur deshalb liefern ließ, um sich selbst darin zu finden. Berichte über Ausstellungen und verkaufte Gemälde, über seinen künstlerischen Rang und die Stellung in der guten Gesellschaft. Er wusste, dass sein Herr den Vorstellungen folgte, die der Zeichenlehrer des Kaisers und langjährige Berater, der inzwischen hochbetagte Anton von Werner, repräsentierte. Realismus und Überhöhung. Die Details mussten wirklichkeitsgetreu zu erkennen sein, das gesamte Arrangement hingegen war frei für Imagination und Verherrlichung. Nur so hatte das berühmte Bild Bismarcks im Zentrum der Kaiserproklamation in Versailles erst entstehen können. Realistisch war das, aber dann doch wieder ganz und gar nicht.

Der Kaiser hatte seine Füße nie in die Kolonien gesetzt, schon gar nicht in die Dürre von Deutsch-Südwest. Und trotzdem würde das Gemälde nicht als der Unfug betrachtet werden, der es war. Denn die Führerschaft Wilhelms war unzweifelhaft. Das wollte das Gemälde vermitteln. Jeder Tote in der Wüste war ein Toter des Kaisers.

Er blickte noch einmal auf das ungeheure Ross des gemalten Monarchen. Vielleicht sollten sie in kaiserliche Stallungen eindringen und die Pferde dort massakrieren, Ernst musste an das letzte Treffen mit dem Kameruner und der Tochter aus dem Nachbarhaus denken. Hätte er diese Idee dort präsentiert, wäre die junge Frau schon dabei, einen Plan zu schmieden. Energie dafür hatte sie genug.

18.

Florentine rühmte sich, stets pünktlich zu Festen und anderen Anlässen zu erscheinen. Doch heute kam sie eine halbe Stunde zu spät. Absichtlich. Als Zeichen des Protests.

Vater setzte sie persönlich in Grunewald ab, sie ließ ihn davonfahren und ging sehr langsam auf die Villa der von Schulds zu. Sie wollte nicht hier sein. Nicht in Grunewald. Nicht bei Adele. Und das hatte nicht einmal damit zu tun, dass sie seit dem Gespräch mit Joseph und Ernst darüber nachdenken musste, ob sie das, was sie schon einmal getan hatten, tatsächlich erneut angehen wollten.

Natürlich hatten sie es gemeinsam getan, dachte Florentine. Auch wenn sie eher beobachtend teilgenommen hatte an der Ausführung ihres Plans. Und heimlich. Das nächste Mal würde sie sich nicht ausschließen lassen.

Wenn es ein nächstes Mal geben sollte.

Hier allerdings wollte sie nicht sein. Weil sie wusste, was

geschehen würde. Am liebsten wäre sie umgekehrt und davongelaufen.

Die Haustür öffnete sich. Ein Dienstmädchen nahm ihr die Jacke ab und führte sie in den Salon, wo die anderen vier warteten. Emilie stand mit dem Rücken zu ihr und starrte in den Garten. Sie drehte sich nicht um. Walburga und Gitti lehnten am Klavier, auf dem ihre Geigenkästen lagen, ungeöffnet. Adele lächelte sie verkrampft an. «Ich habe schon gedacht, es wäre etwas passiert», sagte sie. Immerhin waren sie jetzt vollständig.

Dann setzte sie erneut ihr Lächeln auf, zeigte viele Zähne. Sie griff zu einer Handglocke, bimmelte damit, ohne ihre Zähne zu bedecken. Als das Mädchen erschien, sagte sie: «Es ist so weit.»

Bald darauf stand ein Wagen mit zwei Sektflaschen und fünf Gläsern in der Mitte des Salons. «Kommt», sagte Adele leise.

Und dann: «Kommt alle.»

Und als sich die fünf im Kreis um den Servierwagen versammelt hatten: «Das ist der beste Rheingausekt, den Vater im Keller gefunden hat. Als er mir eine versprochen hat für heute, habe ich ihm gleich noch eine weitere abgeschwatzt. Denn wir haben etwas zu feiern. Und ich möchte, dass ihr es zuallererst erfahrt, denn es ist noch ein Geheimnis.»

Es ist kein Geheimnis mehr, dachte Florentine. Sie suchte Emilies Blick, die ein leeres Glas aus Adeles Hand nahm, ohne aufzublicken. Sie musste doch jetzt irgendetwas sagen, dachte Florentine, wer, wenn nicht Emilie? Die erste Flasche verlor lautstark den Korken, Adele goss den Sekt in die Gläser und hob dann ihres erwartungsvoll an.

Emilie ließ ihres auf halber Höhe und starrte weiter auf den Boden. Gitti, aufgerissene Augen, das Glas am ausgestreckten Arm, wartete misstrauisch. Walburga grinste in Erwartung dessen, was nun kommen musste, führte das Glas schon bis zu den Lippen, verkniff sich dann aber den ersten Schluck.

Florentine bewegte ihre Augen von Adele zu der perlenden Flüssigkeit im Glas und zu Emilie, die weiterhin die Stimmungstöterin gab.

«Ach», sagte Adele. «Das ist so ein schöner Anlass. Lasst uns doch feiern. Emilie.»

«Sag's schon.» Florentine hielt ihr Glas in die Mitte, über den Servierwagen, demonstrativ, sodass alle anstoßen konnten. Doch noch hatte sich Adele nicht offenbart. Jetzt bewegte sich auch Emilie. Hoch der Kopf und hoch das Glas.

«Ich weiß», sagte Adele langsam. «Ich weiß, dass jeder Anfang auch das Ende von irgendetwas ist. Aber wir sind Freundinnen. Und was auch geschieht, wir werden es bleiben. Ähm ...» Sie suchte nach Worten. «Ich habe das Gefühl, dass das alles überhaupt kein Geheimnis mehr ist, aber ich wollte das mit euch und für euch machen, denn wenn Vater es einmal verkündet hat, dann ist es ja öffentlich, und das ist es jetzt eben noch nicht. Und ihr müsst es eben zuerst erfahren. Dass ... Dass Julius von Schmidtheim und ich uns verloben werden.» Sie blickte von einer zur anderen. «Ach, natürlich wusstet ihr das schon alle. Vater wird es am übernächsten Wochenende bekannt machen. Dann wird es ein großes Fest geben, zu dem ihr natürlich alle eingeladen seid. Ihr kommt doch. Oder?» Sie blickte allen in die Augen, ohne wirklich eine von ihnen zu fixieren. «Also», sagte sie dann. «Das ist doch ein Grund. Oder? Trotz allem.»

«Darauf», sagte Walburga. Sie stieß ihr Glas gegen Adeles. «Auf dich, auf euch, auf ein gutes Leben.»

«Auf dich und auf euch», sagte Gitti und stieß ebenfalls mit Adele an.

«Hmhm», sagte Emilie und trank einen Schluck.

Florentine fühlte, dass es an ihr war, etwas zu sagen, sie wusste nur nicht, was. Die anderen, bis auf Emilie, die schon den zweiten Schluck getrunken hatte, warteten auf sie. Auf irgendetwas.

Verräterin, dachte Florentine. Würden sie sich ab jetzt nur noch zu viert treffen? War das der Gang der Dinge? Das Ende ihrer Jugend? Sie waren alle im heiratsfähigen Alter. Würde sie selbst in drei Monaten, oder fünf, die Gruppe ebenso zusammenrufen und ihre Verlobung bekannt geben mit einem jungen Herrn von Soundso, Erbe der Firma des Vaters? Oder bliebe sie am Ende allein mit ihren Überzeugungen? Allein mit den Überzeugungen und gesellschaftlich geächtet? Nein, dachte sie. Emilie würde immer an ihrer Seite stehen.

«Ja», sagte Florentine. Der ausgestreckte Arm wurde schwer. «Wir müssen immer zusammenhalten.» Sie versuchte, das Lächeln Adeles zu erwidern, und hielt ihr Glas so, dass die fast Verlobte anstoßen konnte. Dann stießen sie endlich auch im Kreis an und tranken gemeinsam. Emilies Glas war längst leer.

19.

Friedrich Smith war deutlich vor der verabredeten Zeit im Botanischen Garten. Er hatte seinen Sonntagsanzug am Leib, dabei war es erst Samstag. Die Bank, auf die er sich gesetzt hatte, bot ihm einen Blick auf den Eingang und in die Richtung, aus der oder in die Ernst mit seinem Picknickkorb unterwegs sein sollte. Er saß ruhig dort, die Beine übereinandergeschlagen, den Herzschlag konnte er pochend in der Schläfe spüren.

Ein Ehepaar in den Vierzigern hatte gerade das Kassenhäuschen passiert. Sie untergehakt im Arm des Gatten. Beide blieben stehen und fixierten ihn auf der Bank. Sie hatten gehofft, die Bank frei vorzufinden, das konnte er in ihren Mienen lesen. Geht weiter, dachte Smith. Nach kurzer Beratung taten sie genau das und spazierten in die Richtung, in der er den Eingang des großen Gewächshauses vermutete. Smith atmete tief ein, um den Rhythmus zu beruhigen, dann langsam aus, doch die Aufregung wollte sich nicht legen. Er holte seine Taschenuhr hervor. Mehr als zehn Minuten noch bis zum verabredeten Treffen.

«Darf ich?», hörte er eine Stimme neben sich. Joseph Ayang stand neben der Bank. Gewiss war er nicht durch den Eingang gekommen, den er im Blick gehabt hatte, es gab noch andere. Smith wies mit der Hand auf einen Platz neben sich. «Ich brauchte einen kleinen Spaziergang», sagte Joseph, nachdem er sich hingesetzt hatte, und zeigte in die Richtung, aus der Ernst zu erwarten war, nachdem er den Maler versorgt hatte. Allerdings war es nicht der Mann aus Deutsch-Südwest, der erschien, sondern Florentine, die, einen leichten Schirm in der einen, Petit-Point-Tasche in der anderen Hand, bedächtigen Schrittes auf dem Weg zum Ausgang schien, bevor sie am Tor ganz zwanglos die Richtung wechselte und auf sie zukam.

Beide Herren standen auf und boten ihr den Platz in der Mitte der Bank an. Sie schüttelte den Kopf, aber Joseph sagte: «Sie sollten sich hinsetzen, sonst fallen wir auf.»

Florentine setzte sich demonstrativ an den Rand und zog leicht zitternd die Handschuhe von ihren Fingern. Smith machte Joseph Zeichen, dass er ebenfalls Platz nehmen möge. Doch der schüttelte den Kopf: «Sie haben das ältere Recht. Sie waren vor mir hier.»

«Ob Ernst kommen wird?», fragte Smith, nachdem alle drei sicherlich eine Minute geschwiegen hatten.

«Oh», sagte Florentine. «Ich bin mir sicher. Eben noch habe ich ihn gesehen, durch die Fensterscheiben des Gewächshauses, wie er dem Schneider serviert hat. Da ...», sie hob eine Hand. «Dort kommt er.»

Smith sah Ernst, wie er den Korb, leicht nun, neben sich schwang und nicht anders als Florentine eben auf den Ausgang zuhielt. Und genau wie die junge Frau wandte er sich dort kurz um, und, ach schau an, wer ist denn da, marschierte dann mit festen Schritten auf sie zu. Er blieb stehen und blickte kaum merklich nickend allen dreien kurz in die Augen. Smith hatte nicht den Eindruck, als sei der Mann auch nur im Mindesten aufgeregt. Wenigstens einer.

Ernst holte tief Luft, bereit, etwas zu sagen, hielt sich aber zurück, als wolle er abwarten, ob jemand anderes das Wort ergreifen würde.

«Ja», sagte Joseph dann. Ebenfalls abwartend.

Florentine blickte auf.

«Fangen wir also an», sagte Ernst. «Würden Sie bitte, Friedrich», er ließ eine Pause, «würden Sie bitte erläutern, auf wen Ihre Wahl gefallen ist und warum? Herr Ayang hier», er neigte sich einen Millimeter zu Joseph, der neben ihm stand, «hatte mich und Fräulein vom Baum unterrichtet, Sie könnten jemanden benennen, der in die Planung passen möchte, den Fräulein vom Baum», ebenso wie gerade schon neigte er sich nun einen Millimeter nach vorn, zu Florentine hin, «für uns entwickelt hatte.»

Das war die Stunde der Wahrheit, dachte Smith. Die Konsequenzen, die dies haben würde, sein Vorschlag, den er seit Tagen in sich trug, gingen über alles hinaus, was diese so abenteuerliche und grauenhafte Nacht mit sich gebracht hatte. Er stand auf, um freier reden zu können.

«Bleiben Sie sitzen», sagte Ernst sehr entschieden. «Sonst fallen wir auf.»

«Wir fallen so oder so auf», sagte Florentine.

«Ich meinte», sagte Ernst, «dass wir noch mehr auffallen, wenn wir uns nicht an eine minimale Etikette halten. Dies ist eine Bank. Sie beide, Friedrich, Florentine, sitzen also. Wir hingegen stehen, weil das Bild, das wir sonst abgeben, nicht angemessen erscheinen könnte. Wir sind nur zufällig miteinander bekannt. Nicht wahr? Und ohnehin bin ich nur der Diener. Ich sitze nie.» Er machte einen halben Schritt zurück. «Bitte reden Sie, Friedrich.»

«Da ist einer», sagte Smith. «Ich kenne ihn nur vom Sehen und dann doch noch ein wenig besser, ich weiß allerdings nicht genau seinen Rang. Er kennt mich auch, weil wir einander schon öfter im Treppenhaus begegnet sind, aber ich denke, dass ich ihn anders beobachte als er mich. Wie in der Wohnung, in der ich ein Zimmer habe, wohnt nebenan auch eine ältere Frau, die allerdings nicht untervermietet. Anders als bei meiner Witwe Hohenstein ist die Witwe Vogel also allein in ihrer Wohnung. Sie scheint recht vermögend, und der, den ich meine, ist wohl ihr einziger Sohn. Wir begegneten uns mehrere Male im Hausflur, als er entweder dabei war, die Wohnung der Mutter zu betreten oder sie zu verlassen. Bei zwei Gelegenheiten hat er mich angerempelt, ohne dass es dazu einen Anlass gegeben hätte. Außer natürlich jenem, dass ich eben da gewesen bin, im Hausflur. Sie können sich denken», Smith machte eine winzige Pause, um Ernst und Joseph kurz anzusehen und dann, während er schon weiterredete, Florentine zu fixieren, «dass das kein Versehen war. Und wenn wir einander nicht allein begegneten, wenn also entweder seine Mutter oder meine Witwe Hohenstein zugegen waren, hat er mich zwar voller Abscheu angeblickt, Schweigen und Abscheu, jedes Mal, doch angerempelt werde ich vor Zeugen nicht. Zweimal habe ich ihn reden hören, und einmal, das muss ich zugeben, habe ich ihn sogar belauscht, wie er zu seiner Mutter sagte, dass er bald nach Afrika gehen werde, um dort wieder für Zucht und Ordnung zu sorgen. Oh ja, das weiß ich auch, die Witwe Vogel hat mehrere Male der Witwe Hohenstein gegenüber betont, dass ihr Sohn in Deutsch-Südwest gewesen ist. Ich denke, er ist ein guter Kandidat.» Smith nahm wahr, dass sein Mund ganz trocken war, als er die letzten Worte sprach.

«Da haben Sie ja nun überzeugend dargelegt, dass wir tun

sollten, was wir ohnehin tun wollen», sagte Ernst. «Aber mir reicht schon, dass es ein deutscher Soldat ist. Selbst wenn Sie ihn so beschrieben hätten, als sei mehr als nur ein Funken Menschlichkeit in ihm, wäre er für mich noch ein Ziel. Dass er in Deutsch-Südwest gewesen ist, passt allerdings. Vielleicht hat er Menschen getötet, die mir lieb waren, vielleicht auch nicht.»

Joseph hing an Ernsts Lippen, die Augen weit aufgerissen. Florentine, die dem Gespräch vorgebeugt gelauscht hatte wie einer interessanten Predigt am Sonntag in der Kirche, richtete sich auf. «Dann müssen wir trotzdem noch mehr über ihn wissen. Wir können ihn ja nicht in Ihrem Treppenhaus umbringen.» Sie wandte sich Smith zu. «Nicht wahr? Außerdem hatten wir beschlossen, dass er an einem öffentlichen Platz sterben soll. Nicht wahr? Alle sollen es sehen. Nicht wahr?»

Smith spürte, wie die anderen ihn anblickten. «Ich werde mehr herausfinden über den jungen Offizier Vogel. Bald schon. Das kann ich versprechen.»

«Gut», sagte Ernst. «Das ist gut.»

Douala, 27. März 1915

Mein lieber, lieber Theodor,

meine Fassungslosigkeit steigt mit jedem Tag. Und es vergeht keine Minute keines einzelnen Tages, an der ich nicht darüber räsoniere, ob wir uns an der Welt und ihrem Schicksal schuldig gemacht haben. Ich kann nicht anders, als erneut einen Brief an Dich so zu beginnen, obwohl ich weiß, dass ich in allen Briefen, die ich seit letztem Jahr an Dich verfasst habe, meinen Blick auf die Geschehnisse deutlich formuliert habe. Erschrecken ist ein Wort und Entsetzen ein anderes, das ich stets benutzt habe, vor allem in jenen vom Ende des letzten Jahres, und mir ist es nur zu bewusst, dass sich Sprache und Ausdruck in irgendeinem Moment des Lebens nicht mehr glaubwürdig nutzen lassen, die Wiederholung ermattet, wenn das Empfinden nicht mehr präzise genug ausgedrückt werden kann, doch so und nicht anders geht es mir.

Seit ich mich nach Boumnyebel zurückgezogen habe, um dort sowohl die Güter der Familie als auch im Auftrag der deutschen Kolonialverwaltung die Kautschuk-Plantagen zu übersehen, befinde ich mich am Rande, am Rande der Welt wie auch an dem der Kolonie. Aber ich denke, dass ich die richtige Entscheidung getroffen habe, denn aufgrund der ruhigen Lage, aber auch meiner Position, bin ich weit davon entfernt, in die Auseinandersetzungen hineingezogen zu werden, die auch hier, so sagt mein Onkel, stattfinden werden. Das, was die Franzosen jetzt schon la Grande Guerre nennen, ist hier längst sichtbar.

Und es geht ja weiter und weiter. Die Chronologie der Ereignisse ist in Boumnyebel kaum nachzuvollziehen, und diesen Brief schreibe ich Dir während eines kurzen Aufenthaltes im Haus meines Onkels in Douala, aber wenn ich mir anschaue, was sich mittlerweile auf hoher See, und sogar unter Wasser, ereignet, und dann auch noch die Diskussionen um den Kriegseintritt der Vereinigten Staaten von Amerika betrachte, dann fehlt mir in manchem Moment die Kraft zum Atmen.

Was sich zu verändern beginnt, ist mein Blick auf das

Geschehene. Ich weiß, dass unser Handeln am Anfang einer ganzen Kette von Ereignissen steht, die die Welt verändert haben und weiterhin verändern werden. Die Fassungslosigkeit darüber, dass mein, dass unser Tun all dies ausgelöst hat, trage ich in mir, und ich spüre sie jeden Tag. Da ist etwas, und es steht in direktem Zusammenhang mit der Suche, die in mir ist, der Suche nach einem Weg, zu begreifen, was wir getan haben, und es zu akzeptieren, und das ist die Frage, die die Menschen nicht loslässt, wenn sie sie einmal, ein einziges Mal nur gestellt haben. Die Frage nach Gott.

Du weißt, mein lieber Theodor, wir haben oft genug darüber geredet, dass ich sehr entschieden bin, sowohl was Deinen Gott betrifft als auch im Hinblick auf unsere Götter, denn mein Bild vom Gemachten der Religionen bleibt auf ewig bestehen. Obwohl ich mich, das muss ich hier aufschreiben, der Idee der vielen Götter, wie wir sie hier pflegen, durchaus näher fühle als jener des großen einen Gottes, noch dazu ist er uns stets beschrieben worden als so weiser wie weißer alter Mann, und doch zieht mich nichts dahin, einzustimmen in die Gebete und Verehrungen und Rituale zu Ehren dieser Gottheiten. Aber ich komme dann doch immer wieder darauf zurück, dass ich bis heute nicht weiß, was eigentlich geschehen ist damals, als Du und Deine Familie meine Heimat besucht habt, und wer, das ist die wirkliche Lücke in meiner Erinnerung, oder wusste ich es gar nie, wer also eigentlich veranlasst hat, dass Pastor Neumann mir diese Gelegenheit bot, nach Deutschland zu kommen. Ich habe sie beim Schopfe ergriffen, beinah ohne nachzudenken, und dass der Onkel mich drängen würde zu gehen, das war mir ohnehin keine Überraschung. Aber wessen Initiative es gewesen ist, die des Pastors oder doch jene Deines Vaters, das weiß ich bis heute nicht. Auch ist mir nie ganz klar geworden, wie realistisch denn die Möglichkeit erschienen ist, dem Pastor oder Deinem Vater, dass sich für mich ein Platz in einem Predigerseminar findet, irgendwo außerhalb Preußens vielleicht. Du weißt, dass mir das im Grunde gleich gewesen ist. Solange ich in Berlin bleiben konnte im Zustand der Ungewissheit, verblieb ich in Deiner Nähe. Das war mir genug. So viel zu Gott, ohne tatsächlich über Gott zu reden.

Warum dann all dies geschehen ist, höre ich Dich fragen, laut, in Deinen Briefen, für die ich so dankbar bin, ohne dass sie es tatsächlich aussprechen. Warum wir taten, was wir taten. Denn das ist, was uns schließlich getrennt hat. Ich vermag es nicht aufzuschreiben. Trieb mich die Angst davor, dass Pastor Neumann doch reüssieren würde mit dem Plan? Ich werde darüber nachdenken, sollte ich die Gelegenheit finden. Ich wage nämlich nicht vorauszusagen, was die Zeit, die kommt, bringen wird. Auch wenn es niemand offen ausspricht, so ist doch mein Eindruck, dass einige hier auf ein Ende der deutschen Herrschaft warten. Mein Onkel sagt, es sei zu früh, darauf zu hoffen. Aber er hat dabei diesen Blick in den Augen, der besagt, dass er genau dies tut.

Es sind schwierige Zeiten. Doch wie stets verbleibe ich mit dem Ausdruck meiner allervorzüglichsten Hochachtung, Dein Joseph Ayang

20.

Das Schweigen des Hauptmanns Spengler machte Leutnant Peterhardt nervös. Frage, Antwort, Frage, Antwort, Befehl. Das war der Rhythmus, den ihre Gespräche normalerweise hatten.

Und jetzt machte er diese offene Handbewegung, mit der linken, die nicht zu ihm passte. Die rechte war es, mit der er angehalten wurde, weiterzureden.

«... weshalb ich an diesem Tage keine Veranlassung sehe, von einer Konspiration welcher Art auch immer auszugehen», vollendete Peterhardt seinen Satz. Er hatte erläutert, warum er den Tod des jungen Schützen Wismer im Wedding als nicht politisch und staatszersetzend motiviert einordnete. Der Fall sei außerordentlich bedauerlich, aber eher einer Auseinandersetzung unter Zechenden zuzuschreiben als einer anarchistischen oder gar ausländischen Verschwörung. Die gestohlene Uniform bereitete ihm zwar erhebliche Kopfschmerzen, so hatte Peterhardt es dem Hauptmann auch offenbart, jedoch sei davon auszugehen, dass in einem Stadtbezirk wie dem Wedding mit seiner Bevölkerung, der es oft an Ein- sowie Auskommen und noch häufiger an Moral fehle, nicht ausgeschlossen sei, dass eine solche Tat lediglich der Versorgung mit wärmender Kleidung für den kommenden Winter zu tun habe. Und möglicherweise nicht einmal mit dem Tötungsdelikt selbst in Verbindung stehe. Der Nachtwächter des Friedhofs, so hatte Peterhardt berichtet, sei seit dem Mord verschwunden.

Der Hauptmann wartete, bis er geendet hatte. «Es gibt erneut einen Toten», sagte er dann.

Das war es also. Der Hauptmann hatte ihn auflaufen lassen. Zuerst den Bericht empfangen, dann die Neuigkeit überbringen. Peterhardt fühlte sich, als sei er in eine Falle gegangen. Er verspürte das Bedürfnis, den Hauptmann zu würgen, und hoffte, dass es ihm nicht anzusehen war.

Stattdessen blieb er stramm stehen. Und hörte zu.

«Wieder ein junger Soldat.»

«Wieder in der Nacht.»

«Wieder durch ein Messer.»

Der Hauptmann ließ ihm Zeit, die Nachricht zu verdauen. Hatte er schlecht gearbeitet? Falsche Schlüsse gezogen? Der Hauptmann sprach weiter.

«In Steglitz», sagte er.

Und: «Diesmal ein Offizier. Aus guter Familie. Vielversprechend. Auf offener Straße.»

Und, nach einer kleinen Pause: «Was sagen Sie nun?»

«In Steglitz?», fragte Peterhardt nur. Das war außerhalb der Stadtgrenzen Berlins.

«Das ist nun auch schon fünf Tage her.» Hauptmann Spengler saß hinter dem Schreibtisch, eine Hand nun ruhig vor sich, die andere an der Spitze des Bartes. Er tippte kaum merklich dagegen und hielt dann den Zeigefinger aufgerichtet. «Es dauert, bis uns diese erschütternden Nachrichten erreichen. Aber alles kommt früher oder später ans Licht.»

Peterhardt wusste, dass er früher oder später erfahren würde, was sich aus der neuen Situation zwingend ergeben musste. Angesichts eines weiteren toten Soldaten, noch dazu eines jungen Offiziers, wollte er nicht teilnahmslos erscheinen. Unterbrechen wollte er den Hauptmann aber schon gar nicht. Es galt, einen Moment zu finden, in dem der Vorgesetzte nicht gleich zu einem neuen Satz anhub. Und schon gar nicht auf dem Weg war, Worte für einen komplizierten Gedanken zu suchen. Also musste, was immer er auch formulierte, knapp sein.

«Messer», sagte er also. Das war weder eine Frage, die den Hauptmann zu irritieren imstande war, noch steckte irgendeine Dummheit in der Aussage, die das Gespräch oder schlicht die Gedanken des Vorgesetzten in eine falsche Richtung leiten sollten.

«Das sagte ich bereits. Wieder ist ein Messer im Spiel gewesen. Die Gemeinsamkeiten zwischen beiden Fällen, Mordfällen, man muss es aussprechen, sind doch offensichtlich. Da hat es jemand darauf abgesehen, unsere Wehrhaftigkeit zu zersetzen. Und ob da nicht doch eine größere Verschwörung dahintersteckt ...»

Peterhardt nickte, weil der Hauptmann es von ihm erwartete.

«Was ich von der Polizei halte, wissen Sie ja. Sie werden sich ab sofort verstärkt um diese Geschichte kümmern. Und bei der Steglitzer Polizei sind Sie angekündigt. Gehen Sie.»

Nicken. Salutieren. Peterhardt verließ den Raum.

21.

Er konnte sich nicht einfach an die Wohnungstür stellen, dachte Friedrich Smith, und darauf warten, dass der Kerl die Wohnung seiner Mutter verließ. Die Witwe Hohenstein huschte durch die Küche und bereitete das Abendessen vor. Nun hatte sie zwar keinen unverstellten Blick vom Herd auf die Wohnungstür. Aber sie würde bemerken, wie er den Weg aus seinem Zimmer hinaus zur Tür machte, würde alles stehen lassen, was sie in der Hand hielt, und mit ihm zu reden beginnen. Wo gehst du denn hin, Friedrich? Wann bist du wieder zu Hause? Soll ich das Abendessen auf dem Tisch stehen lassen? Sie meinte es ja gut.

Durch die nur einen Spalt weit geöffnete Zimmertür vermochte er durchaus zu hören, was sich im Hausflur tat. Vogel verlässt die Wohnung nebenan. Er redet mit seiner Mutter. Der Aufzug erreicht ihre Etage.

Wenn allerdings die Witwe Hohenstein gerade im Begriff war, Zwiebeln zu schneiden oder den Braten löschte, dann konnte er genauso gut verpassen, was außerhalb der Wohnung vor sich ging. Schon letzte Woche hatte Smith vergeblich versucht, dem Jungen auf der Spur zu bleiben. Eigentlich, ihm überhaupt auf die Spur zu kommen. Er hatte sich auf der Straße in Stellung gebracht, in einem Hauseingang zuerst mit Blick auf den alten Schöneberger Hafen, dann aber begriffen, dass er sich viel zu sehr exponierte. Viele, die auf dem Trottoir unterwegs waren, drehten sich noch einmal nach ihm um. Die Kleidung? Das Gesicht?

Also hatte er begonnen, auf und ab zu gehen. Das erschien ihm unverfänglicher. Um die nächste Hausecke und wieder zurück. Und erneut. Und dann noch einmal. Und hatte sich wieder sehr, sehr unwohl gefühlt und nicht viel weniger beobachtet. Niemand ging hier auf und ab. Schon gar nicht jemand, der aussah wie er.

Dann spazierte er am Hafenbecken entlang zum Landwehrkanal, drehte sich dort um und ging ebenso lässig wie entspannt wieder zurück. Dabei musste er Vogel verpasst haben. Das sollte ihm heute nicht passieren. Den Zylinder in der Hand, es war schließlich Sonntag, stand er da und meinte mit einem Mal, im Hausflur etwas zu hören. Schritte und, ja, auch den Aufzug, der bei ihnen im zweiten Stockwerk ankam. Bleib ruhig, sagte sich Smith. Er gab dem Aufzug noch einige Sekunden, dann setzte er den Zylinder auf und lief zur Wohnungstür.

«Friedrich», hörte er die Witwe Hohenstein.

Die Klinke in der Hand blieb er stehen.

«Das Abendessen steht dann auf dem Tisch.»

«Danke, Frau Hohenstein», sagte er und war froh, dass in der Küche irgendetwas brutzelte. Er öffnete die Tür und rannte, ohne auf den Lift zu warten, die Treppen hinunter und zur Haustür hinaus.

Und richtig. Dort ging er lässig, mit durchgedrücktem Kreuz, an der Ostseite des Hafens entlang in Richtung Kanal. Smith folgte ihm in einigem Abstand. Er wusste, dass sich der Verfolgte nicht umsehen würde. Er bewegte sich nämlich so, als erwarte er, dass sich andere nach ihm umdrehten.

Bald erreichte Vogel die Schöneberger Brücke und überquerte den Kanal. Bislang hatte er keine Anstalten gemacht, eine Droschke herbeizurufen. War er auf dem Weg zu seiner Kaserne? Machte er noch woanders halt? Bevor Friedrich ihm über die Brücke folgte, ließ er dem Uniformierten ein wenig mehr Vorsprung. Hätte er sich fahren lassen wollen, dann hätte es schon eine Vielzahl von Gelegenheiten gegeben. Gerade fuhr wieder eine Motordroschke vorbei.

Auf der Südseite des Kanals wurde Vogel langsamer. Wohin nur mochte er unterwegs sein, fragte sich Smith aufs Neue. Die nächste Kaserne war nicht weit. Die nächste Kaserne war in Berlin nie sehr weit entfernt. Jetzt bog der Mann ab und verkürzte erneut die Schritte. Smith blieb stehen und holte die Taschenuhr hervor. Gleich fünf Uhr am Nachmittag, und er war Vogel schon einige Kilometer auf der Spur. In dem kleinen Park, der die Fahrbahnen in der Baerwaldstraße voneinander trennte, schien es ihm dann, als sei das Ziel die Kaserne an der Ecke zur Urbanstraße, deren Namen er nicht kannte.

Und tatsächlich. Smith beobachtete den Uniformierten von der Kreuzung aus, wie er, eher lässig grüßend, das Gelände betrat und aus seinem Sichtfeld verschwand. So gut hatten es die Reichen. Selbst der Weg vom Elternhaus zur Kaserne war nicht weit.

Aber was bedeutete das für sie? Die kurze Strecke bot kaum Möglichkeiten, den Mann zu stellen.

Das letzte Stück war zwar ein Park, und Bäume wie Büsche boten Sichtschutz, aber am Sonntagnachmittag waren dort stets auch Paare beim Spaziergang zu finden. Das Gleiche galt für die Wege zu beiden Seiten des Kanals. Immerhin war sich Smith sicher, dass Vogel diesen Weg regelmäßig machte. Die Witwe Hohenstein hatte dies bestätigt, ohne dass er danach gefragt hatte. Von ihr wusste er auch, dass Vogel bald wieder auf dem Weg in die Kolonien sein würde. Nur genau wohin, das vermochte sie nicht zu sagen. Die Witwe hatte stets einen leisen Ausdruck der Trauer auf dem Gesicht, wenn sie über den Sohn der Nachbarin redete. Ihr eigener Sohn, den sie gern wie die Nachbarin den ihren Sonntag für Sonntag empfangen würde, war jedoch mit dem Handelshaus Wasserburg in Papua zugange. Er hatte dort seine Familie und fand nur alle Jubeljahre den Weg nach Berlin.

Sie würden genau überlegen müssen, wie sie mit dem jungen Vogel fertig werden wollten.

22.

Joseph hatte die Klinge des Messers in ein festes Baumwolltuch gepackt. So hoffte er, dass weder das Jackett, in dessen Innentasche es steckte, beschädigt würde noch er sich verletzte. Friedrich Smith und Ernst hatten ihm nicht offenbart, wo am Leib sie ihre Waffe verborgen hielten, aber aus Friedrichs ganz leicht gebeugtem Gang meinte er zu schließen, dass er es ebenfalls an der Brust trug und durch das kaum merkliche Vorbeugen verhindern wollte, sich durch die Klinge selbst zu gefährden. Ernst wirkte wie stets konzentriert und unnahbar. Hätte Joseph raten müssen, wo am Körper er das Messer trug, hätte er auf eine der großen Hosentaschen seiner Arbeitshose gezeigt.

Im Grunde war es nicht wichtig. Sie waren vor Ort, und sie waren vorbereitet.

Joseph wanderte scheinbar gedankenverloren an der Ostseite des Schöneberger Hafens auf und ab. Friedrich Smith wirkte wie ein sonntäglicher Kirchgänger und wartete an der westlichen Seite des alten Hafenbeckens. Er verbarg sich nicht, aber die Entfernung zwischen seinem Standpunkt und der Haustür, von der aus man direkt auf das Wasser sehen konnte, war beträchtlich. Seine Aufgabe war es zunächst, Vogel für ihn und Ernst unmissverständlich zu identifizieren. Für den Offizier Vogel sollte Joseph wie ein sauber gekleideter, doch nicht sonderlich betuchter junger Mann seines Alters wirken, der in Deutschland noch nicht sein Glück gefunden hatte. Also in etwa als der, der er tatsächlich war. Ernst wiederum stand kaum verborgen hinter der Hausecke in der Straße, die zum Anhalter Bahnhof führte. Er scherte sich nicht darum, dass ihn die Leute angafften. Manche musterten ihn von oben bis unten und zurück, gerade blieb ein Ehepaar mit zwei Kindern auf dem Sonntagsspaziergang sogar stehen. Joseph war froh, nicht zu hören, was diese Leute zu ihm sagten oder untereinander redeten.

So warteten sie kaum eine Viertelstunde, Friedrich hatte angekündigt, dass der Mann am Sonntag verlässlich zur gleichen Zeit die Wohnung seiner Mutter verließ. Und da erschien auch schon ein junger Herr in Uniform. Friedrich erhob wie verabredet den Arm, und Joseph wusste, dass es nun um alles ging. Er entfernte sich in Richtung Brücke, um die beste Position zu haben, dem Offizier einen Schritt voraus zu sein, wenn er den Weg nahm, den er letzte Woche ebenfalls gegangen war. Das Messer brannte Joseph nun heiß auf der Brust.

Der Plan hieß Gelegenheit. Tauchte keine auf, war der Plan dahin. Ergab sie sich aber, würde einer der drei, sehr wahrscheinlich Ernst oder er selbst, denn Friedrichs Distanz zum Offizier war doch groß, ihn an einer wenig belebten Stelle in einen Hauseingang drücken und dort mit dem Messer in den oberen Brustbereich stechen, bis er aufhörte, sich zu bewegen. Das galt für den Fall, dass er einen anderen Weg nahm als den am Kanal entlang. Vielleicht würden sie ihn auch zu zweit zu erledigen versuchen. Gerade war Offizier Vogel in der Mitte der Brücke beinah eingekreist von einem Elternpaar, das vier Halbwüchsige vor sich her scheuchte, zwei Jungen und zwei Mädchen. Auch am Ende der Brücke blieb diese Familie in direkter Nähe zu ihrem Mann. Ernst hielt sich direkt dahinter. Friedrich war fern ebenfalls zu sehen.

Auf dem Spazierweg am Kanal entlang kamen Joseph nun ganze Gruppen von Menschen entgegen, Ehepaare, noch nicht Vermählte, jüngere Männer zu zweit, zu dritt oder zu viert. Am Halleschen Tor war wohl eine Veranstaltung zu Ende gegangen. Vielleicht würde Vogel hinter den Eisenbahnbrücken zum Anhalter Bahnhof das Ufer verlassen und den Weg durch das Viertel suchen, um seine Kaserne zu erreichen.

Das hoffte Joseph, und er hoffte vergebens.

Die Familie mit den vier halbwüchsigen Kindern war mittlerweile nicht mehr zu sehen, Ernst hatte dafür aufgeschlossen. Er behielt eine Entfernung von höchstens zehn Metern zu Vogel bei. Der drehte sich nicht um, nahm ohnehin seine Umgebung kaum wahr, wie es Joseph scheinen wollte. Andere Spaziergänger kamen hinzu, immer noch strömten Leute in die entgegengesetzte Richtung, und schon hatten alle drei die Brücke am Halleschen Tor passiert.

Auf der Blücherstraße erst, er hatte beinah schon die Heilig-Geist-Kirche erreicht, begriff Joseph, dass Vogel nicht die Strecke gehen würde, die Friedrich ihnen angekündigt hatte. Immer noch war es eher belebt, kaum einmal legten sie zwanzig Meter zurück, ohne anderen Menschen zu begegnen. Und gleich war es auch nur noch ein kurzes Stück Weg bis zu Vogels Kaserne, von der sie mittlerweile auch den Namen wussten: Kaserne des Kaiser Franz Garde-Grenadier-Regiments.

Friedrich hatte mittlerweile zu Ernst aufgeschlossen. Die beiden redeten, wie Joseph von der gegenüberliegenden Straßenseite beobachtete. Mit beiden Händen signalisierte Friedrich ihm nun, stehen zu bleiben; der Plan war offenbar aufgegeben. Also tat er das und starrte dem Offizier hinterher. Als die beiden ihn erreichten, sagten sie zunächst kein Wort.

Friedrich fand die Sprache als Erster wieder. «Letzten Sonntag hat er einen anderen Weg genommen.» Das war nun nichts Neues. «Vielleicht ist er also am nächsten Sonntag wieder ...» Friedrich vollendete den Satz nicht.

Ernst starrte zur Kreuzung, an der die Kaserne schon zu sehen war. «Wir müssen mutiger sein», sagte er. «Oder wir brauchen einen besseren Schlachtplan.»

Sicher nahm er ihr Schweigen als Zustimmung, dachte Joseph. Und empfand es als Niederlage, dass sie nicht einmal in die Nähe einer Situation gekommen waren, in der sie den Mann unter ihre Kontrolle hätten bringen können. In einem Fenster auf der gegenüberliegenden Straßenseite bemerkte er ein Gesicht, einen Blick, es war der eines alten Mannes, der fest auf sie gerichtet war. Natürlich fielen sie auf. Das hatten sie bei der Vorbereitung dieses Tages gar nicht genug gewürdigt. Und jetzt standen sie auch noch in einer Gruppe zusammen. Möglicherweise brauchten sie nicht nur eine neue Gelegenheit, sondern tatsächlich einen viel besseren Plan, wie Ernst es betont hatte.

23.

Leutnant Peterhardt war nicht unglücklich über die Verbindungsarbeit zur Polizei. Das bedeutete zwar erheblichen Mehraufwand im Vergleich zu seiner sonstigen Tätigkeit, aber er war außerhalb der Kaserne und somit außerhalb der Reichweite Hauptmann Spenglers. Und im Grunde ähnelte die Ermittlung in den Fällen der toten Soldaten jenen, die er sonst auch erledigte. Nur war er da selten von Toten umgeben. Es hatte doch mehr mit disziplinarischen Delikten zu tun, die auch in einer Kaserne geschahen. Gerade hatte er sicher längere Wege zurückzulegen, dachte er, während er sich der Stelle näherte, an der der Fähnrich von Beukenberg ermordet worden war.

Ein Raubüberfall. Das war der erste Gedanke, der Peterhardt in den Sinn kam. Er hatte sich umgesehen von dem Ort aus, den er anhand einer Zeichnung identifiziert hatte, die er wiederum selbst mit wenigen Strichen auf einen Zettel gebracht hatte, als er bei der Steglitzer Polizei informiert worden war. Hier also war der junge Mann gestorben. Außer einer welken roten Rose, die am Rand des Trottoirs abgelegt worden war, erinnerte nichts an den gewaltsamen Tod des Soldaten.

Systematisch, wie er war, hatte er in alle vier Richtungen, in denen die Straßen verliefen, geblickt und den Wohlstand zu ermessen versucht, in dem man hier lebte. Dort, hügelan, der Botanische Garten, das Zentrum von Steglitz in jener Richtung, Dahlem war auch nicht weit. Wer hier lebte, hatte gute Chancen, reich zu sterben. Das war dem Fähnrich von Beukenberg genau so geschehen.

Aus den Akten, die er im lokalen Polizeirevier eingesehen hatte, ging hervor, dass mindestens zwei Personen den Mann überfallen haben mussten. Einer, um ihn festzuhalten, der zweite, um ihm den Hals durchzuschneiden. Nicht ganz einfach ließ sich dagegen rekonstruieren, was dann geschehen war.

Natürlich hatten sich die beiden Mörder aus dem Staub gemacht. Anhand von Fußspuren meinte der Steglitzer Kriminalinspektor erkannt zu haben, dass bald darauf schon eine dritte Person am Tatort erschienen sei. Und dann sogar noch eine vierte. Das auch nur, weil er sich diese Spuren ganz genau angesehen habe. Und die vierte Person sei entweder ein kleiner Mann gewesen oder, und das mitten in der Nacht, aber man wolle ja auch nichts ausschließen, wenigstens in Gedanken nicht, hatte er gesagt, oder eine Frau.

Peterhardt dachte sofort an Eifersucht, als er sich fragte, was eine Frau dazu bewogen haben mochte, sich an diesem Ort aufzuhalten. Leider waren diese Spuren vom Auffindungsort aus nur wenige Meter weit zu verfolgen, so der Inspektor. Als er sich fragte, wo eigentlich der örtliche Schutzmann gewesen war, als der Soldat getötet wurde, bemerkte Peterhardt die zwei Frauen, die auf ihn zukamen. Hausangestellte beide, die eine etwas, die andere deutlich jünger als er, und er fing gerade noch die unverhohlen lüsternen Blicke auf, die sie ihm zuwarfen. Hätte er doch besser achtgegeben, dann wäre da mehr Zeit gewesen, die beiden von vorn zu betrachten. Jetzt musste er sich damit zufriedengeben, dass sie ihm ihre Hinterteile vorführten. Kurz stellte er sich vor, sie würden stehen bleiben und ihre Röcke für ihn heben.

Die beiden Frauen waren längst abgebogen, und er hatte sich verloren in Gedanken, die nichts mit dem Fall zu tun hatten. Der Polizist, der nachts hier seine Runde drehte, war natürlich befragt worden und hatte ausgesagt, dass er nichts Außergewöhnliches bemerkt hatte. Was sollte er auch anderes sagen? Hätte er irgendetwas gesehen, das ihn alarmiert hätte, dann hätte er doch gehandelt.

Genau wie bei dem jungen Schützen im Wedding gab es auch hier keine Zeugen. Das ist eben so bei nächtlichen Vorkommnissen. Hier, in diesem Teil von Steglitz, wo ganz offensichtlich eine Ordnung herrschte, die nicht oft gestört wurde, war das erst recht nicht verwunderlich. Er sollte nicht zu viel darauf geben, dass da eine Verbindung existieren könnte zwischen den beiden Fällen.

24.

«Ich werde das tun», sagte Florentine und blickte zwischen den anderen hindurch.

Friedrich Smith beobachtete sie, als sie das aussprach. Das zischende Einatmen hatte ihr ratloses Schweigen unterbrochen. Sicher eine halbe Stunde standen sie da schon an einem Ende der Brücke über den Eichenteich im Botanischen Garten. Nur am Wochenende waren hier Menschen unterwegs, und trotzdem fühlte er sich beobachtet, zu oft schon hatten sie sich hier getroffen. Ihrer aller Ratlosigkeit war mit Händen zu fassen, es schien beinah unmöglich, eine Lösung zu finden für die Tötung des Offiziers Vogel.

Sie hatten mithilfe eines Stadtplans die Wege studiert, die er gehen konnte, und die Möglichkeiten, ihn zu attackieren. Manche der Strecken, die Vogel blieben, um vom Schöneberger Hafen zur Kaserne zu gelangen, verboten sich. Joseph Ayang hatte Märtyrertum ins Spiel gebracht. Einer von uns geht auf ihn zu, hatte er gesagt, unter aller Augen, bringt ihn um und lässt sich dann verhaften. Ernst hatte deutlich wahrnehmbar genickt, aber nicht mit Worten zugestimmt. Florentine hatte geschwiegen. Er selbst hatte zu Boden geschaut: «Oder töten», hatte er gesagt. «Sie werden denjenigen sofort totschlagen.» Sie besprachen sich nicht weiter über Josephs Einwurf.

Sie hatten das Treffen auf Florentines Wunsch einberufen. Nicht schon wieder am Eingang, war ihre Maßgabe gewesen. Sie waren in der Tat gesehen worden bei ihren vorherigen Treffen. Mindestens ein Ehepaar, das, so bestätigten sowohl Florentine als auch Ernst, in der Nähe des Gartens lebte, hatte mehr als einmal auffällig herübergestarrt. Wenn auch nur die beiden zu reden anfingen, dann würde es bald die Runde machen, dass eine Tochter aus gutem Hause sich mit drei Herren traf. Und nicht genug, dass sie drei Männer waren, es handelte sich bei ihnen um einen Diener, einen Boten und einen Studenten der protestantischen Theologie in spe. Und dann gab es natürlich noch ein weiteres Merkmal, das die drei sehr verdächtig erscheinen ließ.

Vielleicht war es diese Besorgnis, die sie lähmte und verhinderte, dass ihnen ein besserer Plan einfallen wollte. Über Hauseingänge hatten sie debattiert, in die man Vogel drängen konnte, um ihn dort zu erstechen. Und immer wieder war die Sprache auf den kleinen Park in der Baerwaldstraße gekommen. Der befand sich schon recht nah an der Kaserne, und zur linken wie zur rechten Seite gingen durchaus häufig Menschen spazieren, aber sie wussten ja ohnehin nicht, ob Vogel dort entlanggehen würde.

Dann war irgendwann diese Stille aufgekommen. Spätestens nachdem die beiden Damen auf die Brücke getreten waren und mehrere Minuten schweigend über die Brüstung geblickt hatten. Eine von ihnen hatte sich durchaus umgeschaut zu der Gruppe, in den Augen all die Fragen. Friedrich hatte sich abgewandt. Florentine war zu einer nahe stehenden Bank spaziert, um sich für Momente darauf niederzulassen, erst als die beiden Passantinnen endlich weiterspazierten, waren sie wieder zusammengekommen. Und diese Stille hatte sich über sie gelegt.

Bis Florentine ebendiesen Satz aussprach. «Ich werde das tun.»

Ernst und Joseph hatten die Augen aufgerissen. Friedrich spürte, dass es an ihm war, etwas zu entgegnen. «Sie sind eine Frau», sagte er also. Ganz leises Nicken bei Joseph, während Ernst den Kopf um wenige Grade zur Seite legte.

«Ich habe Möglichkeiten, an die Sie nicht einmal denken können», sagte sie. Immer noch ließen Joseph und Ernst keinen Ton hören.

«Fehlen mir also Erfahrung», Florentine schaute Friedrich direkt ins Gesicht, «oder Fähigkeiten?»

Mit dieser Frage hatte er nicht gerechnet. Und schon setzte sie nach: «Haben Sie denn schon getötet?» Sie fixierte ihn, und Friedrich blickte sich um, bevor er antwortete. «Natürlich nicht.»

«Nicht einmal in Ihrer Militärzeit?»

Er schüttelte den Kopf. «Es herrschte ja kein Krieg.»

«Joseph, Sie?», fragte Florentine und ließ endlich von ihm ab.

«Nein», sagte Joseph leise und mit knabenhaft hoher Stimme.

«Ernst?»

Der zog seine Schultern zusammen. «Sicherlich habe ich getötet.» Mehr sagte er nicht.

Dann eröffnete Florentine ihnen ihren Plan. Er hatte Schwächen, ganz sicher, aber keine, über die sie nicht schon früher geredet hatten. Und, da hatte sie recht, Stärken, von denen ihre Idee profitieren konnte. In erster Linie aber war es ihre Entschlossenheit, die alle überzeugte. Also begannen sie, noch einmal über den Weg zu sprechen, den der Offizier Vogel am nächsten Sonntag nehmen sollte.

Douala, 30. November 1918

Mein lieber, lieber Theodor,

nun habe ich schon den dritten Brief von Dir erhalten in weniger als drei Monaten, und ich scheue mich nicht zu sagen, dass mir dieser Umstand allein schon so viel Freude bereitet, dass ich den ganzen Tag voller Glückseligkeit verbringe. Dabei weiß ich natürlich, dass es angemessen wäre, weniger den Empfang Deiner Zeilen allein zum Anlass zu nehmen, diese tiefe Freude zu empfinden, als vielmehr die zahlreichen Anlässe, die Dich bewogen haben, Dich mir wieder und wieder mitzuteilen.

Dass dieser Krieg zu Ende geht, der große, wie sie ihn nun überall nennen, ist mir gewiss Erleichterung genug. Und auch wenn ich mich lange noch nicht abgefunden habe mit der Rolle, die wir dabei gespielt haben, und damit der unermesslichen Schuld, die auf mir liegt, auf uns, dass der Krieg überhaupt ausbrechen konnte, so gelange ich doch ganz langsam zu der Erkenntnis, dass es im Grunde wohl nur eines äußeren Anlasses bedurfte, ihn zu beginnen.

Beinah hätte ich geschrieben, gleich für welche der kriegerischen Seiten, aber Du weißt um meine Haltung zu der Rolle, die Deine Landsleute hier in meiner Heimat eingenommen haben, und um das Urteil, das ich über sie gefällt habe.

Mit dem Ende der deutschen Kriegshandlungen im Großen Krieg versiegt zwar der Strom der aus ihrem weitgehend zerstörten Land fliehenden Franzosen, aber die deutschen Truppen hier, das ist weniger mein Eindruck als eher der jener, die sich besser auskennen als ich, die deutschen Truppen also sind nicht mehr bei der Sache, weil sie wissen, was ihr Stündlein geschlagen hat, hier wie in Europa. Und ohne es also laut zu hören, spüre ich doch die Erwartung, dass die Franzosen bald unsere Herren sein werden. Auch wenn nicht alle damit einverstanden sein werden in meiner Familie, denke ich, dass es uns dann besser gehen wird. Oder, mein lieber Theodor, verdränge ich nur mein schlechtes Gewissen oder gar meine Angst vor den Konsequenzen meines Tuns? Was meinst Du? Ach, niemand weiß doch darum. Beinah niemand. Nicht einmal Du weißt alles. Ich hoffe so, dass sich das einst ändern wird.

Nun aber zu etwas ganz anderem. Ich verstehe sehr gut, mein lieber Theodor, warum die Dinge beim Namen zu nennen Du Dich scheust. Uns erreichen hier nur sehr langsam die Informationen darüber, was in Russland geschieht, es ist wie mit Wassertropfen, die auf ihrer Reise verdunsten. Man muss sich einen Reim machen auf die Nachrichten, von denen man liest oder hört. Und vielleicht also verstehe ich, warum Du den Begriff Revolution stehen lassen kannst für das, was dort geschieht, und ihn ablehnst für die Ereignisse, die sich um Dich herum abspielen. Ich vermute, das hat mit Folgendem zu tun. Und verzeih mir, wenn ich in eine falsche Richtung blicke, aber ich beziehe mich auf das, was mir zu Ohren kommt und was ich von Dir zu lesen erhalte. Während in Russland diese Revolution von einer mehr oder weniger geeinten Kraft getrieben zu sein scheint, sind die Aufstände, die sich in ganz Deutschland abspielen, doch weitaus ungeordneter. Würdest Du mir zustimmen?

Auch hier vor Ort, es gibt immer noch viele Deutsche in meiner Heimat, auch wenn ihre Zahl beständig abnimmt, werden Geschichten erzählt über das, was sich in deutschen Städten abspielt. Dass sie bald alle in der Hand von Räten sind, dass Komitees gebildet werden, dass es noch keine Kraft gibt, die das Ganze kontrolliert, dass ganz unterschiedlich verfahren wird mit jenen, die den Krieg begonnen haben. Ich persönlich würde einstehen für die Methode, den Generälen den Hals abzuschneiden, wie Du Dir vorstellen kannst, und sie nicht zu verschonen. Keinen. Nicht einen einzigen.

In jedem Fall erscheint mir eine fortschrittliche Regierung ein wichtiger Schritt hin zur Zivilisierung Deines Landes. Du wirst nun sagen, dass die Idee dessen, was in meiner Berliner Zeit fortschrittlich genannt werden durfte, mit dem, was gerade in Deutschland geschieht, kaum miteinander zu vergleichen sei. Zu viele neue Akteure, sagst Du, zu viele neue Entwicklungen. Mir sind aber, das weißt Du sehr genau, noch zu viele Fortschrittliche in Erinnerung, die in der Frage der Kolonien eine Haltung eingenommen haben, die meiner und unserer Freiheit so gar keine Bedeutung beigemessen hat. Einen Namen von ihnen unter anderen habe ich mir sogar gemerkt, Gustav

Noske. Ich vermute, dass weder Du noch der Vater je ein gutes Wort über diesen Mann haben fallen lassen, aber ich weiß doch, dass auch andere Mitglieder der Sozialdemokratischen Partei, wenn nicht so eindeutig positioniert, so doch nur selten die Rechte der Menschen in den Kolonien im Blick hatten. Ihr Anliegen war stets, die Ausgaben und die Kosten anders zu verrechnen, und ich erinnere mich noch sehr genau daran, mein lieber Theodor, dass Du genau das den sozialdemokratischen Weg nanntest. Ich versuche immer noch, das zu verstehen. Möglicherweise sind andere Kräfte am Werk dieser Tage, andere Fortschrittliche, das werden wir sehen, sobald es an die Frage der Kolonien geht. Wenn Deutschland sie nicht ohnehin von ganz allein verliert. Denn das sehe ich beinah so kommen. Mein Onkel sieht das ebenfalls so.

Dass sich Florentine bei den neuen Kräften einbringt, wundert mich nicht. Die Frauenfrage hat sie immer umgetrieben, und das soll ja wohl ein zentraler Baustein der neuen Politik sein. Ich sehe Florentine vor mir, mit ihrer Energie und ihrem Mut. Bitte schreib mir, wie sie sich schlägt unter all den Männern. Und bitte schreib mir sowieso. Trotz all der Veränderungen um mich herum und in anderen Teilen der Welt frage ich oft nach Briefpost aus Deutschland, wenn wieder ein Gesandter der Kirche hier eintrifft, oder auf einem anderen Weg, den Du als sicher erachtest.

Ich verbleibe mit dem Ausdruck meiner allervorzüglichsten Hochachtung, wie immer, Dein Joseph Ayang

25.

Als der junge Offizier Vogel unter Florentines Augen das Haus verließ, war Ernst noch nicht am Schöneberger Hafen eingetroffen. Sie hatten gewusst, dass das geschehen konnte. Eine Weisung des Malers, und alle Absprachen waren umsonst. Ernst war kein freier Mann.

So standen sie zu dritt auf der Brücke. Sie und Friedrich auf der einen Seite des Kanals, Joseph auf der anderen. Aber ob mit oder ohne Ernst, die Absprachen waren getroffen. Sie würden Vogel folgen, nur andersherum. Sie würden ihm nicht hinterhergehen, sondern, alle drei, ihm immer ein Stück voraus zu sein versuchen. Das war nur denkbar, weil sie die Möglichkeiten des jungen Offiziers für limitiert hielten, was die Auswahl der Wege anging, die er nehmen konnte vom Haus am Hafen zur Kaserne. Sie kannten den Ausgangspunkt, und sie wussten, wo sich das Ziel befand. Florentine wandte sich schon ab und beeilte sich, den Vorsprung, den sie auf Vogel hatte, zu halten. Vorerst.

Die Verabredung, die sie zu viert getroffen hatten, musste nun für drei gelten. Das machte es schwieriger, aber nicht unmöglich. Sie selbst würde sich am Ufer entlangbewegen in der Hoffnung, dass Vogel nicht in Eile war und wie sonst auch locker ausschritt. Friedrich würde sich irgendwo zwischen ihr und dem Sohn seiner Nachbarin einordnen, versetzt, auf der anderen Straßenseite wenn möglich, sowohl sie als auch den Soldaten im Blick behaltend, und zur gleichen Zeit auch versuchen, immer wieder stillen Kontakt herzustellen zu Joseph, der sozusagen im Hinterland unterwegs war. Wenn möglich, sollten die beiden über Handzeichen kommunizieren, wenn Querstraßen von der Uferpromenade wegführten. Ernst hatte ursprünglich Joseph genauso vorauseilen sollen wie Florentine hier Friedrich. Das ging nun nicht. Und sowieso blieb ihnen nichts anderes, als auf die Situationen zu reagieren, die Vogel mit seinen Entscheidungen schuf.

Als der Soldat die Brücke überquert und das südliche Ufer des Landwehrkanals erreicht hatte, blieb er kurz stehen, als überlegte er, welchen Weg er nehmen solle. Florentine verharrte ebenso, sah Friedrich auf der anderen Seite der Straße am Ufer innehalten und machte einige schnelle Schritte, als sie den Soldaten auf sich zukommen sah. Zunächst also würde er am Ufer entlangspazieren. Bald schon blieb er erneut stehen, drehte sich um und blickte zwei Frauen hinterher, wenn Florentine die Situation recht deutete. Und ging schon weiter. Sie musste ihre Schritte flink setzen, um den Abstand zu halten. Friedrich wechselte den Rhythmus. Ging schnell, dann langsam, hielt schon einmal an und blickte in eine Querstraße hinein. Ob er Joseph irgendwo sah? Sie hätte es nicht zu sagen vermocht.

Als Vogel das nächste Mal stehen blieb, hatte er kaum den Anhalter Güterbahnhof und die Möckernbrücke passiert. Florentine war sich nun sicher, dass sein Tempo ihr keine Schwierigkeiten bereiten würde und dass ihre Idee aufgehen könnte. Sie tastete erneut ihre Handtasche ab und spürte die Klinge. Es war ein gewöhnliches Küchenmesser, keines dieser modernen, die nicht rosteten, sondern eines, das Patina ansetzte und, wenn man es regelmäßig pflegte, so scharf war, dass man sich den Finger schneller abschnitt, als das Augenlid zucken konnte. Sie griff in die Tasche und legte das Messer so zurecht, dass sie es mit einer schnellen Handbewegung herausholen konnte.

Der Soldat ließ jede Möglichkeit unbeachtet, sich vom Ufer fortzubewegen, während Florentine langsamer wurde und ihren Herzschlag zu hören begann. Sie murmelte «Entschuldigung», als sie ein paar Schritte rückwärts gehend den männlichen Teil eines jungen Ehepaares anrempelte. Der Mann hätte aber auch ein Stück ausweichen können. Gott sei Dank war nicht so sehr viel los an diesem Sonntagnachmittag. Das Wetter, gut möglich, dass es bald regnen würde.

Vogel betrat nun den grünen Uferstreifen hinter der Alexandrinenstraße. Es gibt kein Entrinnen mehr, dachte sie, nur den einen einzigen Weg kann er noch nehmen. Friedrich, sah sie, verbarg sich hinter einem Baum am Ufer. Gleich würde er Vogel passieren lassen, so wie es verabredet war. Er würde halb hinter einem Baumstamm verborgen bleiben und ihm den Rücken zukehren, um nicht erkannt zu werden. Dann würde er ihm folgen. Florentine beschleunigte ihr Tempo, lief fast, das war ganz und gar nicht damenhaft, aber die Lage ließ ihr keine andere Wahl, denn nun war es an der Zeit, einen kleinen Vorsprung zu bekommen.

Joseph wartete schon an der Baerwaldbrücke. Er atmete so schwer, als hätte er einen Teil seiner Strecke im Laufschritt bewältigt. Außer einem kurzen Blick in die Augen gab es keinen Kontakt zwischen ihnen. Er würde ausharren, bis auch Friedrich hier ankam.

Ein letzter Blick zurück. Der Soldat hatte den Grünstreifen am Ufer bereits zur Hälfte durchmessen und Friedrich hinter sich gelassen, der ihm mit wenigen Schritten Abstand folgte. Florentine hastete zum Park und suchte dort, ihren Atem zu beruhigen. Hinter einem Busch, der den Eingang des zwischen den Fahrbahnen der Baerwaldstraße gelegenen Parks auf einer Seite begrenzte, wartete sie darauf, dass der Offizier das Ufer verließ.

Da kam Vogel auch.

Florentine begann, den Weg in der Mitte des Parks zu beschreiten. Langsam, wie es sich für eine junge Dame gehörte, der Schritt nicht zu lang und nicht zu sicher. Gleich musste Vogel ihr auf dem Weg folgen.

Sie wusste, was es zu tun gab. Aber natürlich hing alles davon ab, wie viele Leute sich um sie herum befanden. Gerade spazierte ein Ehepaar mit zwei bald erwachsenen Mädchen an ihr vorbei und auf Vogel zu. An der nächsten Querstraße, der einzigen Unterbrechung, die der Park aufwies, verließ eine weitere Familie den Grünstreifen. Kurz, ganz kurz nur, blickte sich Florentine um und konnte Vogel sehen, wie er sich ebenfalls umdrehte, sicher um sich am Anblick der beiden jungen Mädchen zu ergötzen.

Sie war sich nun sicher. Aufgeregt, sie konnte sich selbst riechen, Angstschweiß, und der Atem war immer noch zu heftig. Aber sie wusste, was geschehen würde. An der Bank vor dem großen Gebüsch, das den Park von der Fahrbahn trennte, gleich vor der großen Hallenbadeanstalt, blieb sie stehen und griff in die Handtasche. Noch unter dem roten Tuch war die Kette mit den falschen Perlen verborgen, schon eingerissen und vorbereitet. Dann setzte sie sich hin und erhob sich sofort wieder. Drehte sich, ignorierte Vogel, drehte sich wieder und begann zu schluchzen.

«Die Perlen», sagte sie wie zu sich selbst. Dann erst schien sie den Mann zu bemerken. «Die Perlen», sagte sie erneut.

Zwei Schritte war der Soldat fast im Lauf näher gekommen. «Meine Dame», sagte er. «Wie kann ich helfen?»

«Die Perlen», wiederholte sie. Sie musste wie eine Idiotin wirken, die die Sprache verloren hatte.

«Was ist mit den Perlen?» Zum Glück ging Vogel auf sie ein.

«Da», sagte sie, ganz die Idiotin, die für den Augenblick zu sein sie sich vorgenommen hatte. Sie zeigte auf das Gebüsch, das nicht ganz blickdicht vor Straße und Häusern schützte.

«Sind sie dahin gerollt?», fragte Vogel ganz besorgt.

«Die Kette», sagte Florentine, während ein paar Tränen flossen. «Sie ist zerrissen.»

Vogel fragte nicht, warum sie die Kette nicht angelegt und warum sie sie ausgerechnet hier hervorgeholt hatte, sondern war gleich an den Rand des Busches gelaufen, und dann war er beinah schon darinnen. Den Blick hatte er, halb gebückt, auf den Boden gerichtet. «Wo sind sie denn?», fragte er.

Umschauen oder nicht? Florentine war sich nicht sicher. Und verzichtete darauf. Sie holte das Messer hervor, packte es so, dass die Klinge zwischen Daumen und Zeigefinger hervorschaute, drängte sich an Vogel heran und trieb ihm das Messer von unten nach oben ins Gesicht.

Mehr als ein «Ah» entfuhr dem Mann nicht, dann richtete er sich auf, der Kopf nun zwischen den Zweigen des Busches, und griff sich an die Wangen. Das war der Moment, auf den Florentine gewartet hatte. Wieder von unten rammte sie ihm die Klinge zuerst in den Bauch, unterhalb der Uniformjacke, riss das Messer sofort so hoch wie nur möglich und ließ den Schrecken wirken, nachdem sie es wieder zurückgezogen hatte. Die Hände Vogels gingen nun zum Bauch, kurz knickte er ein, richtete sich wieder auf, und empfing die Klinge nun unter dem Kiefer. Florentine zog sofort zurück und stieß erneut zu. Weil Vogel den Kopf nach unten fallen ließ, traf sie ihn im Auge. Dort ließ sie das Messer stecken, während das Blut in einer Springflut zu Boden spritzte, und drehte sich ab.

Der Park war leer, bis auf Friedrich und Joseph. Sie holte das rote Tuch hervor und legte es über Schultern und Handtasche, um die Flecken, die Vogels Blut auf ihrem Kleid hinterlassen hatte, zu verdecken.

26.

«Gerold war ein junger Mann», sagte Herr von Beukenberg. Er saß auf dem guten Sofa neben seiner Frau, hielt ihre Hand. Ein wenig sah er aus wie Bismarck in seinen letzten Jahren, mit dem weißen Haar und dem Backenbart, wenn er auch etwas kräftiger war. Die Frau dagegen war dünn, sie schloss immer wieder die Augen, tupfte sich mit dem Tuch in der freien Hand das Gesicht. Ihre Tränen waren noch nicht versiegt.

«Wir wussten, dass er sich rumtrieb», sagte Herr von Beukenberg. «Und was soll man tun. Ein junger Mann muss doch seine Erfahrungen sammeln. Und», von Beukenberg drückte demonstrativ die Hand seiner Frau, «wir haben uns einige Male seine gebrauchte Kleidung bringen lassen. Sie hat nie nach Freudenhaus gerochen. Sie wissen sicherlich, was ich meine. Das war uns gut genug.»

«Aber wo er gewesen ist, wenn er», Peterhardt überlegte, wie vorsichtig er sich auszudrücken hatte, «wenn er spät nach Hause kam ...» Er betrachtete den alten Mann, von dem er wusste, dass er eine gut gehende Zementfabrikation führte. «Haben Sie je gehört, an welchem Ort oder gar an welchen Orten ...»

Von Beukenberg schüttelte den Kopf. «Wir haben uns das gefragt, aber man möchte so manches nicht wissen. Unseren Töchtern würden wir solche Sachen natürlich nicht durchgehen lassen. Eine ist Gott sei Dank schon aus dem Haus.» Von Beukenberg sah die Frau an. «Gut verheiratet. Sehr gut.» Sie nickte kaum merklich und zog die Nase hoch.

Peterhardt holte tief Luft und rückte vor auf die Kante des Sessels. «Hatte Ihr Sohn eine Karriere beim Militär angestrebt?»

Frau von Beukenberg zog ihre Hand rasch aus der des Gatten und blickte auf den Tisch, der zwischen dem Ehepaar und Peterhardt stand. Herr von Beukenberg wandte den Kopf zuerst zur Gattin und fixierte dann irgendetwas an der Wand hinter Peterhardt. «Er war sich da noch nicht sicher», sagte er. «Wir», fuhr er fort, nur um gleich eine Pause zu lassen, «wir waren uns noch nicht sicher.»

«Wissen Sie», sagte Frau von Beukenberg, erneut tupfte sie sich Augen und Nase mit dem Tuch ab, «Gerold war der Älteste, aber wir haben noch einen Sohn, der ...», sie suchte nach Worten.

«Der all die Talente hat, die man braucht, um eine große Unternehmung zu führen», ergänzte der Gatte und unterstützte seine Worte mit ziellosen Gesten. «Das sieht man jetzt schon. In frühem Alter. Das spürt man eben. Und Gerold spürte das auch. Beim Militär war er vielleicht auch nicht gut aufgehoben, aber wir haben es befürwortet, dass er sich seine Zeit nimmt. Er war in den Kolonien und hat sich dort angeschaut, was es alles braucht, um dort zu reüssieren.»

«In Deutsch-Ostafrika ist er gewesen», warf die Gattin in einer Atempause ein.

«Ja», sagte er, «ganz sicher waren wir uns nicht, ob das das Richtige für ihn ist. Er war dort auch in Kampfhandlungen verwickelt, da macht man sich Sorgen. Und selbst träumte er wohl manchmal von einem Leben als Schauspieler. Aber auch dafür hat er, wie für andere Ideen, nicht immer die benötigte Durchsetzungskraft mitgebracht. So war es einfach und nicht anders.»

Von Beukenberg griff zu einer Tischglocke und klingelte energisch. «Entschuldigen Sie bitte, dass wir Ihnen nichts angeboten haben», sagte er. Und als ein Mädchen in den Salon kam, ließ er ein tonloses «Wasser» folgen.

Peterhardt verabschiedete sich, bevor das Wasser serviert wurde, und ging zurück zum Auffindungsort der Leiche.

Auf einem Zettel, den er vorsorglich mitgenommen hatte, fertigte er eine neue Zeichnung der Umgebung an. Als er damit fertig war, erkannte er, dass es sechs Häuser gab, von denen aus man den Mord hätte beobachten können.

27.

MAI 1914

Friedrich Smith wusste die Stelle beim Herrenoberbekleidungshaus Angermann wahrhaft zu schätzen. Der Inhaber war ein jovialer Mann ohne bösen Gedanken, was der Tatsache geschuldet sein mochte, dass er vom Erfolg verwöhnt war. Die Kunden bescherten dem rundlichen älteren Herrn viel Geld in der Kasse. Manchmal, nur manchmal stand er in der Schneiderei hinter dem Geschäft und starrte streng auf die Hände seiner arbeitenden Angestellten, von denen viele aus Polen hergekommen waren.

Wenn einmal, was nicht sehr oft geschah, keine Botendienste zu verrichten waren, hatte auch Friedrich die Gelegenheit, den Schneidern bei der Arbeit zuzusehen und zu lernen. Er hatte selbst auch schon zwei Hosen und mehrere Hemden angefertigt. Die allerdings trug er heute selbst. Sie waren nicht für die Kundschaft bestimmt. Noch nicht.

Aber es nährte seinen Traum. Irgendwann würde er die nötigen Fertigkeiten erworben haben, um einen eigenen Laden mit Schneiderei zu eröffnen. Was die materiellen Voraussetzungen anging, war er allerdings noch ratlos. Es brauchte doch recht viel Geld, einen Laden zu mieten, all das Material anzuschaffen und dann auch noch Personal zu finden und zu bezahlen. Das war Zukunftsmusik.

Heute war so ein Tag, an dem er die Botengänge längst erledigt hatte und sich mit dem Muster für ein Hemd aus festem, weißem Baumwollstoff beschäftigte. So konzentriert er dabei auch ausschauen mochte für seine Umgebung, er war mit den Gedanken nicht beim Stoff und nicht beim Muster.

Florentine vom Baum war es, die ihm nicht aus dem Kopf ging.

Was für ein Weib.

Sie verfügte über beträchtliche Anmut, war über die Maßen intelligent. Und sie schien ihn zu mögen, wenn Friedrich auch nicht zu sagen vermochte, bis zu welchem Punkt. Und dann hatte er gesehen, was sie mit dem jungen Soldaten angestellt hatte.

Die beiden waren zum Teil vom Blätterwerk des Busches verdeckt gewesen. Aber er hatte genau beobachten können, wie Florentine ohne Zögern das Messer geführt hatte. Was ihr an Erfahrung fehlte, wusste sie durch Entschiedenheit wettzumachen. So viel hatte er erkannt.

Friedrich legte den Stoff zusammen und brachte ihn in sein Fach im Regal am hinteren Ende der Schneiderei. Er machte die kleine Runde durch Werkstatt und Laden, um sich zu verabschieden und den Heimweg anzutreten. Mit dem allerersten Bild Florentines in Gedanken, jenem bei der Begrüßung beim Tee vor Wochen, machte er sich auf.

Als er an der Kochstraße angelangt war, zögerte er. Das

war der Heimweg, den er in den meisten Fällen nahm. Statt aber in die gewohnte Richtung zu gehen, lief er weiter die Friedrichstraße entlang geradeaus hin zum Belle-Alliance-Platz. Bald hatte er den Landwehrkanal überquert und nun erneut das andere Bild von Florentine vor Augen. Jenes im Busch, Vogels letzte Sekunden.

Manches Mal hatte er seitdem gezweifelt, der Tag, an dem Vogel gestorben war, lag nun schon mehr als eine Woche zurück, ob sie denn recht gehandelt hatten. Einigen Zweifel ließ Friedrich nicht gelten. Die Soldaten waren Teil eines großen verbrecherischen Ganzen. Er betrauerte, ohne sie persönlich zu kennen, weder den einen in Steglitz noch den Vogel.

Soldaten töteten. Soldaten starben. War das nicht so?

Aber was hatten sie durch ihre Tat erreicht?

Der erste Tod war gänzlich folgenlos gewesen. Nicht einmal in die Zeitung hatte es der Mord von Steglitz gebracht. Ein Fanal war das mit Sicherheit nicht gewesen. Und Vogel war zwar auf den Titelseiten gelandet, aber in irgendeiner Zeitung hatte jemand behauptet, er hatte vergessen, in welcher, dass die Franzosen dahintersteckten. Das grämte ihn. Wenn man sich zu einer solchen Sache entschloss, dann sollte sie auch verstanden werden.

Aber ihr Plan hatte an irgendeinem Punkt einen Denkfehler.

Florentine würde er nicht wiedersehen. Dessen war er sich gewiss, und es machte ihn ebenfalls traurig. Auf Scheitern und Enttäuschungen gab es nichts aufzubauen. Weder eine Fortführung ihrer Pläne noch irgendetwas, das nur Florentine und ihn betraf. Nicht ausgeschlossen, dass er von den dreien niemanden mehr sehen würde in diesem Leben.

Und die Träume, Florentine und ihn betreffend, hatte er ohnehin lange genug geträumt. Zeit, sie endgültig zu begraben.

Fast hätte er die Stelle verpasst, an der es geschehen war. Aber es war auch schon recht dunkel. Was hatte er auch erwartet? Was geschehen war, lag in der Vergangenheit und war Teil von ihr.

Friedrich machte kehrt und begab sich nun wirklich auf den Heimweg. Vielleicht, dachte er, sollte er sich mit mehr Eifer um eine künftige Ehefrau kümmern.

Es begann zu regnen.

28.

Ernst betrachtete prüfend den Tilsiter Käse, bevor er mit dem scharfen Messer eine hauchdünne Scheibe abschnitt. Sie zerbröselte schon, während sie sich vom Laib löste. Neugierde, sagte er sich, muss erhalten werden. Also griff er die Scheibe mit drei Fingern und steckte sie sich in den Mund. Fett und Salz und Reife waren, was er schmeckte, und ja, man konnte sich vielleicht daran gewöhnen, aber sein Essen war das nicht. Vor allem, das hatte er auch vorher schon so erlebt, vertrug sich der Geschmack nicht mit dem des guten Ahrweins.

Er schnitt nun eine sehr kräftige Scheibe ab und würfelte sie. Die feucht-fettige Rinde hinterließ Klebspuren auf seinen Fingern, die er unangenehm fand, dazu wurde der

Geruch des Käses mit jeder Sekunde stärker. Die gefüllte Schüssel stellte Ernst an den Rand des Küchentischs und griff zum Schinkenspeck.

Gestern hatte er bei der Gartenarbeit gesehen, wie Florentine vom Baum in das Automobil ihres Vaters einstieg. Sie hatte die Augen gesenkt gehalten und nicht für einen Moment zum Schneider'schen Grundstück herübergeschaut.

Ein wenig enttäuscht hatte ihn das schon. Aber möglicherweise war das der richtige Weg, mit der Situation umzugehen, in die sie sich gebracht hatten.

Denn was hatten sie erreicht? Gar nichts.

Nun. Beinah nichts.

Es war blauäugig gewesen, wie sie in der deutschen Sprache sagten. Blauäugig, anzunehmen, dass der Tod eines Soldaten für einen Aufschrei sorgen würde. Und als sich das nicht bewahrheitete, den zweiten zu töten.

Der Schinkenspeck war schon geschnitten, als Ernst das Messer weglegte. Sie hatten Elementares falsch gemacht. So viel war ihm klar, aber wie sie es hätten besser machen können, vermochte er nicht zu sagen. Das Tun und das Verstehen mussten eine Einheit miteinander eingehen. Oder besser: das Tun und das Verstehenmachen. War es nicht das? Ging es nicht genau darum?

So hatten sie nichts erreicht, und Florentine vom Baum mied ihn. Denkbar, dass sie nie wieder ein Wort miteinander wechseln würden. Nicht Florentine und er. Nicht Friedrich, dieser besonnene, gut gekleidete Herr und er. Und nicht Joseph, der wütende Kameruner, und er. Der eine hatte nur selten in Steglitz auszuliefern, und ihm selbst blieb eigentlich nie Zeit, um zum Schöneberger Hafen oder gar in die Friedrichstraße zu fahren. Und der andere fand sich zwar regelmäßig nebenan bei Theodor vom Baum ein, würde aber seinen Blick ebenso senken wie Florentine gerade eben, wenn er seiner, Ernsts, ansichtig würde.

Mit Joseph empfand er die tiefste Verbundenheit. Aber wozu einen Kontakt aufrechthalten, aus dem bisher nichts erwachsen war als das Risiko, enttarnt zu werden? Ernst horchte ins Haus hinein, wusste das Parterre aber leer und ging schnellen Schrittes in den Keller, um die letzte Flasche Ahrwein hinaufzuholen.

Josephs Erzählungen aus der Kolonie unterschieden sich von dem, was er selbst erlebt hatte in Deutsch-Südwest, wie sie es hier nannten, aber die Erfahrung von Tod und Zerstörung, die die deutschen Truppen bei ihnen hinterlassen hatten, verband sie. Das hatte er deutlich gespürt, als sie den ersten Soldaten umbrachten. Joseph, dieser Mann Gottes, hatte absolut entschlossen gewirkt, als er den Hals des jungen Mannes aufschnitt. Und war es nicht so, dass sie nur dieses Argument verstanden? Ihre Gewalt muss notwendig mit unserer Gewalt beantwortet werden. Ernst öffnete den Ahrwein und trank einen sehr kräftigen Schluck. Dann füllte er die Flasche wieder auf.

Gürkchen nun, aufgeschnittenen Rettich, etwas Schnittlauch, das Brot. Er erinnerte sich an Florentine und ihren Blick. An den Blick, der nicht stattgefunden hatte. Was kümmerte sie der Kampf um ein freies Leben in den Kolonien. Was immer sie sich auch vorstellte, sie blieb eine Tochter des Hauses vom Baum. Die Befreiung, die sie meinten, die Menschen in den Kolonien, musste aus ihren eigenen starken Armen kommen und nur von dort.

Und aus den Waffen natürlich, die diese starken Arme halten würden.

Sie hatten, immerhin, etwas versucht, gemeinsam, und sie waren gescheitert. Sie waren eine Gemeinschaft auf Zeit geworden, und dafür mussten sie sich nicht schämen. Von nun an allerdings würde er sich wieder auf sich selbst verlassen, dachte Ernst. So wie so lange schon.

Und er wusste, was er wollte. Er kannte das Ziel. Es ging um die Rückkehr zum Kontinent und darum, diese starken Arme dort einzusetzen. Er nickte, wie für ein unsichtbares Publikum, und gab einen Schuss Holunderbeersirup ins Wasser. Dann packte er den Korb und machte sich auf den Weg in den Botanischen Garten.

Douala, 25. Januar 1919

Mein lieber Theodor,

ich kann es gar nicht fassen. Gerade erst habe ich den Brief geöffnet und gelesen, den mir dieser französische Handelsvertreter übergeben hat. Du schreibst, Florentine sei inhaftiert worden? Und das schon vor Wochen?

Im vorletzten Brief, es sind nun deren drei innerhalb von 19 Tagen, der letzte hat mich erst vorgestern erreicht, sagst Du, Du seist nicht in der Lage gewesen, Kontakt aufzunehmen zu ihr. Zugegeben, ich hatte Schlimmstes befürchtet, nachdem wir auf verschiedenen Wegen die Nachrichten aus Deutschland vom Ende der revolutionären Bewegungen erfahren hatten. Gibt es überhaupt Besuche dort, wo sie inhaftiert ist? Kannst Du sie unterstützen? Und in welchem Gefängnis ist sie untergebracht? Ich hatte mir nie vorstellen müssen, dass Frauen ebenso wie Männer hinter Schloss und Riegel kommen können, aber gewiss gibt es in Deinem Land auch Frauengefängnisse, das will mir einleuchtend erscheinen. Schreib mir bitte alles, was Du in Erfahrung bringen kannst. Ich muss das wissen. Schreib mir auch, wie es dort drinnen zugeht. Und lass Florentine wissen, dass ich an sie denke, wenn Du Kontakt hast zu ihr.

Meine Güte, natürlich spüre ich diese Verantwortung, stets, immer noch, die auf mir liegt wie ein nasser Mantel im kalten Winter. Ich sehe die Reden, die wir geführt haben, und alles, was sich daraus ergeben hat. Und ich frage mich, wie viel Schuld ich an der Situation trage. Gewiss, wir waren eine Gruppe, die Entscheidungen einvernehmlich getroffen hat, aber möglicherweise hätten wir eben doch verhindern sollen, dass eine Frau solch einen starken Anteil an diesen Entwicklungen hat. Auf der anderen Seite konnte Deine Schwester sehr überzeugend sein. Sie war nicht leicht auszuschließen.

Und wie überhaupt soll das weitergehen in Deutschland? Ich habe noch keinerlei Neuigkeiten von den letzten Wahlen, auch wenn ich die französischen Zeitungen daraufhin durchsucht habe. Gibt es eine Chance, dass diese gut ausgehen werden? Nun, wo der Kaiser kein Kaiser mehr ist und das Land verlassen hat?

Mein lieber Theodor, ich befürchte, dass mein Brief den Eindruck bei Dir hinterlässt, ich sei verwirrt. Und genau das bin ich. Verwirrt, besorgt, vor allem um Florentine, und ratlos auch. Anderes vermag ich überhaupt nicht zu schreiben über mich. Vielleicht beginne ich noch einmal von Neuem, wenn ich darüber nachgedacht habe, über welche Verbindung dieser kleine Brief zu Dir gelangen kann.

Dein Joseph Ayang

29.

Theodor hatte gesagt, er solle das unter allen Umständen für sich behalten. Das fiel Joseph erneut ein, als er vor dem Haus der vom Baums aus der Motordroschke stieg und den Fahrer bezahlte. Die Leute in Deutschland verstehen das nicht, hatte er gesagt. Was?, hatte er gefragt. Alles, war Theodors Antwort gewesen. Nach einer Weile hatte er ergänzt, sie könnten weder verstehen, dass er für Josephs Droschkenfahrten aufkam, noch die Freundesliebe zu einem Mann aus den Kolonien. Also blieb als Erzählung der Hinweis auf die Studien der Nationalökonomie, die sie gemeinsam betrieben. Es stimmte ja auch, hatte Theodor gesagt und ihm in die Augen gesehen. Und lächelnd gefragt: Oder etwa nicht?

Und es stimmte tatsächlich. Unter allem, was Joseph aufgetragen worden war oder er sich selbst auferlegt hatte, waren diese Treffen mit Theodor die wertvollsten Momente seines Aufenthalts in Berlin bisher. Die Arbeit in der Schreinerei, die ihm sein Mentor Pastor Neumann ermöglicht hatte, gewiss, für die Übergangszeit schien das recht nützlich, und er war doch immer offen dafür, den

Tag mit der Zufriedenheit zu beenden, abends mehr zu wissen als am Morgen. Aber was immer auch geschehen würde in seinem weiteren Leben, da konnte noch einiges kommen, er war noch nicht alt, erschien ihm die Vorstellung, diese mittlerweile schon ganz zufriedenstellenden handwerklichen Fähigkeiten zu Hause anzuwenden, nicht wahrscheinlich. In seiner Stellung, mit dieser Familie im Hintergrund, würde er solche gewöhnlichen Arbeiten nicht verrichten können. Dafür gab es andere Leute. Und die Aussicht auf eine Ausbildung zum Geistlichen, um die sich Pastor Neumann bemühte? Ein Versprechen.

Nein, ein Versprechen war es eigentlich nicht. Was hatte Pastor Neumann dem Onkel gesagt? Er werde sich bemühen. Dem Onkel war es recht gewesen, so war er Joseph losgeworden in vertrauenswürdige Hände. Und ihm selbst wäre es erschienen wie ein Fingerzeig des Himmels, würde er an diesen Gott glauben, den die Weißen mitgebracht hatten. Es war eine unerwartete, aber sehr willkommene Gelegenheit gewesen, in Theodors Nähe zu bleiben. Sie hatten es beide nicht fassen können zuerst.

Gerlinde war es, wie meist, die ihm die Tür öffnete. Sie zeigte das Lächeln, das er von ihr kannte, seit er zum ersten Mal bei den vom Baums zu Besuch gewesen war, doch hinter den Augen schienen Leere und Verzweiflung zu wohnen. Joseph reichte ihr die Jacke mit der Hand, mit der er ihrem Geliebten den Hals durchgeschnitten hatte.

«Würden Sie bitte im Salon warten», sagte Gerlinde. «Der Herr Theodor ist noch nicht zu Hause. Aber er wird bald wieder hier sein. Das soll ich Ihnen sagen. Möchten Sie einen Tee? Gebäck?»

Gesprochen waren diese Worte ohne Leben, ganz so, als zöge sie sie einzeln zwischen ihren Lippen hervor.

«Tee, sehr gern», sagte Joseph und betrat den Salon. Er bereute, die Frage nicht abschlägig beschieden zu haben. So musste er Gerlinde in wenigen Minuten noch einmal in die Augen blicken. Er ließ sich in einem der Sessel nieder.

Wenigstens schien Florentine nicht zu Hause zu sein. Joseph hatte die Bilder noch deutlich vor Augen. Wie sie sich dieses Tuch übergeworfen hatte und gegangen war, ohne sich noch einmal umzublicken. Er hatte sie für die Weitsicht bewundert, mit der sie ihre Tat vorbereitet hatte. Unter dem Tuch hatte sie das Messer verbergen können. Und natürlich war es dazu geeignet gewesen, locker getragen, mögliche Blutspritzer, und diese musste es gegeben haben, zu verdecken. Sie hatte dem Soldaten immerhin in den Kopf gestochen.

Er stand wieder auf und stellte sich an die Tür zur Terrasse. Zu schade, dass es von hier aus keine Möglichkeit gab, hinüberzublicken auf das Haus des Malers. Wie würden sie einander begegnen, Ernst und er? Das fragte er sich, als Gerlinde den Salon betrat.

«Stellen Sie es doch bitte einfach auf dem Tisch ab», sagte er, ohne sich umzudrehen. Und atmete laut aus, als er hörte, wie sich ihre Schritte entfernten. Den Tee wollte er gar nicht mehr.

Würden Ernst und er einander grüßen, wenn er am Haus des Malers vorbeiging? Ganz sicher würden sie das. Gewiss würde er einem afrikanischen Mann den ihm gebührenden Respekt erweisen.

Ein Gedanke breitete sich in ihm aus. Möglicherweise

würde er vermeiden, das Haus des Malers zu passieren. Ernst zu begegnen, brächte die Erinnerung wieder mit Macht zurück. Was sie getan hatten, war sinnlos gewesen. Ein Plan ohne Voraussicht. Eine Tat ohne Konsequenz. Ganz kurz nur sprang ihn der Gedanke an, dass sie erst recht fortfahren sollten, so lange, bis man auch hier begriff, dass das koloniale Imperium auf Verbrechen aufgebaut war. Nur, und das begriff er im selben Moment, wo er die Teetasse doch anhob und zum Mund führte, würden sie den nächsten Schritt nie gehen. Zu zufällig war unsere Begegnung gewesen, dachte er. Zu wenig zielgerichtet unser Handeln.

Vielleicht sollte er Theodor einweihen. Der würde es verstehen. Oder etwa nicht?

30.

Dass man nicht reden konnte darüber, war das Schlimmste, dachte Florentine. Wem sollte man so etwas erzählen?

Emilie und Walburga standen noch in der Haustür. Da kam der Wagen schon. Walburga winkte nur kurz zum Abschied, dann lief sie beinah, um sich heimfahren zu lassen.

«Das erste Mal», sagte Emilie, als sie dem Automobil hinterherblickte.

«Das erste Mal.» Florentine nickte. Ihre Freundin Adele hatte sich auf Dauer entschuldigen lassen. Die Vorbereitungen für Verlobung und Hochzeit würden sie voll und ganz beschäftigen. Musiziert hatten sie gar nicht, auch weil Gitti sie früh verlassen musste und dafür kaum Zeit gewesen war. Sie hatte noch einen Geburtstag bei ihrer Tante in Berlin-Charlottenburg zu begehen.

Also hatten sie um ihre Freundin getrauert. Dass sie sie vermissen würden, hatten sie einander versichert. Walburga hatte lustige Anekdoten erzählt von früheren Treffen beim Tee. Und sie hatten einander versichert, dass sie nie, aber auch wirklich nie heiraten würden. Komme, was da wolle. Florentine allerdings war mit den Gedanken ganz woanders. Und sie konnte niemandem erzählen, was sie beschäftigte.

«Was ist?», fragte Emilie gerade.

«Hm ...» Florentine fühlte sich ertappt.

«Du warst mit deinen Gedanken nicht hier.»

Der Wagen der von Burgmers kam herangeschnauft. Emilie. Ihr vielleicht konnte sie sich öffnen.

«Entschuldige bitte.» Sie umarmte Emilie, die langsam zur Straße ging. «Das ist alles so irritierend», sagte sie auch noch und sah, wie Emilie stumm nickte.

Vielleicht Emilie, dachte Florentine, als sie dem Wagen hinterherblickte. Und vielleicht auch nicht. Was sollte sie auch erzählen?

Ich habe einen Mann getötet. Emilie würde das interessant finden.

Ich habe einen Soldaten getötet. Emilie hasste Soldaten.

Dann musste sie ihr auch sagen, wie sie das getan hatte. Ich habe ihn erstochen. Zuerst habe ich ihn im Gesicht getroffen.

Die erste Nacht war nicht einfach gewesen. Sie hatte das Geschehene immer und immer wieder nacherlebt, der Messerarm zitternd unter der Bettdecke, während ihr

Körper ruhig im Bett lag. In der darauffolgenden Nacht schon war es ganz anders gewesen. Sie hatte an Joseph gedacht, die Geschichte seiner Familie, und daran, dass er der einzige Überlebende seiner Familie war.

Sie war noch jung gewesen, als im Salon vom Vater und manchmal auch von der Mutter und zahlreichen Gästen über die Hottentottenwahlen 1907 debattiert worden war. Erst als sie mit der ganzen Familie wegen Vaters Geschäften drei Monate lang in Kamerun gewesen waren, er wollte seine Süßwarenproduktion erweitern, das war nun auch schon zwei Jahre her, da hatte sie zu verstehen begonnen, worum es bei dem Ganzen eigentlich ging. Und gesehen hatte sie dort auch vieles mit eigenen Augen. In der Gegenwart der Soldaten, die zu ihrem Schutz abgestellt worden waren, hatte sie sich gar nicht wohlgefühlt. Nicht nur wegen der Blicke, die sie auf sich gespürt hatte. Theodor hatte sich immer voller Spott über die Truppen geäußert und sich von Vater mehr als nur einmal den Mund verbieten lassen müssen deswegen. «Du weißt nie, wer mithört», sagte Vater oft. «Also halt deinen Mund.» Vater hatte Theodor und ihr auch beigebracht, Schusswaffen zu benutzen. «Es ist gefährlich in der Kolonie», so hatte er das befreundeten Familien gegenüber begründet, ihr gegenüber aber: «Man weiß nie, wofür das gut ist.»

Was zur Zeit der Wahlen 1907 in Deutsch-Südwest vor sich gegangen war, hatte sie nach und nach erfahren. Aufstände, so nannten es die Herren in Vaters Umgebung. Ernst hatte es ihnen gegenüber in Einzelheiten beschrieben, die sie nie vergessen würde.

Florentine schritt langsam zur Straße hin. Ernst hatte

diesen einen Satz gesagt, der sie alle tief berührt hatte. «Sie haben sie in die Wüste getrieben. Sie haben sie alle ermordet.»

«Was heißt alle?», hatte Florentine gefragt.

Da war er. Vom Rand ihres Grundstücks aus konnte sie Ernst sehen. Sie hatte zuletzt vermieden, hinzuschauen, wenn sie das elterliche Haus verlassen hatte. Jetzt betrachtete sie ihn. Alles an diesem Mann griff ineinander. Hier ein Blatt, dort ein Zweiglein geschnitten, kurz den Rücken gestreckt, dann wieder gebeugt, um noch etwas zu finden.

Friedrich Smith war weit weg. Und Joseph zwar regelmäßig in ihrem Haus, um neben den gemeinsamen Studien der Nationalökonomie weiß der Teufel was mit Theodor zu veranstalten. Doch nur sie und Ernst hatten immer wieder Gelegenheit, in konstantem Austausch zu bleiben, so nah, wie sie sich bei allen Unterschieden täglich waren.

Sicher wird nicht mehr bleiben als die Erinnerung an die beiden toten Soldaten. Und an die, sie musste nach einem Wort suchen für den Gedanken, den sie nicht gleich vollziehen konnte, an die Sinnlosigkeit ihrer Taten. Gewiss würden sie selbst sich daran noch lange erinnern. Länger womöglich als Leute, die die Toten gekannt hatten. Florentine drehte sich zum Elternhaus und dachte kurz nach. Dann blickte sie noch einmal hinüber zum Garten des Malers Schneider. Ernst stand da und beobachtete sie.

Sie gab sich einen Ruck. Niemand, dachte sie, als sie auf das Nachbargrundstück zuging, redete hier mit einem Diener, der nicht für den eigenen Haushalt arbeitete. Oder etwa nicht? «Wie geht es dir?», fragte sie unbeholfen, als sie vor der Hecke stehen geblieben war.

«Es gibt keinen Grund zur Klage», sagte Ernst, ohne sich zu rühren.

«Tatsächlich?» Florentine suchte einen Ort für ihre Hände, fand keinen und stemmte sie auf die Hüften.

«Die Dinge sind, wie sie sind. Und sie werden sein, was wir aus ihnen machen.» Ernst schnippte ein Blatt der Hecke ab. «Aus unseren Muskeln und aus unseren Ideen kommt, was wird.»

War da ein Lächeln auf seinem Gesicht? Florentine war sich nicht ganz sicher. «Wer ist wir?», fragte sie.

Ernst schnippte erneut, blickte sich dann kurz um. «Das lässt sich nicht immer so leicht sagen», sagte er. Schnipp. «Bis vor Kurzem hätte ich darauf eine andere Antwort gegeben als heute.» Doch, das war ein einwandfreies Lächeln. Schnipp. «Ich kann dir ansehen, dass du mit dem Verlauf der letzten Wochen nicht zufrieden bist.» Schnipp.

Florentine drehte sich langsam zum väterlichen Haus um. Niemand beobachtete sie. Sie wandte sich wieder Ernst zu. «Das alles ergibt keinen Sinn», begann sie.

«Warum sagst du das?» Schnipp.

«Es ist ...» Sie suchte nach Worten. «Wir sind ...» Wie konnte sie ausdrücken, was sie in den letzten Tagen schon nicht in klare Gedanken hatte fassen können? «Niemand hat bemerkt, was wir getan haben», sagte sie und wurde mit jedem Wort leiser.

«Das ist wahr.» Schnipp. «Aber keiner dieser beiden Soldaten wird je einem Kind den Vater nehmen. Nicht dort, wo ich herkomme, und auch nicht hier.»

«Aber ...»

«Du hast ja recht», sagte Ernst. «Darüber hinaus haben wir nichts erreicht. Niemand hat es gesehen, niemand wird es je verstehen. Ist es das, was dich quält?»

«Aber wie soll man das auch erklären? Wir können es doch nicht auf einer Litfaßsäule aushängen.»

«Was würdest du denn erklären wollen?» Er hielt die Schere jetzt fest in der Hand. «Und wem?»

«Allen», sagte Florentine schnell. «Und dann die Geschichte erzählen, die wir von Joseph kennen. Und deine. Und ...»

Ernst hob ganz kurz die Schultern. Dann begann er wieder, einzelne Blätter zu schneiden. Nach ein paar Minuten stummen Arbeitens murmelte er etwas, ohne aufzublicken.

«Was? Bitte?», fragte Florentine.

Ernst richtete sich auf, sah ihr aber immer noch nicht in die Augen. «Ich weiß, was dich bewegt, Florentine. Du willst erklären, was geschehen ist, auf der einen Seite. Und dann wiederum willst du nicht, dass Vater und Mutter wissen, was wir getan haben. Oder alle Nachbarn hier im vornehmen Teil von Steglitz. Nicht wahr?»

Während Florentine noch über die Worte nachdachte, redete Ernst schon weiter. «In vielen Familien gibt es junge Männer wie die beiden Soldaten, die wir ...» Er vollendete den Satz nicht. «Und allen jenen willst du erklären, was geschehen ist und warum. Aber ist es nicht möglich, dass es andere Wege gibt, die wir gehen können? Wege, deren Verlauf man nicht erklären muss?»

«Warum sollte man sie nicht erklären müssen?»

«Manches steht eben für sich.»

Florentine verstand nicht, worauf Ernst hinauswollte, und schüttelte den Kopf.

«Schau dich doch um.» Jetzt traf Ernsts Blick wieder den ihren. «All die Worte, die du machen müsstest, um zu vermitteln, warum du getan hast, was du ...» Erneut dieses Lächeln. «Es ist eine Frage der Zielsetzung. Oder besser: des Ziels. Verstehst du, was ich meine?»

Sie verstand es nicht.

«Gut», sagte Ernst. «Es ist ein bisschen wie im Garten. Hier arbeite ich an den meisten Tagen daran, kleine Verbesserungen vorzunehmen. Das haben wir zusammen auch getan. Aber ich kann hiermit», er hob die Schere kurz hoch, «auch mehr tun. Ich kann bis an die Wurzel gehen.»

«Und dann verstehen die Leute es?» Florentine war immer noch verwirrt.

«Ach, das Bild mit den Wurzeln hat seine Grenzen. Was ich sagen will, wir haben einfach am falschen Platz begonnen. Wir haben», er wurde wieder sehr leise, «wir haben zwei einfache Soldaten, wenn auch aus gutem Hause, wenn auch mit Blut an den Händen, getötet. Die Anarchisten nennen so etwas Propaganda der Tat und meinen damit, dass sich schon vermitteln wird, warum man es tut. Dabei gehen sie natürlich davon aus, dass das, was man tut, auch wahrgenommen wird. Und das ist uns nicht gelungen. Aber unser größter Fehler war ein anderer.»

Florentine sah, wie Ernst sich kurz umblickte. «Und der ist?», fragte sie.

«Der Fehler war, dass wir nicht am Kopf begonnen haben.»

«Am Kopf.»
«Oben.»
«Ich weiß, wo der Kopf sitzt.»
«Nun.»

Florentine fühlte sich wie in einem Spiel, dessen Regeln sie nicht begriff. Ernst redete in Rätseln, in Bildern, und sie war außerstande, ihm zu folgen. Oder meinte er ...

«Nein», sagte sie. Und gleich schaute sie sich um, weil sie viel zu laut reagiert hatte.

«Doch.» Ernst nickte langsam.

«Nein», sagte Florentine erneut. «Aber der ist ...», sagte sie, «den kann man doch nicht ...»

«Er ist ein Mensch aus Fleisch und Blut. Ein Schwert tötet auch ihn.»

«Du willst ihn mit dem Schwert töten?»

«Das war nur ein Bild.»

«Aber der Kaiser ist ...»

«Er hat seine öffentlichen Auftritte. Er liebt es, von Untertanen bejubelt zu sein. Und viele seiner Wege sind bekannt. Er flaniert zum Beispiel regelmäßig Unter den Linden oder im Tiergarten.»

Florentine atmete schnell. Sie hörte ihr Herz schlagen.

«Florentine?», hörte sie von fern die Mutter rufen.

«Ich muss zurück», sagte sie.

«Denk darüber nach. Und erlaube dir nicht, über dich selbst erschreckt zu sein.» Als sie schon fast in der Haustür war, hörte sie Ernst noch einmal: «Jedenfalls nicht zu lange.»

31.

Vielleicht sollte er in der Nacht noch einmal hierherkommen oder am späten Abend, dachte Leutnant Peterhardt, als er die Villa der Familie Schultheiss verlassen hatte. Natürlich erinnerten sich die Leute an nichts, das nachts geschehen war. Da schliefen sie ja. Und was der Soldat dort zu suchen gehabt hatte, konnte ihm auch niemand sagen. Er hatte die Frau des Hauses gesprochen, eine Tochter im heiratsfähigen Alter, dazu zwei Bedienstete. Zwei Söhne waren abwesend, einer an der Universität, der andere in der Kaserne, und Herr Schultheiss genauso. Der war ein hoher Beamter im Außenministerium und hatte zu arbeiten.

Erkenntnisse hatte ihm der Besuch nicht gebracht. Genauso wenig wie jener bei den Romingers vorhin. In der Nacht hätte er einen Eindruck der Umgebung zur rechten Zeit, nämlich zu jener, in der der abscheuliche Mord geschehen war. Und vielleicht auch einen davon, was dann tatsächlich los war in den Straßen hier. Brannte irgendwo Licht? War jemand noch so spät unterwegs? Nur konnte er nachts nicht mehr an die Türen klopfen. Das hier war nicht der Wedding. Dort hätte er das machen können. Oder in den Mietskasernen von Moabit. Natürlich nur mit Begleitung, die dafür sorgte, dass die Leute sich benahmen, das verstand sich. Hier in Steglitz konnte er den Bewohnern der Häuser gegenüber nicht zu forsch auftreten. Hier saßen Macht und Reichtum und Einfluss.

Er klopfte an die nächste Tür. *Von Barnum* stand auf der

Klingel, die er exakt zwanzig Sekunden nach dem Klopfen betätigte. Es hallte lange tief im Haus nach, aber drinnen blieb es ruhig. Einige welke Blätter auf dem Rasen und auf dem Weg zur Straße kündeten davon, dass wohl gerade niemand zu Hause war. Aber war das auch schon so gewesen, als der Soldat getötet wurde? Peterhardt drehte sich um. Der Auffindungsort lag schräg gegenüber auf der anderen Straßenseite. Von keinem Haus aus hatte man einen besseren Blick auf den Ort als von diesem.

Auf dem Nachbargrundstück war ein Gärtner zugange. Der war nicht von hier. Sicher aus den Kolonien. Er beschnitt einen Ast der Hecke nach dem anderen. Langsam, sehr langsam, so wie er es wohl von zu Hause gewohnt war. Den mochte er etwas fragen, dachte Peterhardt. Aber sicher beherrschte er die deutsche Sprache nicht. Ganz leicht neigte der Gärtner den Kopf und schielte zu ihm hinüber. Jaja, er bemerkte das schon.

Das Haus stand ohnehin bei ihm auf der Liste. Ein Maler lebte dort, stand in den Unterlagen. Also verließ er das Grundstück der von Barnums und ging, ohne eine Abkürzung über den Rasen zu suchen, ganz vorschriftsmäßig zur Tür der Malervilla und klopfte. Bald hörte er Schritte, und die Tür wurde geöffnet. Eine dralle, junge Hausmagd stand vor ihm und glotzte ihn an. «Ja, bitte», sagte sie schließlich.

«Herrn Erich Schneider bitte.»

«Das tut mir leid, Herr Schneider ist im Botanischen Garten, wie fast jeden Tag.»

«Was macht er dort, wenn ich fragen darf.»

«Er malt. Herr Schneider ist Maler.»

«Das weiß ich doch, mein Kind. Wo im Botanischen Garten finde ich ihn denn?»

«Da müssen Sie Ernst fragen.»

«Ernst? Wer ist Ernst.»

«Na, der Ernst.» Sie blickte über Peterhardts Schulter. «Da ist er doch.»

«Der spricht unsere Sprache?»

Die Magd nickte ohne weitere Worte. Dann sagte sie: «Sehr gut sogar.»

«Danke», sagte Peterhardt und wandte sich dem Gärtner zu. «He», rief er und «Du da», während er auf ihn zuging. Hinter sich hörte er, wie die Haustür geschlossen wurde.

Der Gärtner tat so, als höre er nichts.

«He!», rief Peterhardt erneut.

Jetzt bequemte sich der Kerl endlich.

«Wo ist dein Herr?»

Der Gärtner überlegte einen Moment und dann noch einen. «Botanisch Garten», sagte er. Wobei ihm jede Silbe so schwer über die Zunge kam, als würde sie aus ihm rausgeprügelt.

«Wo da?»

Erneutes Überlegen. «Große Wächshaus», sagte er. «Große, große», ergänzte er und malte dabei mit den Händen irgendetwas in die Luft.

Das also war das gute Deutsch, von dem die Magd geredet hatte. Den Maler würde er im Botanischen Garten schon finden, wenn es sein musste. «Sag mal», er ging einen Schritt auf den Gärtner zu, der dastand wie festgefroren. «Die Nacht, als der Soldat ermordet wurde. Hast du da irgendetwas gesehen oder gehört?»

Der Mann nickte hektisch. «Soldat tot», sagte er. «Soldat tot.» Dann schüttelte er den Kopf.

Peterhardt ließ ihn einfach stehen und ging zum vorletzten Haus auf der Liste. Der Fabrikant vom Baum lebte in einem imposanten Hause. Hier ein Türmchen, dort noch eine Halbetage, eine richtige Burg. Er hatte sich kundig gemacht über den Mann, der Süßwaren produzierte und damit reich geworden war. Peterhardt klopfte.

Schnell wurde die Tür von einer jungen Frau geöffnet, hübsch anzuschauen mit blondem Haar, Kleidung und das Tuch in der Hand wiesen sie als Gesinde aus. «Bitte schön», sagte sie.

«Den Herrn oder die Frau des Hauses.»

«Sind beide nicht da», die junge Frau blickte sich um. «Auch der Sohn und die Tochter sind abwesend.»

«Und du bist?»

«Gerlinde», sagte die Kleine.

«Du hast nicht etwa in der Nacht, in der der Mord geschehen ist, am Fenster gestanden? Etwas gesehen?»

Gerlinde presste die Lippen aufeinander und schüttelte den Kopf.

Als hinter ihm die Tür geschlossen wurde, nahm Leutnant Peterhardt das letzte der Häuser ins Visier, die er heute aufsuchen wollte. Es gibt Fälle, dachte er, die nie aufgeklärt werden. Aufgeben wollte er aber nicht, jedenfalls jetzt noch nicht. Auch wenn er die Verbindung zwischen dem Fall im Wedding und diesem hier in Steglitz noch nicht zu erkennen vermochte.

Er klopfte, keine Reaktion. Eine alte Witwe sollte hier wohnen, über achtzig, Frau von Rosshoff. Greta von Rosshoff. Der Gatte längst begraben, hatte er ihr allerdings ein schönes Vermögen aus seinem Wertpapierhandel hinterlassen. Peterhardt klingelte und horchte auf die Schritte, die sich nun näherten. Das Mädchen, das ihm öffnete, war eine alte Frau, aber erkennbar nicht die Frau des Hauses.

«Bitte», sagte sie mit brüchiger Stimme. Sie war in Schwarz gekleidet, hatte weißes Haar, ein faltiges Gesicht mit kleinen Augen und benutzte einen Gehstock. Peterhardt fragte nach Frau von Rosshoff und wurde in einen Salon geführt, der so groß war wie seine ganze Wohnung und dabei so warm wie sein Badezimmer, nachdem sich die ganze Familie am späten Samstagnachmittag dort gewaschen hatte. Die Frau in dem Ohrensessel zeigte ihm den Stuhl, auf den er sich zu setzen hatte, und er stellte seine Position sowie sein Anliegen dar. Frau von Rosshoff, die aussah wie die Schwester des Mädchens, nickte dabei beständig und fuhr damit auch fort, als er seine Rede beendet hatte. Gerade als er sich zu fragen begann, ob die Alte alles mitgekriegt hatte, begann sie leise zu reden.

«... nicht mehr die Jüngste ... die Treppen ... der Rollstuhl ...»

Peterhardt sah sich um, ja, da stand ein Rollstuhl. Frau von Rosshoff murmelte weiter halb verständlich vor sich hin.

«... kenne alle Gesichter ... wenn auch keiner mit mir redet ... im Rauchzimmer ...»

Sie zeigte auf eine Tür. Dabei wackelte sie so mit einer Hand, dass er aufstand und sich zu dieser Tür bewegte.

«... wenn man sowieso nicht schlafen kann ... immer wach, immer wach ...»

Er öffnete und begriff, was die alte Frau ihm sagen wollte. Dies war ihr provisorisches Schlafzimmer, weil sie jenes in der oberen Etage nicht mehr erreichen konnte. Er sah ein Bett, einen Stuhl samt Tisch, der Stuhl zum Fenster hin ausgerichtet. Wo der Stuhl stand, war der Vorhang zurückgezogen, um den Blick auf die Straße und ... jetzt wusste er, was sie ihm sagen wollte. Durch die Öffnung im Vorhang waren ein Teil der Kreuzung und zwei Häuser zu sehen, das des Malers und jenes, vor dem er gerade gestanden hatte, das der vom Baums. Während er aus dem Fenster sah, murmelte Frau von Rosshoff ununterbrochen weiter. Er verließ den Raum, schloss die Tür und setzte sich wieder auf den Stuhl.

«... immer wieder da rausgekommen ... heimlich, dieser Kavalier ...» Die Alte hatte tatsächlich so etwas wie ein schmutziges Grinsen aufgelegt. «Und das mitten in der Nacht», sagte sie jetzt ganz deutlich.

«Mitten in der Nacht?», fragte Peterhardt, um Zeit zu gewinnen.

«Mitten in der Nacht.»

«Wer?»

«Der schmucke Offizier.»

«Von Beukenberg?»

«Natürlich.»

«Wo war er mitten in der Nacht?»

«Ich habe ihn genau gesehen.»

«Aber wo?»

«Aus dem Fenster.»

«Aus welchem Fenster?»

«Bei Leonhard.»

«Wer ist Leonhard?»

Der Unterkiefer der alten Frau begann, unkontrolliert zu zittern. Sie würde ihm wegsterben, bevor sie ihm offenbarte, wer Leonhard war.

«Leonhard ...», sagte sie langsam, und es fiel ihm ein, wer Leonhard war. «Le-on-hard-vom-Baum», sagte sie.

Peterhardt schloss die Augen. Der Offizier von Beukenberg klettert aus dem Fenster bei Leonhard, also im Haus von Leonhard vom Baum, dem Fabrikanten. Da muss er vorher auch hineingeklettert sein, oder womöglich das Haus durch die Tür betreten haben. Verbesserung, sagte sich Peterhardt, durch eine Tür, denn es gab sicher wenigstens drei Eingänge.

«Da ist er herausgekommen?», fragte er.

Nicken.

«Oft?»

Heftiges Nicken.

«Und in jener Nacht?», fragte er Greta von Rosshoff. «Haben Sie ihn da auch gesehen?»

Sie nickte noch einmal, dann fielen ihr unvermittelt die Augen zu. Sofort setzte ein säuselndes Schnarchen ein. Peterhardt machte, dass er davonkam.

32.

Florentine und Joseph standen vor dem unfertigen Bild im Salon des Schneider'schen Hauses und schüttelten synchron die Köpfe. Ernst betrachtete sie dabei. Der Maler hatte mittlerweile am Zentrum des Bildes gearbeitet.

Ross und Reiter, wie sie hier in Deutschland sagten, waren deutlich zu erkennen. Das Pferd war sehr realistisch bis zum letzten Muskelstrang gestaltet, der Kaiser hielt es mit einer Hand am Zügel, mit der rechten natürlich, die andere konnte er schließlich nicht bewegen, sie war hinter dem Körper verborgen. Die Zügel bereiteten Erich Schneider noch Sorgen, das war gut zu erkennen. Er wollte sie offenbar ins Zentrum setzen, als Instrument, das der Kaiser benutzte, um das rechte Bein des Gauls in jene Dynamik zu versetzen, die es brauchte, um die Horden zu vernichten, die im Bild zwar stark nach hinten verschoben, aber durch die gewählte Perspektive direkt unter seinem Huf zu sehen waren. Dem Herrscher war es so möglich, mit einer einzigen Bewegung seiner Hand den Wilden zu zeigen, wer das Sagen hat. Zugleich vertrieb und zertrat er sie. Das sollte die Essenz dieses Gemäldes sein. Und das Entree für Schneider, eine Anstellung im Palast zu erlangen.

Als Joseph gerade Luft holte, um das Kunstwerk zu kommentieren, war ein Klopfen an der Hintertür der Küche zu hören. Das musste Friedrich sein. Ernst ging hinaus. Als er mit ihm in den Salon zurückkehrte, Friedrich mit einem Koffer an der Hand, hatten sich Florentine und Joseph umgewandt und erwarteten sie.

«Darum», sagte Joseph und verwies mit einer Kopfbewegung auf das unfertige Gemälde. Friedrich betrachtete die Leinwand eingehend und blickte dann in die kleine Runde: «Nun müsst Ihr mir das alles erklären.»

«Erklärt das nicht alles?», fragte Florentine.

«Beginnt doch bitte von vorn.» Friedrich zeigte auf

das Bild. «Wie kann es überhaupt sein, dass wir uns hier treffen?»

«Der Herr ist auf Reisen», sagte Ernst. «Und Rosa bei ihrer Familie in Dessau.»

«Und deshalb müssen wir uns hier treffen?»

«Wir können uns hier treffen», sagte Joseph. «Überleg doch. Diese ganzen Begegnungen, die zufälligen, die arrangierten zufälligen, im Botanischen Garten, die sind sicherlich schon irgendjemandem aufgefallen. Hier sind wir ganz unter uns.»

«Möglicherweise wurden wir beobachtet», sagte Friedrich, «als wir hier angekommen sind.»

«Du bist ein Bote.» Florentine blickte zu Boden, als sie redete. «Joseph und ich sind beide aus dem Nachbarhaus gekommen, und das nicht einmal miteinander. Es ist kein ungewöhnlicher Anblick, wenn jemand von Haus zu Haus spaziert in dieser Umgebung. Nicht einmal, wenn er dann das Nachbarhaus betritt.»

«Und ich wohne hier», sagte Ernst.

«Hm.» Friedrich fiel dazu nicht mehr ein als der zweifelnde Ton. «Das erklärt immer noch nicht, warum ihr den Aufwand betrieben habt, mich mit einem Brief hierherzubitten, zu beordern beinah. Ich hatte Mühe, diese Station in meine Tagesroute einzuweben.» Demonstrativ stellte er den Koffer zu Boden.

Ernst spürte Friedrichs Augen auf sich, starrte aber unverwandt auf den Kaiser. Joseph wandte sich um und damit auch dem Mann auf dem Pferd zu. Florentine brauchte etwas länger, um es Joseph nachzutun. Alle drei blickten auf den Kaiser.

«Das meint ihr nicht im Ernst», sagte nach einer Minute Friedrich sehr langsam.

Und nach einer weiteren Minute, in der niemand gesprochen hatte, fügte er hinzu: «Wir könnten dabei sterben.»

Nach diesem Satz wurde es wieder still im Salon. Ernst beobachtete die anderen drei. Friedrich machte einen Schritt auf das Gemälde zu, dann einen zur Seite, um dem schwindenden Tageslicht nicht im Weg zu stehen. Florentine suchte nach Möglichkeiten, ihre Hände irgendwo abzulegen, und verschränkte sie schließlich unter ihrer Brust. Joseph wirkte ähnlich aufgeregt, er wartete auf eine weitere Reaktion Friedrichs.

Als der genug gesehen hatte, blickte er sie wortlos an. Ernst verstand schnell und rekapitulierte das Gespräch, das er eine Woche zuvor mit Florentine geführt hatte. Während Friedrich immer noch entgeistert schien, hatten Florentine und Joseph, das war sein Eindruck, schon miteinander geredet. Joseph wirkte in keiner Weise überrascht oder entsetzt. Als er geendet hatte, vorläufig, denn einen wichtigen Fakt hatte er unerwähnt gelassen, wiederholte sich Friedrich. «Wir könnten tatsächlich dabei sterben», sagte er.

«In der Tat», sagte Joseph.

«Die Frage ist, wie wir es machen.» Florentine entließ ihre Hände aus der Verschränkung. «Es gibt eigentlich nur einen Weg. Nicht wahr?»

«Ein Attentat», sagte Friedrich langsam. Ernst verstand, dass er den Begriff und damit die Idee zur Gewissheit werden lassen musste. Nur was man aussprechen konnte, bekam durch die Laute selbst so etwas wie ein Leben.

«Ein Attentat», sagte Friedrich erneut. «Ein Attentat wird gemeinhin mit einer Pistole durchgeführt. Wo bekommen wir die her?»

«Mein Vater», sagte Florentine, und Ernst, zur gleichen Zeit: «Der Maler.»

«Ich weiß, wo er sie hat», sagte Florentine.

«Es sollte auch möglich sein, an Schneiders Waffe zu kommen.» Ernst wusste natürlich, wo hier im Salon die Waffe gar nicht wirklich verborgen in der Schublade des Sekretärs lag. Er hatte sie in der Kolonie stets bei sich getragen.

«Ein Attentat», sprach es nun auch Joseph laut aus. Er deklamierte beinah. «Es ist gerecht, so gerecht.»

«Natürlich ist es gerecht», sagte Ernst.

«Ein Tyrann.» Joseph öffnete die Hände, um zu zeigen, wie offensichtlich das Gesprochene war. Und wiederholte es sogar noch einmal. «Ein Tyrann», sagte er langsam.

«Und es ist ganz einfach», sagte Florentine. «Man erschießt ihn und rennt dann davon. Ich würde mich natürlich als Mann verkleiden.» Sie zeigte auf ihr weites Kleid. «Darin ist Weglaufen nicht möglich.»

«Nein, nein, nein.» Joseph hatte den deklamierenden Ton nicht aufgegeben. «Das ist nicht deine Sache, liebe Florentine. Hier sollten wir genau trennen. Wenn jemand das Recht hat, diesen Mann zu erschießen, dann sind es vor allem Ernst», er deutete eine Verbeugung in dessen Richtung an, «und ich.»

«Aber ...», begann Florentine, doch Joseph unterbrach sie.

«Bitte. Ich erkenne deinen Mut an und auch deine Tatkraft und Entschlossenheit.»

«Aber ...», sagte Florentine erneut.

«Meine lieben Gäste ...» Ernst redete leise. So leise, dass Joseph ihm erneut das Wort abschnitt.

«Es ist tatsächlich nicht verhandelbar, meine Liebe. Das musst du letztlich einsehen.»

Friedrich nickte vorsichtig, während Florentine erneut den Mund öffnete, ihn dann aber wieder schloss.

«Was ich sagen möchte ...», begann Ernst aufs Neue.

Joseph fiel ihm ins Wort. «Wir müssen uns natürlich damit beschäftigen, wann der Kaiser in der Öffentlichkeit auftritt. Aber wenn wir eines wissen, dann, dass er das Bad in der Menge geradezu sucht.»

Ernst drehte sich um und verließ den Salon. Er ging in den Keller und suchte den Rotwein, den er dem Maler servierte, seit der Ahrwein aus war. Dieser kam vom Rhein. Er blies den Staub von der Flasche, stapfte hoch, nahm die vier vorbereiteten Gläser vom Tisch in der Küche und trat erneut in den Salon. Die anderen schauten zu, wie er Flasche und Gläser auf einem kleinen Tisch absetzte, ein Tuch aus der einen Hosentasche holte, um die Flasche abzuwischen, den Korkenzieher dann aus der anderen, um die Flasche zu öffnen. Er schenkte allen ein und verteilte die Gläser, hob seines an und sagte: «Auf den Kaiser.»

Keiner von den dreien sagte einen Ton.

«Auf seinen Tod», ergänzte Ernst.

«Auf seinen Tod», sprach ihm Joseph schnell nach.

Florentine blickte in die Runde, bevor sie einstimmte. «Auf den Kaiser», sagte sie. «Auf seinen Tod.»

Friedrich schwieg. Er lupfte das schon erhobene Glas um wenige Millimeter und trank mit ihnen.

«Nun müsst Ihr mir aber eure Aufmerksamkeit widmen», sagte Ernst. «Der Kaiser verlässt das Land in fünf Tagen.»

«In fünf Tagen?», fragte Joseph.

«Allerdings wird er vorher mit geladenen Gästen die Siegesallee im Tiergarten abschreiten. In vier Tagen nämlich.»

«In vier Tagen?», fragte erneut Joseph.

«Woher weißt du das?», wollte Friedrich wissen.

«Es stand in der Zeitung.»

«Er wird wiederkommen», sagte Friedrich.

«Er reist gern», sagte Ernst. «Und er ist im nördlichen Atlantik unterwegs. Dort ist er gern lange unterwegs.»

«Dann haben wir genug Zeit», sagte Friedrich, «um uns vorzubereiten.»

Florentine schüttelte energisch den Kopf.

«In vier Tagen?», wiederholte sich Joseph. «Dann machen wir es in vier Tagen. Wie sagte Florentine eben? Es ist ganz einfach. Man schießt ihn nieder, am besten in den Kopf, und rennt dann davon.»

«Hmhm.» Friedrich trank vorsichtig einen Schluck. «Weißt du, lieber Joseph, warum wir die Namen der meisten Attentäter kennen, die auf Staatsoberhäupter geschossen haben?»

Als Joseph nicht antwortete, fuhr Friedrich fort. «Eduard Kullmann? John Wilkes Booth? Brutus?»

«Brutus hatte ein Messer», sagte Florentine.

«Wer ist Eduard Kullmann?», fragte Joseph.

«Einer der Leute, die vergeblich versucht haben, Bismarck zu töten», sagte Ernst. «Da gab es auch noch Ferdinand Cohen-Blind, der hat es früher versucht, und der ist mir deutlich sympathischer als Kullmann.»

«Woher weißt du das alles?», fragte Florentine.
«Ich lese viel.»
«Und was unterscheidet diese beiden?», fragte Joseph. «Den Kullmann und den Cohen...?»
«Cohen-Blind hieß er. Der eine wollte den Katholizismus rächen, der andere einen Krieg verhindern. Und wir ...»
«In vier Tagen dann.» Joseph erhob sein Glas, in dem sich nur noch ein einziger Schluck Wein befand. Als es ihm niemand gleichtat, schaute er fragend in die Runde.
«Wenn wir das tun wollen», sagte Friedrich.
«Dann werden wir eine Menge vorzubereiten haben», ergänzte Ernst.
«In vier Tagen dann?», fragte Florentine.
«In vier Tagen.» Joseph erhob erneut das Glas mit dem letzten Schluck.
Alle taten es ihm gleich. «In vier Tagen», sagten sie im Chor.
«Der Wein ist übrigens außerordentlich», sagte Friedrich, als er sein Glas geleert hatte. «Was haben wir denn da im Glas?»
Ernst nahm die Flasche vom Tisch und zeigte das Etikett herum. «Der Wein», sagte er, «passt bestens zu unserer Situation. Es ist ein Assmannshäuser Höllenberg.»

Douala, 15. Mai 1920

Mein lieber, lieber Theodor,

wir haben durch Gerüchte von diesem Putsch erfahren, lange bevor wir in französischen Zeitungen darüber lesen konnten. Und wenn ich nun auch weiß, dass es nur wenige

Tage waren, bis der Albtraum vorüber war, musste ich doch daran denken, dass Du immer wieder den Vater zitiert hast, der, wie Du geschrieben hast, vor einer Reaktion dieser Kräfte gewarnt hat. Auch an Florentine musste ich denken, natürlich, und wie froh bin ich, dass sie nur einige Monate lang im Gefängnis eingesperrt war, denn das hatte ich sofort miteinander in Verbindung gebracht, dass die Leute, die diesen Putsch angeführt haben, Frauen wie Florentine mit Sicherheit hätten umbringen wollen.

Schreib mir bitte, wie es ihr nun geht! Ist sie tatsächlich immer noch nicht verheiratet? Grüß sie bitte herzlichst von mir. Wie gern würde ich bei ihr und bei Dir zum Tee kommen. Oh, so gern.

Und wenn es Dir möglich wäre, etwas über Friedrich Smith herauszufinden, mein lieber Theodor, würdest Du mich froh stimmen. Gesetzt den Fall, dass es gute Nachrichten sind. Ich denke oft an diesen klugen und so gut gekleideten Mann. Wie mag es ihm ergangen sein, seit ich Berlin verlassen habe?

Übrigens hat mein Onkel Kontakt zu einem Seemann aus den Vereinigten Staaten von Amerika, dem er vor Jahren zum ersten Mal im Hafen begegnet ist. Sie haben sich mehrere Male zufällig getroffen, und dann einmal auch, um ein Geschäft abzuwickeln mit Schallplatten, auf denen sogenannte Ragtime-Musik zu hören ist, die mir, das möchte ich so unumwunden sagen, doch sehr gut gefällt. In jedem Fall verhält es sich so, dass dieser Seemann davon sprach, er solle später im Jahr in Walvis Bay anlanden. Und weil ich bei diesem Gespräch zugegen war, habe ich ihm aufgetragen, sich nach Ernst zu erkundigen.

Kaum denkbar, dass diese Nachfragen auch nur irgendein Ergebnis zutage fördern werden, doch versuchen wollte ich es immerhin. Denn natürlich stelle ich mir auch bei Ernst die Frage, welch Schicksal ihn wohl ereilt hat. Obwohl er mir stets als jemand erschienen ist, der dem Schicksal einen ganzen Schritt und dann auch noch einen halben mehr voraus ist. Und ist er nicht einfach verschwunden damals nach den Ereignissen in Berlin und in Steglitz? In jedem Fall weiß ich, dass er zurück wollte nach Afrika.

Zu den Franzosen gibt es dann auch noch manches zu sagen. Mein Onkel, der ja ein kluger Mann ist, nimmt wahr, was andere nicht sehen können. Er sagt, dass sich manches ändern werde, und in der Tat sogar schon verändert habe, seit die Franzosen an der Macht sind. Was ich selbst wahrnehme, ist dies: Mehr und mehr sind es die Verwaltungen, die die Macht übernehmen. Ich habe in Boumnyebel sehen können, dass das nicht unbedingt und in jedem Fall eine Entwicklung hin zum Besseren bedeuten muss, denn gleich nach seiner Ankunft ließ der neue Administrator einen Jungen erschießen, der es gewagt hatte, Fleisch aus seinem Haus zu stehlen. Aber mein Onkel sagt, dass dies trotzdem eine Verbesserung bedeute, da die regionalen Posten von Beamten der Kolonialverwaltung besetzt werden und nicht mehr von Vertretern der Firmen, die dort operieren, wie es unter den Deutschen der Fall war. Die Exzesse, die diese Menschen zu verantworten hatten, gründeten sicherlich auch in deren Unerfahrenheit in Sachen von Führung und Verwaltung, ganz sicher aber waren Gier und Ruchlosigkeit Wurzeln ihres Tuns. Ich habe Dir und auch anderen, ich denke da an Florentine oder Friedrich

Smith, ein ums andere Mal erzählt, was mir und meiner Familie geschehen ist. Ohne die Weisheit und Voraussicht meines Onkels wäre ich nicht mehr am Leben.

Mein lieber Theodor, ich schließe den Brief mit den innigsten Wünschen für Dein Wohlergehen und mit dem Ausdruck meiner allervorzüglichsten Hochachtung, Dein Joseph Ayang

33.

«Ernst sollte hier sein», sagte Joseph, als er an der Kreuzung Charlottenburger Allee und Siegesallee stehen blieb.

Friedrich sah, wie er sich umblickte, nach Norden zum Königsplatz, nach Süden dann, den langen Weg hin zum Kemperplatz quer durch den Tiergarten. Er hatte so recht. Ernst fehlte ihnen hier. Die Klugheit und Belesenheit, nicht zuletzt die Entschlossenheit des Mannes aus Deutsch-Südwest waren in den Diskussionen der letzten Wochen stets ein Anker gewesen. Wenn einer wusste, was zu tun, oder, wichtiger oft, wie etwas anzugehen sei, dann war er es. Friedrich wollte gar nicht erst daran denken, was Ernst alles gesehen haben mochte. Vor allem aber fehlte er ihnen, weil sie sich darauf geeinigt hatten, dass er und Joseph die beiden sein sollten, die vorangehen würden. Selbst Florentine, die in diesem Augenblick hinter ihm stehen blieb, deren feinen Geruch er begierig einsog in der Hoffnung, dass sie es nicht bemerkte, selbst Florentine hatte ihre eigenen Ambitionen bei dieser Tat zurückgezogen, nachdem Ernst darauf hingewiesen hatte, dass er und Joseph die älteren Rechte besaßen, den Kaiser um sein Leben zu bringen. Er hatte sie schlucken und ins zweite Glied zurücktreten sehen. Denn stimmte es nicht? Auch wenn Ernst nicht darüber redete, was er persönlich gesehen hatte, getan und erduldet, so war doch klar: Was ihm und den Seinen widerfahren war, gab ihm ein Anrecht darauf, oder wenigstens einen vorderen Platz in einer langen Reihe, auf die Barbarei der Deutschen zu antworten. Aber vor allem fehlte Ernst, weil er Teil des Plans war, den doch nur er selbst und Joseph ausarbeiten konnten. Hier vor Ort hätte er sich befinden sollen, statt in Steglitz bei dem Maler, der ganz unerwartet früher von seiner Reise zurückgekehrt war. Nun war sie noch einen halben Schritt näher gekommen, Florentine, das konnte er spüren. Die Sehnsucht verzehrte ihn immer mehr.

Ernst jedenfalls war nicht hier. So mussten Florentine und er seine Augen und Ohren sein, ihm berichten und zusammen mit Joseph den Plan entwerfen. Wohl war ihm dabei nicht.

«Wir sollten uns vielleicht nicht so auffällig verhalten, wie wir es gerade tun», sagte er und wandte sich um.

«Was macht uns denn auffällig?», fragte Florentine und stellte sich neben Friedrich.

«Hast du die Blicke der Leute bemerkt?»

«Nein», sagte Florentine.

«Sie starren uns an.»

«Wer?», fragte Florentine.

«Die Leute», sagte Joseph und drehte sich in beide Richtungen. «Es ist doch stets dasselbe. Habt ihr es denn tatsächlich nicht bemerkt?» Als weder Friedrich noch Florentine antworteten, fuhr er fort. «Versetzt euch doch in ihre Lage. Was sehen die Leute?» Er machte eine kleine Pause, gerade so kurz, dass man sich zu einer Antwort berufen fühlen mochte. «Sie sehen zwei Männer und eine Frau. Sie sehen zwei Männer, die, entschuldige bitte, lieber Friedrich, nicht so aussehen wie alle, und damit meine ich keinesfalls, dass wir uns nicht dazu durchringen konnten, den Bart so zu tragen wie Seine Majestät, aber ihr wisst ohnehin, worüber ich rede. Und sie sehen eine deutsche Frau aus gutem Hause, denn dass du nicht aus der Gosse kommst, liebe Florentine, das ist allen auf den ersten Blick klar. Und ich weiß, ich weiß es einfach, dass wir zumindest jenen Leuten ins Auge fallen werden, die uns hier zusammen sehen. Nicht Friedrich und mich, denn wir gehören augenscheinlich zusammen, für diese Leute. Sie werden uns sehen und sich zwei Tage später nicht mehr daran erinnern, wo sie uns begegnet sind. Du aber, Florentine, machst aus uns die Gruppe, an die man sich lange erinnern wird. Deshalb schlage ich vor ...»

Florentine unterbrach ihn, was selten vorkam, denn sie hatten sich, ohne dass es dazu einer Verabredung bedurft gehabt hätte, angewöhnt, einander ausreden zu lassen. «Verlangt bitte nicht», sagte sie, «dass ich nach Hause zurückfahre.»

«Nein, nein», antwortete Joseph, «nur etwas Abstand solltest du halten zu uns. Ich habe die ganze Nacht darüber nachgedacht. Wie gut der Plan auch immer sein wird, den wir umzusetzen versuchen, und welche Rolle wem nun zufallen wird, die größte Gefahr droht Ernst und mir.

Sollten wir versagen oder sollten wir ausführen, was wir uns vorgenommen haben, so bleibt, dass wir beide unter schwierigsten Bedingungen fliehen müssen. Und sollte uns das nicht gelingen, werden sich für uns die Tore zur Hölle öffnen. Das ist etwas, dem müssen Ernst und ich uns stellen, diesem Bild. Dann sehe ich aber keine Notwendigkeit für dich, Florentine, und für dich, Friedrich, als Teilhaber unserer Pläne sichtbar zu werden. Florentine, ich denke, es ist deshalb das Beste, wenn du uns mit Abstand folgst, damit es nicht so aussieht, als gehörtest du dazu. Bleib in Rufweite, ändere beständig den Abstand zu uns, komm uns näher, um möglicherweise ein paar Worte auszutauschen, und lass dann wieder Raum zwischen dir und uns. Bist du damit einverstanden?»

Florentine nickte kurz. «Ich werde mich etwas abseits halten», sagte sie und wechselte die Straßenseite.

Vor Friedrich lag nun eine mehrere Hundert Meter lange Strecke. Auf beiden Seiten waren die Denkmäler aufgereiht, eine Figur zentral, je eine kleinere rechts und links. Die Ensembles waren so gestaltet, dass man sie wie eine kleine Terrasse begehen und dabei die wichtigste der drei Figuren umrunden konnte. Friedrich erkannte die Figur, vor der er gerade stand, und das nicht nur, weil es sein Namensvetter war, Friedrich der Zweite, den sie auch den Großen nannten. Auf der anderen Straßenseite war Florentine bei einer Skulptur stehen geblieben, die gleich zwei Figuren zeigte, von denen Friedrich niemanden erkannte. Anders bei der nächsten Skulptur auf ihrer Seite. Friedrich Wilhelm I., der Unmensch, der seinen Sohn, den zweiten Friedrich, gezwungen hatte, der Hinrichtung seines Herzensfreundes beizuwohnen. Was war das für eine Sippe, die hier gefeiert wurde?

Zwischen Friedrich Wilhelm I. und der nächsten Skulptur war Joseph nun stehen geblieben und blickte in die Baumgruppe, die dort gepflanzt war. Dahinter ordentlich gestaltetes Buschwerk, dann wieder Bäume, beinah ein Wald. «Eigentlich ist es ganz einfach», sagte er.

«Was willst du damit sagen?» Friedrich blickte sich um, während er nachfragte.

«Was bleibt uns schon?» Joseph wies kurz in das Grün. «Wir verstecken uns da, und wenn der Kaiser mit seinen Gästen erscheint, tauchen wir auch auf. Wenn wir geschossen haben, dann verschwinden wir hier wieder.»

«Wer wird den Kaiser begleiten? Außer den Gästen?»

«Ernst weiß das sicher.»

«Ernst ist nicht hier.»

«Spielt es eine Rolle?»

«Sicher spielt es eine Rolle. Einmal, wenn es darum geht, bis zum Kaiser vorzudringen, dann darum, zu entkommen. Es spielt eine Rolle, wie viele Bewaffnete den Kaiser beschützen und wie sie bewaffnet sind. Oder willst du gar nicht entkommen?»

«Ein wichtiger Punkt, aber nicht der wichtigste.»

«Wir hatten über Märtyrer debattiert.»

«Ich bin kein Märtyrer und will keiner sein. Aber ich will es sein, der den Kaiser tötet.»

«Joseph, ich widerspreche dir ja nicht», sagte Friedrich und sah Florentine einen Schritt auf sie zu machen. «Aber du musst doch bedenken, was eine Entdeckung bedeuten würde. Du hast es selbst eben schon erwähnt.»

«Belehre mich.»

«Nun, stell dir vor, du wirst gefangen genommen. Was wird dann geschehen? Stell dir dann auch noch vor, Ernst ist davongekommen, und du eben nicht. Du weißt, was dann geschieht.»

«Ich werde nichts und niemanden verraten.»

«Das sagt sich leicht. Und natürlich würden außer Ernst noch andere in Gefahr geraten.»

Joseph starrte ins Grün. «Ich rede über Florentine, die mit dir gesehen worden ist», sagte Friedrich. «Und was ist mit Theodor, den du so oft besuchst?»

Er sah, wie Joseph unmerklich nickte. Wir haben nie alle Konsequenzen unseres Tuns im Blick, dachte er. Und erschrak, als er die Hand Florentines auf der Schulter spürte.

«Ihr habt den Plan noch nicht verstanden», sagte sie. «Ich kann es an eurer Körperhaltung erkennen. Bleibt einfach stehen, dreht euch gar nicht erst um. Ich kann es mit wenigen Worten erklären.»

Florentine schritt bedächtig zum nächsten Denkmal. Der dynastischen Reihung gemäß musste das wohl der Großvater des großen Friedrich sein. Sie sprach leise, aber noch hörbar: «Der eine Punkt, den ihr nicht besprochen habt, ist Geschwindigkeit.» Sie machte eine Pause, um Widerspruch zuzulassen, aber die beiden anderen blieben still. «Hinter uns, auf der anderen Straßenseite, sind die Skulpturen wie hier von Bäumen und Büschen umrahmt. Nicht weit dahinter kommt man dann zu einem Teich. Für eine Flucht ist das also ein denkbar ungünstiger Weg. Aber denkt die Idee umgekehrt. Wenn ihr euch da verbergt und von dort aus anfangt, was zu tun ist, umgeht ihr möglicherweise das größte Hindernis, vor dem ihr steht.»

Kurz blickte sie herüber. «Denkt nur: Ihr seid hervorgekommen und habt den Kaiser erschossen. Dann wollt ihr natürlich so schnell wie möglich verschwinden. Wenn ihr nun aber umdrehen müsst, dann ist genau das der Moment, in dem ihr verwundbar seid. Das ist eine lange und nicht endende Sekunde, in der ihr euch auf der Stelle dreht und versuchen müsst, wieder an Geschwindigkeit zu gewinnen. Das werden andere ausnutzen. Versteht ihr, was ich sage?»

Friedrich wusste längst, worauf Florentine hinauswollte. Sie war wirklich eine beeindruckende Frau. «Wenn ihr aber von der anderen Seite kommt, dann den Kaiser tötet und in dieser Bewegung fortfahrt, seid ihr schon wieder verschwunden, bevor die Anwesenden überhaupt begriffen haben, was geschieht. Die sind zuallererst damit beschäftigt, sich um den hoffentlich toten Kaiser zu kümmern. Und erst dann um euch.»

Sagte Florentine und schritt von dannen, vorbei am Vater des Vaters von Friedrich dem Großen. Oder wer aus der Bande auch immer dort verewigt worden war.

34.

«Sie sind überall gewesen», sagte Vater, als Gerlinde gerade mit der Sauciere um den Tisch herumging. Florentine beobachtete, wie sie Theodor vorsichtig etwas über das

Rindfleisch gab. Ihr Bruder war da eigen. Auf dem Teller trennte er Fleisch samt Sauce säuberlich vom Gemüse, heute gab es grüne Bohnen, und den Kartoffeln. Wenn man alles übereinanderschüttet, sagte er manchmal, dann ist es ja Eintopf.

Gerlinde tat so, als hörte sie Vaters Bemerkungen nicht. Sie war aber auch ruhiger geworden zuletzt. Die Phase des Schreckens und der Trauer war wohl vorüber, dachte Florentine. Wegen Gerlinde hatte sie schon manches Mal ein drückend schlechtes Gewissen verspürt. Ihre Freundin hatte mehr Hoffnungen in Gerold von Beukenberg gesetzt, als Florentine bewusst gewesen war. Vielleicht war es nur naive Schwärmerei gewesen, möglicherweise aber doch mehr. Florentine hatte nun schon viele Male vor dem Einschlafen darüber nachgedacht, ob die Verbindung zwischen Gerlinde und dem Soldaten nicht doch in etwas Langfristigem hätte münden können. Dann hatten sie ihr diese Zukunft genommen.

Sowohl die Polizei als auch ein Feldgendarm, ein Soldat also, hätten überall in Steglitz angeklopft, um den Fall von Beukenberg aufzuklären, erzählte Vater nun. «Vor allem wissen sie bislang überhaupt nicht, warum das hat geschehen können», sagte er. «Sie wissen gar nichts. Und niemand kann erklären, wo der Kerl eigentlich hergekommen ist. Die nächtliche Patrouille ist ihm ebenfalls nicht begegnet. In der Kaserne war er nicht, denn er hatte ja Ausgang. In den Gasthäusern der Umgebung ist er auch nicht gesehen worden. Und keiner unserer Nachbarn hat von einem Besuch am späteren Abend erzählt.»

«Vielleicht hatte er eine Liebschaft», sagte Theodor, zerschnitt eine Kartoffel mit dem Messer, was Mutter nicht billigte, und zerdrückte sie mit einem Tropfen Sauce.

«Ach, nun spekulier doch nicht.» Mutter hatte Kartoffel und Messer im Zusammenspiel wohl gesehen und warf dem Bruder einen missbilligenden Blick zu.

«Dann war es eben eine heimliche Liebschaft», sagte Theodor just in dem Augenblick, als Gerlinde wieder erschien, um eine zweite Runde mit der Sauciere um den Tisch zu drehen. Florentine beobachtete sie, aber Gerlinde verzog keine Miene, als sie nachgoss.

35.

Erich Schneider stand vor dem Bild, dem unvollendeten, an dem er seit Monaten arbeitete. Der Huf des Pferdes bereitete ihm nach wie vor Sorgen. Das war schon beeindruckend gestaltet, so wie er es sich vorgestellt hatte. Der Kaiser hatte den Gaul im Griff, im Wortsinne, und mit dem Gaul auch den Aufstand. Das war, verbunden mit dem entschlossenen Ausdruck auf dem Gesicht des Monarchen, die zentrale Botschaft des Werkes. Wer immer auch sich gegen den Kaiser und sein Volk erhebt, wird die ganze Kraft der Vergeltung zu spüren bekommen.

Im Grunde genommen war Schneider gar nicht so unzufrieden mit dem Huf. Das Pferd war ihm schon gelungen, das konnte er einfach, Tiere und ihre Umgebung in realistischer Vorstellung zu malen, und hatte durchaus Anerkennung erfahren damit. Nicht zuletzt durch die vielen Verkäufe.

Vielleicht war es zu gut gewesen. Das Gefühl, immer und immer wieder das Gleiche zu produzieren, nur weil er darauf zählen konnte, dass gutbetuchte bürgerliche Kunstliebhaber sich gern seine gekonnten Naturstücke in den Salon hängten. Die Einheit von Tier und Mensch und Land, dazu die Wirkung, die davon ausging, das Wohlbekannte, moderat variiert, erneut und noch einmal zu betrachten, hatte ihn zu einem wohlhabenden Mann gemacht. Nicht aber zu einem zufriedenen.

Und der Huf war ihm im Grunde genommen perfekt geraten. Das war doch der Kern seines Schaffens. Da fehlte er nicht. Aber, und er betrachtete das Detail, während er sich ganz langsam von der Leinwand entfernte, trotzdem war da etwas, das ihn unzufrieden zurückließ.

Es war der richtige Schritt gewesen, ein mutiger natürlich, einer, der ihn hätte ruinieren können, künstlerisch jedenfalls, einen so radikalen Wechsel zu vollziehen, wie er es getan hatte. Er war kein junger Mann mehr gewesen, als er beschlossen hatte, dass es mehr geben musste in diesem Leben als ein sicheres Auskommen, und das hatte er fürwahr gehabt. Die Entscheidung, sich auf eine heroische Malweise zu verlegen, hatten viele zunächst nicht verstanden. Es hatte nicht so lange gedauert, bis er in einer Zeitung als Schlachtenmaler bezeichnet worden war. Zunächst war ihm das verkürzend vorgekommen. Als ob es in seinen Gemälden nur um das Kämpfen ging, um die Schlacht als solche. Aber langsam, nachdem er noch mindestens zweimal in der Presse derart betitelt worden war, hatte er Geschmack gefunden an dem Ruf. Natürlich war es ihm zu tun um das deutsche Heldentum und die unbändige Kraft, die vor allem in der kriegerischen Auseinandersetzung mit den barbarischen Massen in den Kolonien zum Vorschein kam, denn, machen wir uns nichts vor, dachte Schneider, den europäischen Krieg gab es seit 70/71 nicht mehr, als die Deutschen den Franzosen zerschmettert hatten. Doch die Konzentration auf das Martialische hatte ihm letztlich die Aufmerksamkeit des Hofes eingebracht, die er so herbeigesehnt hatte. Seine Reise nach Ostafrika, die erste in die Kolonie überhaupt, und die dort hergestellten oder vorbereiteten Bilder über die Strafaktionen gegen die aufständischen Eingeborenen waren bei Hofe ebenfalls wohlwollend aufgenommen worden. Die Entschlossenheit des Kampfes um die afrikanischen Besitzungen war in einem Bild besonders schön zum Ausdruck gekommen, das vor einigen Jahren oft erwähnt und schließlich von einem ostelbischen Großgrundbesitzer erworben worden war. Zu Pferd, mit dem Schwert und dem Gewehr wurde dort ein Dorf niedergemacht, in dem sich Aufrührer verborgen hatten. «Man kann das Blut förmlich spritzen sehen», hatte der Käufer anerkennend gesagt, «man kann es sogar riechen.»

Der Ruf, den das Bild ihm beschert hatte, führte dann dazu, dass er, endlich, zum ersten Mal an den Hof geladen wurde. In einer Gruppe nur, mit anderen Malern, denen der Kaiser seine Ideen zur Kunst vortrug. Beim Rundgang durch das Schloss hatte Seine Majestät ihm mehrere Male direkt in die Augen geblickt, ohne ihn freilich anzusprechen.

Die ganze Ernsthaftigkeit ihrer Politik hatte der Kaiser natürlich in Deutsch-Südwest demonstriert, deshalb das Gemälde, das er gerade schuf. Und darum ging es doch in diesem Bild. Ein Kollege, ein kleiner Geist fürwahr, hatte angemerkt, dass erstens der Kaiser nicht direkt in Entscheidungen eingebunden gewesen war, die die Niederschlagung des Aufstands vor Ort betroffen hatten, und dass zweitens der Kaiser nie seinen Fuß gesetzt hatte in Deutsch-Südwest. In gar keine der Kolonien. Schneider hatte den Kollegen scharf zurechtgewiesen. Bismarck, hatte er gesagt, sei zwar in Versailles zugegen gewesen, aber das Arrangement auf dem berühmten Gemälde Anton von Werners sei Ausgeburt dessen Schöpfergeistes gewesen. Schöpfergeist sei schließlich die Wurzel aller Kunst.

Deshalb war es auch nicht zu weit hergeholt, den Kaiser hoch zu Ross gegen die Wilden zu schicken. Was ihn störte, Schneider machte nun wieder kleine Schritte auf das Bild zu, war auch nicht der Huf selbst. Es war, das wurde ihm gerade klar, das Verhältnis zwischen dem Huf und der Masse der Eingeborenen, denen bevorstand, von ihm zerquetscht zu werden. Es war diese Gruppe, diese sehr große Gruppe, der noch das Moment des Schreckens abging, das sie durchfuhr. Das Zittern, das der reine Auftritt des großen Kaisers aus Deutschland durch diese Seelen schickte, hatte er noch nicht perfekt eingefangen. Daran musste er noch arbeiten.

Dass er mit seinen Mitteln dazu beitrug, Deutschlands Macht und Größe für alle erkennbar zu machen, hatte sich herumgesprochen. Und so hatte es ihn auch nicht sehr verwundert, dass er diese Einladung erhalten hatte zum Spaziergang mit dem Kaiser, am folgenden Tag. Es hieß, Wilhelm II. wollte mit Architekten, Bildhauern und Künstlern die Siegesallee abschreiten und Ideen einholen für weitere Repräsentationsprojekte, die die Hauptstadt in der Zukunft zieren sollten. Nicht auszuschließen, dachte Schneider, dass der Kaiser dieses Mal sogar das Wort an ihn richtete.

Wo blieb nur dieser Nichtsnutz? Er wollte essen und trinken. Wein vor allem wollte er trinken. Hoffentlich hatte er nicht schon wieder eine Fehlnote wie zuletzt manches Mal. «Ernst!», rief Schneider laut. «Ernst!»

36.

Tilsiter war nicht im Haus, dafür gab es Olmützer Käse. Der war etwas weniger auffällig im Geruch, wenn man ihn nicht zu lange liegen ließ. Dieser hier war noch recht frisch und beinah weiß im Inneren, ein Zeichen dafür, dass er weder roch noch intensiv schmeckte. Ernst schnitt sich eine dünne Scheibe vom kleinen Laib ab. Dann würfelte er ihn für den Maler und legte die Stücke in eine Schüssel.

Der Schreck war ihm in die Glieder gefahren, als Schneider gestern vor der Tür gestanden hatte. Seine Reise nach Paris hätte noch eine weitere Woche dauern sollen, er hatte dort einen Malerfreund und versuchte außerdem, jemanden dazu zu bewegen, eine Ausstellung seiner Bilder zu organisieren. Noch viel größer war Ernsts Entsetzen gewesen, als er erfahren hatte, warum der Maler zurückgekehrt war. Des Kaisers Einladung hatte ihn in Paris erreicht. Der Kaiser wollte ihm ergebene Künstler mit auf einen Spaziergang nehmen.

Auf einen Spaziergang durch die Siegesallee.

Beim Teilen der Plockwurst hätte er sich beinah in den Finger geschnitten, als er den kommenden Tag vor Augen hatte. Gib acht, sagte er sich. Die Möglichkeiten, die sich ihnen boten, waren klar.

Das Attentat aufschieben.

Ja, er hatte sich an den Begriff gewöhnt.

Attentat.

Das war es doch.

Sie würden den Kaiser vom Leben zum Tod befördern. Das war, was man ein Attentat nannte.

Oder es eben durchführen. Schließlich war alles geplant.

Nun verrichtete er so viel Gartenarbeit wie eben möglich, um Florentine vom Baum zu sprechen. Sie war das Scharnier zwischen Joseph und ihm, ob sie das wollte oder nicht. Die Rückkehr des Malers hatte das so gefügt.

Florentine war in der Tat aus dem Haus gekommen und hatte sich ohne viel Federlesens zu ihm an die Hecke gestellt. Außerhalb des Schneider'schen Grundstücks, aber doch so, dass es als eine gewollte Unterhaltung erkennbar war und keine, die sich zufällig beim Spaziergang entwickelt hatte.

«Ich habe die Waffe», sagte sie leise und ohne sich mit einer Begrüßung aufzuhalten. Um sich dann aber sofort zu verbessern. «Ich habe sie Joseph weitergegeben. Vater wird nicht merken, dass sie nicht an ihrem Ort liegt.» Und ohne ihn zu Wort kommen zu lassen, sagte sie noch: «Joseph ist bei Theodor, aber wir haben beschlossen, dass es besser ist, wenn man euch nicht mehr hier zusammen sieht.»

Ernst gab Zucker und Zitronensaft ins Wasser. Nur der Wein fehlte noch. Er holte den Rheinwein aus dem Keller und betrachtete im Licht der Küche das Etikett. Der Höllenberg.

«Ernst!» Schneider hatte heute darauf verzichtet, in den Botanischen Garten zu gehen. Er war, das konnte man erkennen beim Studium seiner Arbeit, mit den tropischen Blüten noch nicht dort angekommen, wo er sich selbst sah. Weder lebten die Pflanzen auf dem Skizzenpapier noch auf der Leinwand im Salon. Aber für heute hatte er offenbar beschlossen, trotzdem im Haus zu bleiben.

«Ernst!»

Er dachte an die Waffe. Er konnte sie nehmen, in den Salon gehen und dem Maler in den Hinterkopf schießen. Die Nachrufe in den Zeitungen, die Schneider täglich durchsuchte, um Spuren seiner eigenen Bedeutung zu finden, würden nicht so lang werden, wie er sie erhoffte.

Stattdessen öffnete er den Wein und verzichtete auf sein Ritual. Er hatte wenig Lust auf die milde Irritation, die schon der große Schluck in seinem Kopf auslöste. Zum ersten Mal spürte er Aufregung. Morgen war der Tag. Der Tag, an dem Kaiser Wilhelm II. sterben würde.

Mit dem Wein, dem Wasser und den Speisen auf dem Wagen machte Ernst sich auf in den Salon. Es würde nicht Schneiders letzte Mahlzeit sein. Aber die letzte, die er ihm auf diese Art servierte.

Douala, 7. März 1933

Mein lieber, lieber Theodor,

wie froh ich bin, dass wir begonnen haben, einander wieder Briefe zu schreiben. Ich habe Deine Stimme in meinem

Leben so sehr vermisst. Noch warte ich auf Deinen Brief, der mir hilft, zu verstehen und einzuordnen, was bei den Wahlen in Deutschland geschehen ist. Im Moment ist es so, dass ich alles, was ich über ihren Ausgang weiß, aus französischen Zeitungen habe. Und einige Informationen auch aus den Kommentaren von Händlern und Kolonialbeamten, die bei meinem Onkel verkehren. Im Büro des Onkels, der, das muss ich erwähnen, wirklich sehr alt ist und beginnt, Vereinbarungen, auch wichtige, zu vergessen, hört man viele sehr unterschiedliche Kommentare und Bewertungen der Ereignisse. Manche sagen, man könne den Deutschen generell nicht trauen, gleich wie gewählt wurde. Einen habe ich sagen hören, ein hoher Kolonialbeamter aus Lyon, es sei gut, wenn die Deutschen mit sich selbst beschäftigt sind. Dann, so sagte er, würden die Völker Europas nicht unter ihnen zu leiden haben. Einer, den ich nicht gekannt habe, der aber sehr gelehrt wirkte, ein Herr aus Clermont-Ferrand, erklärte, dass die neue Koalitionsregierung nicht lange halten würde. Dies begründete er mit dem Anspruch Hitlers, der über kurz oder lang die Macht an sich reißen wolle. Er hat das mit einer Haltung formuliert, das kann man hier sehr oft sehen, die meinen Onkel belehrte und ihn zum Schüler in seinem eigenen Büro machte. Das muss natürlich nicht bedeuten, dass er nichts versteht von dem, was er vorträgt. Denn es ist so, dass auch die Zeitungen, die ich gelesen habe, meist sind sie ein paar Tage alt, wenn sie hier ankommen, und dann dauert es erneut Tage, bis sie irgendwann hier abgelegt werden, aber alle liegen irgendwann auch auf meinem Schreibtisch, und es ist in ihnen überall von Hitler die Rede und davon, dass man seinen Willen nicht unterschätzen solle und seine Durchsetzungsfähigkeit.

Selbst teile ich die Meinung vieler Franzosen nicht, wenn ich ehrlich sein darf. Mir machen die Leute von Hitlers Partei Angst. Man darf sie auf gar keinen Fall gewähren lassen. Ich sage das mit aller Zurückhaltung, denn ich weiß ja, dass Du vor Ort bist und Dir eigene Gedanken machen wirst. Aber zurufen möchte ich Dir schon, dass Du alles in Deiner Macht Mögliche tun musst, um diese Barbarei zu verhindern, die ich allein in den Worten Hitlers erkenne.

Nun habe ich mich beinah entblößt mit meinen letzten Worten, dabei habe ich noch etwas mitzuteilen in eigener Sache. Ich habe beschlossen zu heiraten. Mein Onkel hält nach wie vor große Stücke auf mich, alle in der Familie haben das längst erkannt und, so möchte ich meinen, auch hingenommen, mal mit leise vernehmbarem Murren, mal auch mit Schicksalsergebenheit. Es ist nun wirklich nicht so, dass der Onkel mich favorisiert, aber er bezieht mich in manche Geschäfte mehr ein als sogar seine drei Söhne. Nun hat er schon vor Jahren immer wieder anklingen lassen, dass es von mir erwartet wird, eine Familie zu gründen. Und ich kann mich dieser Erwartung nicht viel länger entziehen, denn bald werde auch ich ein alter Mann sein. Die Söhne des Onkels, meine Cousins, haben zusammen schon elf Kinder, wenn man die bei der Geburt Verstorbenen nicht mitzählt. Was soll ich sagen? Rosemarie ist eine Frau von einnehmendem Äußeren, sie ist dazu sehr intelligent, und sie gehört einer Familie an, deren Einfluss früher sehr groß gewesen sein muss. Sie kann lesen und schreiben, sie singt bei Festen der Familie, das habe ich selbst erlebt, und sie hat genaue Vorstellungen von der gesellschaftlichen Stellung, die sie anstrebt. Viel mehr möchte ich in diesem Augenblick gar nicht schreiben über sie. Aber natürlich sollst Du davon wissen, mein lieber, lieber Theodor.

Ganz selbstverständlich verbleibe ich wie stets mit den allerherzlichsten Grüßen, Dein Joseph Ayang

37.

Florentine suchte sich eine Stelle zwischen einem Otto und einem Waldemar. Sie hatten vor vielen Jahrhunderten gelebt und über Territorien geherrscht, von denen sie möglicherweise gehört, die sie aber schon lange wieder vergessen hatte. Sie standen hier in dieser Allee, weil der Kaiser sich als Erbe einer langen Reihe von Herrschern dargestellt sehen wollte. Wenn einer von ihnen einem Attentat zum Opfer gefallen war, dann vermochte sie nicht zu sagen, wer. Ob Otto oder Waldemar oder jemand anderes.

Die Stelle hatte sie sich ausgesucht, weil sie so mit dem Rücken zum Goldfischteich im Tiergarten stand. Hier, hinter ihr, würden Ernst und Joseph auftauchen und den Kaiser erschießen. Und wenn es die Situation erforderte, würde sie sich ihnen anschließen. Sie hatte ein Tranchiermesser aus der Küche mitgenommen, eines, das wöchentlich geschärft wurde und furchterregend leicht durch

Fleisch und Gebein schnitt. Sie hatte der Versuchung widerstanden, sich vorzustellen, wie ihre Hilfe aussehen mochte. Die beiden hatten ihr Vorrecht angemeldet, den Kaiser zu töten, und sie hatten es erhalten. Aber wenn es die Situation erforderte, wollte sie bereit sein. Auf welche Art auch immer. Dabei hatte sie nicht einmal erwähnt, dass sie möglicherweise besser mit einer Pistole umgehen konnte als die beiden. Obwohl, dachte sie, bei Ernst wusste man nie.

Noch war gar nicht so viel los in der Allee. Unter normalen Umständen konnte man sicher sein, dass des Kaisers öffentliche Auftritte von viel Volk besucht und bejubelt wurden. Hier füllte sich gerade die erste Reihe, langsam allerdings nur. Der Gang mit diesen Künstlern war in den Zeitungen angekündigt worden, also wussten bestimmte Leute darum. Es war allerdings keiner der traditionellen Auftritte des Monarchen, wie zum Beispiel der Marsch vom Schloss zum Zeughaus, der stets wie ein Volksfest begangen wurde.

Doch langsam füllten sich die Gehwege. Zwei ältere Herren, die Regierungsbeamte sein mochten, oder vielleicht höhere Bankangestellte, so genau vermochte Florentine es nicht zu sagen, blieben neben ihr stehen. Einer redete über das Ragout fin, das er gestern serviert bekommen hatte. Also mussten es wohlhabende Leute sein.

Der Ablauf war in einem der Artikel, die Ernst ausgeschnitten hatte, klar geschildert worden. Zunächst würde der Kaiser in einem Automobil zum Königsplatz gefahren werden, wo die Künstler schon warteten. Dort würde er eine informelle Ansprache halten, als Begrüßung, aber auch, um noch einmal für alle Beteiligten zu erklären, worum es heute ging. Ernst hatte wie immer zu kommentieren gewusst. «Er empfängt sie, um ihnen zu erklären, welche Art Kunst er von ihnen in der nächsten Zeit erwartet.» Er hatte sich kaum anmerken lassen, wie sehr es ihn erschreckt haben musste, dass sich der Maler Schneider auch unter den Gästen befand.

Was sie nicht aus den Zeitungen erfahren hatten, war der genaue Zeitplan. Wenn es denn einen gab. Schritt die Abordnung der älteren Herren die Ahnengalerie einfach ab? Gab es Vorträge zu einzelnen Figuren oder zum Stil der Arbeiten? Sortierte sich die Gruppe stets neu, wenn sich der Kaiser an Einzelne wandte? Was sie wussten, war dies: Der Kaiser wollte bei Auftritten in der Öffentlichkeit nahbar erscheinen. Denn war er nicht der Kaiser? Und war er als Kaiser nicht sowohl unfehlbar als auch unverletzlich?

Florentine versuchte, das Zitat zu rekonstruieren, das jemand an einem Abendtisch, ein Gast sicherlich, zum Besten gegeben hatte. Das mochte im letzten oder vorletzten Jahr gewesen sein, jedenfalls erinnerte sie sich deutlich daran. Er sollte gesagt haben, der Kaiser, dass er, wenn er es sich aussuchen konnte, nicht durch die Hand eines bärtigen Anarchisten sterben wollte, sondern durch die eines schönen Mädchens. Nun war sie kein Mädchen mehr, sondern eine junge Frau. Doch fühlte sie sich nachhaltig angesprochen durch den Ausspruch. Vielleicht, nur vielleicht würde das Tranchiermesser tatsächlich zum Einsatz kommen.

Dort hinten, am Königsplatz, wurde es lauter. Sicher war

der kaiserliche Wagen vorgefahren. Gleich ging es los. Sie fragte sich, wo Ernst und Joseph in diesem Augenblick sein mochten. Und Friedrich hatte sie auch noch nicht gesehen. Sie richtete ihren Hut, denn auf den würde es später ankommen.

38.

Joseph wartete an der Kreuzung Charlottenburger Chaussee und Siegesallee, nicht weit von jener Stelle entfernt, an der sie zwischen den Bäumen verschwinden wollten. Der Goldfischteich befand sich ganz in der Nähe. Er beobachtete Ernst, der gerade seine Runde um den Königsplatz beendet hatte und mit gemächlichem Schritt auf ihn zuspazierte. «Wir werden uns ruhig bewegen», hatte Ernst gesagt, als sie sich eine halbe Stunde zuvor am Reichstagsufer getroffen hatten. Er hatte sich Kleidung geborgt, vom Maler Schneider, der eine sehr ähnliche Figur haben musste, denn Ernst stand der graue Anzug zum Strohhut sehr gut.

Sie hatten nicht darüber geredet, was es bedeuten musste, dass Ernst sich so frei bedient hatte bei dem Maler. Erwartete er, dass sie nicht zurückkehren würden von ihrer Mission, ginge sie nun erfolgreich aus oder nicht? Joseph fühlte einen kalten Schauer, als er an Ernsts entschlossene Miene dachte. Noch etwas ging ihm durch den Kopf. Würde der Hut auf dem Kopf bleiben, wenn Ernst rannte?

«Gleich wird er kommen», sagte Ernst, als er die Schutzleute passiert hatte, die die Charlottenburger Chaussee sperren würden, sobald der Kaiser mit seinen Gästen vom Königsplatz aufbrach. «Bist du bereit?», fragte er leise.

Joseph nickte, obwohl er die Frage wahrheitsgemäß hätte verneinen müssen. Er war nicht bereit zu sterben. Aber war er denn bereit zu töten? «Wir sollten unseren Plan noch einmal durchsprechen», sagte er, «meinst du nicht?»

Langsam drehte sich Ernst einmal ganz herum. Dann zog er ihn die Charlottenburger Chaussee hinunter. Er blieb erst stehen, als sie weit genug entfernt waren von Uniformen und Zaungästen. Er blickte sich erneut um. «Wenn wir unseren Standpunkt erreicht haben ...»

«Meinst du, dass Florentine da schon wartet?»

«Natürlich tut sie das. Wenn wir also angekommen sind, behalten wir den roten Hut im Auge. Sind wir uns da einig?»

Joseph nickte. Er kam sich schwerfällig vor, so, als müsste Ernst ihn an die Hand nehmen. Aber vielleicht war es genau so. Er musste sich eingestehen, dass er nackte Angst verspürte.

«Sobald Florentine den Hut abnimmt, stürmen wir los», sagte Ernst und blickte ihn prüfend an.

«Ich erinnere mich an die Absprache.»

«Gut. Wir warten dann nicht eine einzige Sekunde. Und wenn wir uns durch zwei oder fünf Reihen Menschen durchboxen müssen. Genau das werden wir dann mit aller Kraft tun. Hast du dich mit der Luger vertraut gemacht?»

Ernst hatte sie alle erstaunt. Sogar die Firma, die die Waffe hergestellt hatte, die Florentine aus dem Schrank ihres Vaters entwendet hatte, kannte er. Darüber hinaus wusste er zu erzählen, dass sie in Berlin hergestellt worden war.

Seine eigene, die er dem Maler entwendet hatte, war ein österreichisches Fabrikat.

«Ich weiß, wie man zielt und schießt», sagte Joseph.

«Das muss reichen. Wir gehen also davon aus, dass der Kaiser in unmittelbarer Nähe sein wird, wenn wir durchbrechen. Und wir geben beide drei Schüsse ab.»

Ernst wartete ab. Aber Joseph hatte nichts beizutragen. Also fuhr er fort. «Wir waren uns sicher, dass wir den Kaiser sehr einfach identifizieren werden. Der Helm ist es», sagte Ernst. «In seiner Umgebung werden sich nur Zivilisten befinden. Also schießen wir auf den Mann mit dem Helm.»

«Dreimal», sagte Joseph. «Dann rennen wir davon.»

«Ja. Wir laufen einfach weiter. Wir behalten die Richtung bei. Wie Florentine es vorgeschlagen hat.»

Joseph kamen die letzten Sätze wie ein Lippenbekenntnis vor. Er fragte sich erneut, ob es Ernst darauf ankam, nach dem Attentat in Freiheit zu bleiben. «Was tun wir ...», setzte er an und verbesserte sich dann. «Was wirst du tun, wenn ich gefangen genommen werde? Da werden Schutzleute sein.»

«Und Soldaten», sagte Ernst. «Ich werde meine Steyr gegen jeden richten, der dich am Weglaufen hindert.»

«Also nehme ich mir vor, dasselbe zu tun.»

«Darauf zähle ich.»

«Und wenn es Zivilisten sind?»

Ernst neigte den Kopf ganz kurz zur Seite. «Du weißt, dass sie uns totschlagen werden, wenn sie uns aufhalten. Und das ganz unabhängig vom Ausgang unserer Sache. Doch gleich, was hinterher geschieht, in einer halben Stunde lebt der Kaiser nicht mehr.»

39.

Nachdem er die dritte Runde um den Königsplatz gedreht hatte, blieb Friedrich Smith am Beginn der Siegesallee stehen. Immer mehr Menschen strömten herbei und versammelten sich um die Siegessäule. Friedrich betrachtete das ganze Ensemble am Reichstag. Die Säule, die Denkmäler für Bismarck, den Staatsgründer, dazu die der Generäle Moltke und Roon. Eine Demonstration der Macht und der Bedeutung des neuen, großen Deutschlands. Gerade erreichten zwei Männer den Platz. Sie waren über die Friedensallee vom Brandenburger Tor gekommen. Friedrich hielt die beiden für Vater und Sohn, beinah sechzig vielleicht der ältere, deutlich unter dreißig der jüngere. Der Vater zeigte mit der rechten Hand auf die Teile des baulichen Ensembles und erklärte sie dem Sohn, der sie sicherlich schon gesehen hatte. Friedrich konnte sich dem Anblick nicht entziehen.

Schließlich wandte er sich ab und schritt nach Süden. Gleich würde der Kaiser den Königsplatz erreichen. Und er hatte seinen Auftrag zu erfüllen. Eigens für den Anlass trug Friedrich seine besten Stoffe und zum Frack gar noch ein Cape. Zu warm und möglicherweise etwas übertrieben, aber er hatte das Bedürfnis verspürt, sich mit der Kleidung zu schützen. So schritt er langsam und voller gesetzter Würde gen Süden. Immer wieder suchte er kurzen flüchtigen Augenkontakt zu anderen Flaneuren oder zu Wartenden, die sich schon eingerichtet hatten an ihrem Platz, die kleine Prozession, die zu erwarten war, zu bestaunen. Ich gehöre dazu, das war seine Botschaft. Ich sehe Sie, und Sie erkennen mich als das, was ich bin, ein kultiviert gekleideter deutscher Gentleman.

An der Kreuzung zur Charlottenburger Chaussee blickte er sich unauffällig um. Dort drüben standen Ernst und Joseph beisammen. Sie schienen nicht so gelassen, wie er selbst zu wirken bemüht war. Sie steckten die Köpfe zusammen und diskutierten, stets so, dass der eine dem anderen nickend zuhörte. Gerade drehte sich Ernst kurz um und blickte in den größeren Teil des Tiergartens hinein. Er musste über den Weg gesprochen haben, den sie zu nehmen beabsichtigten. Friedrich schaute umher. Weder nahmen die zahlreichen Spaziergänger die beiden wahr, noch wurden sie von uniformierten Polizisten oder gar Soldaten beobachtet, die auch in ihrer Nähe auf und ab patrouillierten. Gerade hatten sie ihr Gespräch beendet und wandten sich in seine Richtung, ohne ihn allerdings zu bemerken.

Friedrich schritt voran. So hatten sie es verabredet. Er war der Flaneur, der Betrachtende, von ihm hing es ab, von seinem Urteil, ob Florentine den Hut lüpfte oder nicht. Freilich würde er sich zu rechtfertigen haben, wenn er im wichtigsten Moment entschied, dass Florentines Hut auf ihrem Kopf zu bleiben hatte. Ernst und Joseph waren zu entschlossen, um sich von kleinen Widrigkeiten abhalten zu lassen. Und Florentine wirkte nicht weniger entschieden, das war nicht zu übersehen. Ihm selbst erschien ihr gemeinsames Vorhaben ja auch richtig und notwendig. Der Tag war gekommen. Die Tat sollte nun vollbracht werden.

Er ging weiter die Siegesallee hinab. Schutzleute standen hier in etwa so viele aufgereiht, wie es Denkmäler gab. Sie verschwanden schon in der weiter wachsenden Menge der Schaulustigen. Da war der rote Hut. Wie verabredet hatte Florentine sich zwischen Otto mit dem Pfeil und Waldemar dem Großen aufgestellt. Friedrich wusste nicht viel über die beiden Herrscher, die dort mit ihren Waffen posierten. Wenn der Kaiser beschlossen hatte, sie dort aufzustellen, dann mussten sie ihre Besitztümer vergrößert haben und in irgendeiner tatsächlichen oder behaupteten verwandtschaftlichen Linie zum Hohenzollern'schen Hause stehen. Vielleicht war einer von ihnen bei einem Attentat gestorben, dachte Friedrich. Obwohl, führte er den Gedanken fort, wahrscheinlich war das in Deutschland nicht.

Florentine machte einen halben Schritt zur Seite, als er sie erreichte und sich neben ihr am Straßenrand einreihte. Gerade erst stellten sich einige Leute hinter sie, die Reihen der Zuschauer waren hier noch dünn. Vom Königsplatz wehte nun eine Mischung aus Ordnungsrufen und Jubel herüber. Der Kaiser musste angekommen sein. Er würde aussteigen, hier und da das Wort an jemanden richten und sich dann langsam mit der Gruppe der hoftreuen Künstler in Bewegung setzen.

Florentines Hand stieß versehentlich gegen seine. Er zuckte zurück und machte dann den preisgegebenen Raum wieder gut. Ihre Hand wartete auf seine, und sie schob ihre Finger hinein. Friedrich spürte den kalten Schweiß auf ihrer Handinnenfläche. Kurz hielt Florentine den festen Druck aufrecht und löste ihre Finger dann wieder aus seinen.

Was für eine intime Berührung das gewesen war, und sicher kein Versehen. Ungeachtet der Situation, in der sie sich befanden, fühlte Friedrich leise Erregung im ganzen Körper.

«Gleich werden sie kommen», sagte Florentine leise.

«Ja.» Friedrich brachte kaum das Wort hervor. «Sind Sie allein hier?», fragte er. Ein Satz, der ihm seltsam und nicht zu ihm gehörend erschien. Nun aber hatte er ihn ausgesprochen.

«Ja», sagte Florentine. «Ich bin allein gekommen, um den Kaiser zu sehen.»

40.

Erich Schneider fühlte sich einsam.

Er trat von einem Fuß auf den anderen, drehte sich nach links und dann nach rechts, sah die Kollegen, die in kleinen Gruppen zusammenstanden und leise und kaum hörbar miteinander redeten. Wenn doch nur endlich der Kaiser käme. Wenn sie sich nur endlich aufmachten, um gemeinsam die Allee hinabzuschreiten. Dann wäre er endlich Teil der Gruppe und kein Außenseiter, mit dem niemand sprach.

Überrascht gewesen war er schon, dass er überhaupt eingeladen worden war. Er hatte stets für eine geschlossene Gesellschaft gehalten, was sich bei entsprechenden Anlässen um den Kaiser versammelte. Aber die Zusammensetzung einer Gruppe konnte sich verändern. Anton von Werner war ein alter Mann. Und so beeindruckend seine Gemälde auch stets erschienen, diese Arbeit, die er zur Einweihung des Richard-Wagner-Denkmals geschaffen hatte, war doch eine Kapitulation vor der eigenen Einfallslosigkeit. Nicht dass er das hier irgendjemandem auf die Nase binden würde. Aber hatte von Werner nicht fünf Jahre gebraucht, bis er diese großbürgerliche Gesellschaft endlich verewigt hatte? Fünf Jahre wofür? Wenn das Bild eine Botschaft gehabt hatte, dann war es eine Verbeugung vor Adolph von Menzel gewesen, eine kriecherische Verbeugung vor diesem Zwerg. Wie er ihn klammheimlich ins Zentrum des Bildes gestellt hatte. Wenigstens hatte Menzel was gekonnt. Natürlich waren seine Zeichnungen in ihrer Zeit das Maß aller Dinge gewesen. Aber diese Zeit war vorüber. Und auch die von Anton von Werner.

Er fühlte sich fürchterlich. So hatte er sich das nicht vorgestellt. Aber alles, wirklich alles würde sich verändern, wenn er erst seine kolossale Arbeit über Deutsch-Südwest vorgestellt haben würde. So malte man heute. So und nicht anders. Ein Realismus, der den nötigen Schritt weiter geht. Auf diese Idee war er sehr, sehr stolz. Die Überhöhung war natürlich zu erkennen für jedermann. Der Kaiser in Deutsch-Südwest. Aber das eben war der Kniff. Alle wussten doch, dass Wilhelm nie dort in der Kolonie gewesen war. Nur würde es niemand aussprechen. Auch wenn er nie dort gewesen war und wenn er nie die Truppen angeführt hatte, wie denn auch, mit dem kaputten Arm, dann hatte er doch und trotzdem auf seine Art und ganz allein die Hottentotten besiegt. Natürlich war es sein Sieg. Und das sollten alle sehen. Niemand, wirklich niemand würde auch nur einen einzigen Augenblick daran denken, dass es eine Überhöhung war. Denn in der Überhöhung lag die eigentliche Wahrheit offen.

Und er, Erich Schneider, würde mit diesem Bild endlich die Stellung erlangen, die ihm gebührte.

Staunen würden sie.

Alle.

Ja, auch der da. Und der. Und der, wie war noch gleich sein Name?

Ah, alle Köpfe wandten sich zum Brandenburger Tor hin. Da wird er nun kommen.

Höchste Zeit.

41.

«Sind Sie allein hier?», fragte Friedrich zu leise. Aber Florentine wusste ja, welche Worte signalisierten, dass bisher alles nach Plan verlief. Ohnehin zeigte ihnen der Lärm, der vom Königsplatz aus zu ihnen drang, dass der Kaiser den angekündigten Tagesablauf einhielt. Er würde bald aufbrechen mit den Künstlern, die an seinen Lippen hängen würden.

«Ja», sagte sie. «Ich bin allein gekommen, um den Kaiser zu sehen.» Das war die Antwort, die Friedrich erwartete als Zeichen dafür, dass auch auf ihrer Seite alles in Ordnung war.

Nicht erwartet hatte Florentine, dass sie sich dazu hinreißen lassen würde, Friedrichs Hand zu ergreifen. Kurz nur. Natürlich nur ganz kurz.

Warm war seine Hand gewesen. Anders als ihre, die ihr

eiskalt erschien. Vorsichtig legte sie beide Hände an ihren Körper, damit der Schweiß im Stoff des Kleides blieb. In hellem Grau war es gehalten, vertrug also weder Schmutz noch zu viel Feuchtigkeit. Aber sie fühlte sich wohler mit den nun trockenen Händen.

Nicht dass der Zustand allzu lange Bestand haben würde, so aufgeregt, nein, eher aufgelöst, wie sie sich fühlte. Was hatte sie sich dabei gedacht, als sie anbot, heute die Waffe zu führen?

Hier.

Vor all den Menschen.

Der Zug mit dem Kaiser schien den Königsplatz mittlerweile verlassen zu haben. Florentine wagte nicht, sich umzuschauen, aber hinter ihr und Friedrich befanden sich sicher noch drei Reihen mit Schaulustigen, eher lose gruppiert als dicht gedrängt. Ohnehin fragte sie sich, was so interessant daran sein mochte, dem Kaiser bei einer Unterredung mit diesen Hofkünstlern zuzuschauen. Gespräche, von denen kaum ein Wort bis zu ihnen dringen würde. Und wer Wilhelm II. betrachten wollte, konnte sich doch auch ein Foto von ihm kaufen. Eine der zahlreichen Postkarten vom ihm und seiner Gattin Kaiserin Augusta. Oder gleich mit der ganzen Familie. Die wurden doch zu Hunderttausenden hergestellt.

Sie wandte den Kopf nach links, wie alle anderen auch. Die Prozession hatte gleich die Kreuzung mit der Charlottenburger Chaussee erreicht. Lange konnte es nicht mehr dauern. Dann mussten sie handeln. Sie hatten alle eine Aufgabe übernommen.

Die Stimmen um sie herum wurden lauter.

«Der Kaiser.»

«Da kommt er gleich.»

«Hurra.»

Wie sie sich freuten, dass der Kaiser gleich vorbeiziehen würde.

Obwohl, dache Florentine. Genau das würde er nicht tun. Bis hierher würde er kommen. Und kein Stück weiter dann.

Keinen Meter.

Dafür würden sie sorgen.

Dafür waren sie hier.

«Hurra», hörte sie erneut.

Und: «Da, der Kaiser.»

Dabei war er noch gar nicht wirklich zu sehen.

Doch. Dort schritt er voran. Die Palme auf dem Helm markierte ihn. Das war gut. Denn das würde Ernst und Joseph helfen bei ihrer Aufgabe. Hinter ihm eine Gruppe von Herren im Frack. Sie schätzte ihre Anzahl auf beinah zwanzig. Und suchte den Maler Schneider, der auch dort zu sehen sein musste. Würde sie ihn erkennen? Sie hatte ihn stets nur im Malerkittel gesehen, nicht mit Gehrock und Hut.

Der Kaiser blieb stehen und drehte sich zu den Fräcken. Er deutete auf eines der Ensembles, das irgendeinen Markgrafen zeigte, das musste Johann II. sein, sie hatte sich die Namen doch eingeprägt. Dieser Johann war das letzte Denkmal vor dem Otto, hinter dem sie sich aufgestellt hatten. Gleich würde sich Friedrich ihr zuwenden und sie nach dem Hut fragen. So ganz gelungen fand Florentine die Absprache mit einem Male nicht. Würde sich ein Fremder in jenem Moment, in dem der Kaiser hier vorbeizog, so sehr für ihren Hut interessieren, dass er sie fragen würde, ihn betrachten zu dürfen? Aber so war die Absprache. Daran mussten sie sich halten. Ernst und Joseph würden darauf warten, dass sie den Hut abnahm, und im selben Augenblick nach vorn stürmen.

Gerade aber waren der Kaiser und zwei seiner Künstler noch in ein Gespräch vertieft. Ein Herr im Frack, älter schon, natürlich älter, dick, bartlos, fuhr mit dem Finger ein Bein des Denkmals ab, das Johann zeigte, war es nicht ein Johann, und redete, während der Kaiser nickend zuhörte. Dann wandte er sich wortlos von dem weiter dozierenden Kunstfreund ab und schritt auf sie zu.

«Ihr Hut», konnte sie Friedrich hören, «mein Fräulein, interessiert mich sehr. Ich arbeite nämlich in dem Gewerbe, müssen Sie wissen.»

Die verabredeten Worte.

«Dürfte ich ihn vielleicht betrachten? Wenn es nicht zu viel der Mühe macht.»

Florentine rieb erneut die klammen Hände an ihrem Kleid und nahm dann vorsichtig den Hut ab. Sie reichte ihn zur Seite, ohne den Satz zu sagen, den auszusprechen nun ihr Part gewesen wäre. Wie lautete er noch?

Friedrich nahm den Hut in beide Hände und hielt ihn vor sich. Eine leise Kopfbewegung signalisierte, dass er ihn anerkennend begutachtete. Sogar den Namen des Hutmachers in Steglitz hatte sie vergessen. Florentines Herz klopfte nun laut. Alle um sie herum würden es hören.

Und jetzt mussten Ernst und Joseph durchbrechen.

Jetzt.

Sofort.

Friedrich hatte aufgehört, den Kopf zu bewegen, und stattdessen das Kinn auf die Brust gelegt.

Der Kaiser und seine Gefolgschaft waren nun auf ihrer Höhe angekommen. Einige wenige Soldaten, die ihr bislang nicht aufgefallen waren, marschierten zu beiden Seiten an den Zuschauern vorbei. Die mussten Ernst und Joseph ebenfalls zur Seite stoßen. Florentine erwartete den Aufruhr hinter sich.

Aber jetzt.

Friedrichs Kopf mit dem riesigen Zylinder schien in seinem Brustkorb zu verschwinden. Ihre Hände tropften vor kaltem Schweiß. Der Kaiser hatte sie schon passiert. Hurras erklangen.

Ernst.

Joseph.

Kommt.

Jetzt aber.

Auch die Gruppe der Künstler war schon vorbeigezogen.

Der Kaiser hielt inne. Zeigte auf ein Ensemble mit einem Kurfürsten, dessen Name ihr wirklich nicht einfallen wollte. Die Männer im Frack umringten ihn.

Ernst. Komm nun.

Der Kaiser schritt weiter die Siegesallee hinab.

Die Menge um sie herum löste sich auf. Die meisten Schaulustigen machten sich auf in Richtung Charlottenburger Chaussee. Hurras waren von weiter unten zu hören. Ernst würde nicht erscheinen. Und Joseph ebenso nicht.

Der Kaiser würde auch den nächsten Tag erleben. Und den darauf.

Was war geschehen?

Friedrich und sie waren die Letzten, die an ihrem Standort verharrten. Friedrich hatte den Kopf wieder erhoben. Er drehte sich zu ihr, reichte ihr den Hut und sagte leise: «Es muss etwas passiert sein.»

42.

JUNI 1914

Das Klingeln an der Wohnungstür hörte Friedrich Smith wohl, aber er dachte nicht, dass es ihm galt. Besuch hatte er generell nicht, und schon gar nicht, dachte er, würde der Besuch ohne eine Verabredung erscheinen. Doch als dem Klingelton und einer Unterhaltung an der Wohnungstür bald das Klopfen der Witwe Hohenstein an seiner Zimmertür folgte, griff er nach dem Jackett.

«Da ist jemand», sagte die Witwe. Trotz der offenen Tür vermochte Friedrich nicht zu erkennen, wer im Hausflur wartete. Ganz kurz dachte er an die Polizei, aber die stünde längst in der Wohnung, dann an Florentine, doch hätte die Witwe dies durch einen überraschten Blick offenbart. Er schloss das Jackett, ging durch den Flur, und da stand Joseph. «Friedrich», sagte er leise und drehte sich schon um.

«Ich hatte meine Verabredung ganz vergessen», sagte Friedrich zur Witwe, nahm den Hut von der Garderobe und folgte Joseph. Sie redeten kein Wort, bis sie am Ausgang des Schöneberger Hafens standen. Ein Lastkahn fuhr Dampfwolken ausstoßend und mit klopfendem Motor auf dem Landwehrkanal, sie blickten ihm hinterher, bis Joseph das Schweigen brach.

«Wir sind euch natürlich eine Erklärung schuldig», sagte er und schaute sich um. Aber niemand befand sich in ihrer Nähe.

Friedrich drehte sich in alle Richtungen. Der Hafen war vor Jahrzehnten errichtet, seitdem aber kaum genutzt worden. Er lag vor ihnen als große Freifläche, über die sich ihnen niemand nähern konnte. «Sicher gab es Gründe.»

«Sie haben uns nicht vorgelassen», sagte Joseph. «Die Polizei.» Er blickte dem Kahn hinterher. «Es gab keinen Anlass. Es gab nichts, dessen wir verdächtig hätten sein können. Sie haben uns nicht durchsucht, denn dann, das wirst du dir denken, stünden wir nicht hier.»

Friedrich sah die Szene vor sich, während Joseph berichtete. Sie hatten sich getrennt, flanierten etwa fünfzehn, vielleicht zwanzig Meter voneinander entfernt entlang der Charlottenburger Allee auf dem Bürgersteig. Die Idee war, den nächsten Weg in den Tiergarten hinein zu nehmen und sich dann, nah dem Teich, spazierend zu jenem Ort hin zu bewegen, an dem sie den Kaiser töten wollten. Ernst ging voran.

Er hatte gerade einen Schutzmann passiert und würde gleich, das wusste Friedrich, das hatten sie noch gemeinsam beschlossen, in einen Weg abbiegen, der in den Park hineinführte. Doch mitten in die Bewegung, Ernst hatte kaum die Richtung verändert, so hatte Joseph es beschrieben, rief der Polizist: «Stehen bleiben!»

Ernst, so Joseph, hatte sich klug verhalten. Er war nicht schuldbewusst stehen geblieben, sondern hatte den

Schwung der Bewegung, in der er sich nun einmal befand, noch ausgenutzt, um sich jenem Uniformierten mit einem Blick zuzuwenden, der sagte, dass er, Ernst, sicher nicht gemeint sein konnte. Doch der Polizist rief «Herkommen!» und zeigte mit dem Finger auf ihn. Während Ernst also auf den Schutzmann in die eine Richtung zuschritt, erreichte Joseph ihn aus der anderen. Er hörte noch, wie der Polizist sagte: «Du gehst da nicht rein», und hatte die Füße selbst schon fast auf dem Weg, der in den Park hineinführte, als er einen Pfiff hörte und ein «Heh!». Ganz kurz hatte Joseph erwogen, beides zu ignorieren, da kam auch schon ein zweiter Schutzmann angerannt.

«Also blieb ich stehen», sagte Joseph. «Er hatte eine Hand auf meiner Schulter und führte mich zu seinem Kollegen und zu Ernst. Dieser erste Schutzmann betrachtete uns beide, nacheinander, von oben bis unten und wieder hoch und schüttelte dann den Kopf.»

«Was meinte er damit?», fragte Friedrich.

«Das wussten wir beide nicht. Dann hat der zweite Polizist gesagt: Geht nach Hause.»

«Geht nach Hause?»

«Geht nach Hause.»

«Was wollte er damit sagen?»

«Wir hatten nicht die Gelegenheit, das zu diskutieren. Schließlich waren wir nicht einmal zusammen aufgetreten.»

«Was habt ihr dann gemacht?»

«Wir sind gegangen.»

«Wohin?»

«Nach Hause.»

Der Lastkahn war schon lange nicht mehr zu sehen, als Friedrich das erneute Schweigen brach. «Warum ist das geschehen?»

«Sag du es mir, Friedrich.»

Erneut fiel lange Zeit kein Wort. Es begann dunkel zu werden. «Wir müssen uns treffen», sagte Friedrich.

Joseph nickte kaum merklich. «Florentine sagt, wir sollten Steglitz meiden. Die Polizei stellt Fragen. Sie war schon in allen Häusern, sagt sie.»

«Florentine ist auf dem neusten Stand?»

«Natürlich.»

«Also brauchen wir einen Ort, an dem wir offen reden können.»

«Fällt dir einer ein?»

Friedrich schlug einen Ort vor.

«Werden sie uns da denn hineinlassen?»

«Wenn wir den Eintritt zahlen. Warum nicht?»

«Du weißt, warum ich diese Frage stelle.»

«Ich kann es mir denken.»

«Morgen bin ich in Steglitz, um mit Theodor zu studieren. Ich versuche, Florentine und Ernst zu kontaktieren, und melde mich dann wieder bei dir.»

Douala, 1. Dezember 1938

Mein lieber Theodor,

ich habe keine Worte für das, was man aus Deutschland hört. Und ich werde mir der Tatsache bewusst, dass ich ebendies schon oft geschrieben habe in den Briefen an Dich. Man will sich abwenden und möchte nie wieder das

Licht des Tages erblicken. Es ist tatsächlich mitten in der Nacht, und am Mittag hat ein freundlicher Franzose, den hier alle nur Jules nennen, dessen Zurückhaltung aber nicht darüber hinwegtäuschen sollte, dass er ein ziemlich mächtiger Mann in der Kolonialverwaltung ist, Deinen Brief überbracht. Ich habe mich einerseits erneut gefragt, durch welche Verbindungen Du in der Lage bist, mich zu erreichen, und mich andererseits sehr gefreut, Deine Worte zu lesen, zu verschlingen, wenn ich ehrlich bin. Ich hatte gewiss mit dem Schlimmsten gerechnet, aber was Du mir beschreibst von den Ereignissen dieser Nacht in Berlin, übertrifft alles, was ich mir hätte vorstellen können. Doch statt tatsächlich zu schweigen, will ich Dir kurz antworten, denn Herr Jules meinte, dass mein Brief auf demselben Weg wieder zurück zu Dir finden könnte. Gleich morgen früh.

Was mich an Deiner Darstellung so erschreckt, mein lieber Theodor, und das ist das, was ich aus der Lektüre der französischen Zeitungen nicht herauslesen konnte, ist ja, dass sich in dieser Nacht die Menschen gegen ihre Nachbarn gewendet haben. Bislang hatte ich doch vielmehr noch an koordiniertes Regierungshandeln gedacht, aber vielleicht habe ich auch nur gelesen, was ich lesen wollte. Dein Brief hat mir die Augen geöffnet. Und Du sagst, dass in Berlin keine einzige Synagoge unangetastet blieb? Ich habe das Bedürfnis, mich zurückzuziehen und nachzudenken, aber da dieser Brief schon gleich auf den Weg geht, muss ich Dich fragen, ob dies der Endpunkt der politischen Entwicklung ist, über die wir uns so oft ausgetauscht haben? Ach, womöglich nicht einmal. Mir fehlen die Worte in diesem Moment. Erneut.

Und trotzdem will ich Dir noch etwas erzählen, so wenig angemessen dies hier auch erscheint. Stell Dir nur vor, dass ich sehr bald Vater werde. Dies wirkt an manchen Tagen nicht ganz wirklich, es ist, als habe jemand mein Leben für mich in die Hände genommen. Aber manchmal geschehen Dinge eben. Es sollen nur noch Tage sein, sagt mir eine Tante Rosemaries, die sich mit solchen Dingen auskennt.

Ich denke darüber nach, das Kind Florentine zu nennen, wenn es ein Mädchen werden sollte. Oder findest Du das möglicherweise unangemessen? Bitte übersende Deiner Schwester in jedem Fall meine allerwärmsten Grüße.

Ich verbleibe in großem Schmerz über die Ereignisse, die in meinem geliebten Deutschland geschehen, und denke darin stets auch an Dich, Dein Joseph Ayang

43.

Hauptmann Spengler hatte ihn dieses Mal nicht auf dem falschen Fuß erwischt. Er wusste, schien es Leutnant Peterhardt, doch selbst nicht genau, wie die Geschehnisse einzuordnen waren. Schon wieder ein Messermord an einem deutschen Soldaten. Bisher hatte verhindert werden können, dass die Öffentlichkeit sich sorgte. Oder, Gott bewahre, jemand in der Regierung oder bei Hofe. In den Zeitungen wurden die Fälle noch nicht miteinander in Verbindung gebracht. Ohnehin hatte es nur zum dritten Fall Artikel gegeben.

Es war aber auch nur schwer erklärbar, dachte Peterhardt, als er auf den Stufen zum Baerwaldbad stand. Es war ein Sonntagnachmittag, es regnete leicht, und er bereute, keinen Schirm mitgebracht zu haben. Seine Uniform würde die wenigen Tropfen abhalten, dachte er, und generell musste man auch sehen, dass andere in Uniform schon ganz andere Herausforderungen zu bestehen hatten und die Uniform mit ihnen. Er war selbst auch nicht aus Watte.

Dort, gleich hinter dem Fahrstreifen, war der Busch, in dem der Offizier Vogel erstochen worden war. Ach was erstochen, dachte Peterhardt, geschlachtet hatten sie ihn wie ein Schwein. Er hatte recht verdeckt dort gelegen, verdeckt vor den Blicken der Spaziergänger. Die Blutspuren, es waren nicht viele gewesen, kaum erkennbar und dann auch noch vermischt mit Dreck, hatten sich auf der Fahrbahn befunden, das musste also der Fluchtweg gewesen sein, den der Mörder genommen hatte.

Was der Soldat in dem Gebüsch zu suchen gehabt hatte? Er hatte sich womöglich erleichtern wollen und war dort ... Peterhardt vermochte nicht zu erklären, ob sein Mörder dort gewartet hatte, ob er ihm nur zufällig dort begegnet oder ihm dorthin gefolgt war. Der Hauptmann hatte immerhin ebenso ratlos gewirkt, wie er selbst sich fühlte. Kein Besserwissen, kein gestenreiches Reden über internationale Verschwörungen oder gar französische Spione, nein, nur die karge Information, es gebe erneut einen toten Soldaten zu betrauern. In der Nähe des Opfers waren einige durchstochene Perlen gefunden worden, wohl von einer Kette. Keine echten, und Peterhardt hatte schon darüber nachgedacht, ob nicht eine Dirne den Vogel ins

Gebüsch gelockt hatte. Hatte dort jemand gelauert, mit dem sie zusammenarbeitete? Erneut ging ihm der Gedanke an einen Raubmord durch den Kopf. Doch erkannte er keinen Zusammenhang mit dem Fall in Steglitz. Dafür war es vor allem doch zu weit entfernt.

Der Regen wurde stärker, und er fühlte sich hilflos. Nicht wegen der Feuchtigkeit, die nun doch durch das Tuch drang, es war diese fehlende Erklärung, wie zusammenhängen konnte, was doch eigentlich zusammenhängen musste.

Zwei der Morde waren in Berlin geschehen. Alle drei wurden mit dem Messer begangen, aber nur zweimal hatte er, nach Aktenlage, den Eindruck gehabt, dass Mordlust mit im Spiel gewesen sei. Er blieb dabei. Der Junge im Wedding war erstochen worden ohne weitere Exzesse. Hier hingegen war doch offenbar die Tat im Blutrausch begangen worden. Zweimal waren die Soldaten aus gutem Hause gewesen. Aber es war eben ein langer Weg von Steglitz bis nach Kreuzberg. Eine Verbindung gab es zwischen den drei Opfern: Sie alle waren vor nicht allzu langer Zeit aus den Kolonien zurückgekehrt. Aber hatte das eine Bedeutung? Sie waren Soldaten und hatten ihre Pflicht getan. Der eine war in Deutsch-Ostafrika gewesen, der nächste in Deutsch-Südwest, und der Junge aus dem Wedding, nein, falsch, dachte Peterhardt, der hatte erst vor der Abreise nach Kamerun gestanden. Kein Gedanke also, dem er weiter folgen wollte.

Die Mutter des Vogel würde er am Folgetag in ihrer Wohnung aufsuchen, aber was sollte die ihm zu erzählen haben? Da hier ganz offensichtlich nicht daran zu denken war, mehr Zeugen für die Bluttat zu finden, würde er sich vielleicht noch einmal in Steglitz umtun. Dort immerhin gab es Leute, die Augen und Ohren hatten. Er wollte dem Hauptmann etwas präsentieren. Nein, vielmehr, er musste. Es war einfach nötig, einen Schuldigen zu finden.

44.

Florentine wusste, dass sie Glück gehabt hatte. Beinah hätte Theodor darauf bestanden, sie zur Völkerschau zu begleiten. Aber Vater hatte ihm aufgetragen, den Geburtstag ihres Vetters Otto zu besuchen, der, weil kein runder Jahrestag, in einem Kaffeegarten in Dahlem stattfand. So war Gerlinde losgeschickt worden, gleich zwei Motordroschken an der Schlossstraße zu bestellen. Als Theodor in die erste der beiden stieg und ihr kurz zuwinkte, atmete sie durch.

Gerlinde hatte den Tod von Beukenbergs noch nicht verwunden. Verschlossen wirkte sie und in ihrem ganzen Wesen traurig. Als sie mit den beiden Droschken am Haus angekommen war, hatte sie sich gleich wieder in die Küche zurückgezogen. Sie hatte einen Bogen um Florentine gemacht, wohl um nicht mit ihr sprechen zu müssen. Dabei konnte sie nichts wissen. Die Polizei hatte sie kurz vernommen, so viel wusste Florentine. Aber weil sie nur eine Hausbedienstete war, war sie nicht als wichtige Zeugin betrachtet worden, als sie erst einmal ausgesagt hatte, dass sie in jener Nacht nichts gesehen und gehört hatte, was für den Fall von Belang gewesen sein konnte.

Das ging Florentine durch den Kopf, als die Droschke mit viel Lärm Halensee erreichte und sie am Eingang des Luna-Parks absetzte. Es war ein Samstag, und Florentine wusste nicht einmal, ob sich heute alle vier treffen würden, denn es hatte sich spät ergeben, das wusste sie von Ernst selbst, dass der Maler ihm einen freien Tag gewährt hatte.

Ernst mitzunehmen zu dieser Völkerschau in der Droschke, sie wohnten ja immerhin Haus an Haus, hätte natürlich merkwürdig ausgesehen. Kurz hatte sie erwogen, ihn irgendwo am Straßenrand aufzulesen, den Fahrer zum Halten zu bringen, aber auch das erschien ihr zu gewagt. Sie mussten achtgeben, von wem sie wann und in welchen Situationen gesehen wurden. So machte Ernst sich also zu Fuß auf den langen Weg von Steglitz nach Halensee. «Ich bin es gewohnt», hatte er nur gesagt.

Bei Lichte betrachtet war die Veranstaltung im Luna-Park gar keine Völkerschau. Sie hatte davon schon in der Zeitung gelesen. In dem großen Vergnügungspark zahlte man den Eintritt, um die Wasserrutschbahn zu benutzen oder die berühmte Shimmy-Treppe, auf der ein künstlich erzeugter Wind den Frauen den Rock hochblies, was für ein dummer Gedanke für eine Rummelattraktion, dachte sie, und wen es interessierte, der konnte eben auch ein sogenanntes «senegalesisches Dorf» betreten. Florentine hatte allerdings schon eine richtige Völkerschau besucht. Das war die große im Jahr 1896, von der Vater manchmal sagte, alle Berliner hätten sie gesehen. Sie konnte sich selbst nicht mehr daran erinnern, weil sie damals noch zu klein war. Aber Theodor erzählte lange Zeit Geschichten von Afrikanern, die mit wenig Bekleidung, dafür mit Speer und Schild versehen, vor bunten Strohhütten posierten. Und lange machte er sich lustig über diese Leute – bis er in Kamerun Joseph kennenlernte. Von Stund an verlor er kein schlechtes Wort mehr über die Afrikaner.

Am Eingang standen Schaulustige schon in einer Schlange, aber Florentine konnte weder Ernst noch Joseph noch Friedrich darin entdecken. Als sie sich umblickte, fand sie alle drei im Schatten eines großen Baumes stehend. Sie ging hinüber zu den dreien und sah, dass sie stritten. Es waren weder Lautstärke noch Gestik, die sie den Streit erkennen ließ. Doch alle drei standen da, stocksteif, in ihren besten Ausgehanzügen und hatten nichts als einander im Blick. Selbst Ernst, der sonst doch immer ein wachsames Auge auf die Umgebung hatte, wie ein Soldat, der den Gegner im Rücken spürt, war konzentriert auf die beiden anderen und seine Worte. Er redete leise, und obwohl sehr kontrolliert, zuckte seine rechte Hand immer wieder nach oben. Als er Florentine bemerkte, hörte er zu reden auf. Alle drei schwiegen nun. Ernst blickte zu Joseph, der seinerseits Friedrich ansah, der seine Augen zuerst auf Ernst und dann auf Florentine richtete. «Wir ...», sagte er. «Wir ...», und kam nicht weiter.

«Wir waren nicht einer Meinung», half ihm Joseph aus, «was den Besuch dieses Vergnügungsparks angeht.»

«In der Tat», sagte Ernst.

Dann verfielen sie erneut in Schweigen. Florentine dachte für einen Moment daran, wie sie Friedrich ihre Hand angeboten hatte. Wie gern würde sie sie wieder nehmen und drücken. Aber sie fühlte sich allen dreien verbunden. «Wenn ihr mir davon erzählen wollt», sagte sie nur.

«Man muss sich ein Bild machen ...» Friedrich blickte Florentine in die Augen, während er redete.

«Doch nicht von dieser Barbarei?» Joseph sah sich um, während er redete. Die Menschen, die auf den Eingang zuströmten, beachteten sie nicht. «Es ist ja wie Sklaverei.»

Ernst schüttelte den Kopf. «Das kann ich so nicht gelten lassen. Ich verstehe den Vergleich zwischen diesem Spektakel und der Sklaverei, die bei den Amerikanern abgeschafft ist, aber in den ungleichen Verhältnissen doch weiterlebt. Was ich sagen will ...» Er blickte sich um und redete gleich leiser, vielleicht wegen des glubschäugigen kleinen Jungen in kurzen Hosen und Matrosenhemd, der sie ohne Scham anstarrte.

«Adolf!», rief eine Frauenstimme streng. «Komm her.» Der Junge drehte sich um und verschwand.

«Was ich also sagen will», fuhr Ernst fort. «In Zehlendorf, wo Schneider von Zeit zu Zeit im Haushalt einer Witwe verkehrt, die ihm unverhohlen Avancen macht, gibt es einen Diener, einen alten Mann, der schon seit dem letzten Jahrhundert in den Diensten der Familie steht, die ihr Vermögen im Kolonialwarengeschäft gemacht hat. Der Mann ist aus Deutsch-Ostafrika. Und er hat mir erzählt, er kenne jemanden, der aus dem Sudan in einer dieser Truppen nach Deutschland gekommen ist. Er hat noch in der Heimat einen Vertrag unterzeichnet, einen ordentlichen Vertrag, für eine Periode von sechs Monaten, gottlob, sagte er, war es im Frühling und Sommer und nicht im deutschen Winter.

Ihr wisst ja auch, wie dem Menschen das zusetzen kann. Er ist also nach Deutschland gekommen und hat dann in einem, so haben sie es genannt, in einem original sudanesischen Dorf in Hamburg in bunter Tracht gestanden und sich anstarren lassen. Zusammen mit anderen, von denen er niemanden gekannt hat. Er hat in dieser Zeit gutes Geld gemacht und nebenbei noch eine Ladung vorbereitet mit Gütern, vor allem soll es sich dabei um Schmiedewaren und Porzellan gehandelt haben, die er bei der Rückreise verschifft hat.»

«Wann war das?», fragte Florentine.

«Vor einigen Jahren wohl.»

«Und wie geht es dem Mann heute?», fragte Friedrich.

«Er ist bei einer Strafaktion des britischen Militärs umgekommen.»

«Was willst du uns damit sagen?», fragte Joseph. «Mit dieser Geschichte.»

«Nichts, was über das Erzählte hinausgeht. Der Mann hat als Unternehmer gehandelt. Er hat sich, nach allem, was ich weiß, freiwillig dafür entschieden, die Rolle in dem gefälschten Afrikanerdorf einzunehmen und darauf sein Glück aufzubauen.»

«Das er dann nicht gefunden hat», sagte Joseph.

«Aber er hat es versucht. Es war seine Wahl.»

«Nur unter welchen Umständen?» Joseph betonte das letzte Wort Silbe für Silbe, jede lauter als die vorhergehende.

«Wir sollten uns diese Umstände einfach einmal ansehen», sagte Ernst.

«Also willst du mir nun beibringen, all die Leute da drinnen wären freie Unternehmer, die sich gründlich überlegt haben, ob sie ...»

«Nein», sagte Ernst in Josephs Frage hinein. «Keineswegs habe ich das sagen wollen. Ich weiß nichts von den Leuten, die wir gleich sehen werden. Auch weiß ich nur wenig von senegalesischen Dörfern, weil ich nicht die Gelegenheit hatte, sie zu besuchen.»

«Wie ich schon sagte», unterbrach ihn Friedrich. «Wir müssen uns ein Bild machen. Und ich sollte mich entschuldigen. Schließlich war das hier meine Idee. Ich habe nicht nachgedacht, als ich den Vorschlag machte.»

«Nein, nein, nein.» Ernst schüttelte den Kopf. «Oder vielleicht doch. Vielleicht hast du nicht bedacht, dass wir hier mehr über die Umstände reden, die wir da drinnen vorfinden werden, als darüber, was tatsächlich besprochen gehört. Ich bin trotzdem froh, dass wir uns hier treffen. Ich wollte immer schon sehen, wie diese Völkerschauen aufgebaut sind. Und reden werden wir später ganz sicher. Oder zweifelt ihr daran?»

45.

Friedrich hielt sich etwas abseits der Gruppe, unbewusst zunächst, dann ließ er den Abstand noch etwas anwachsen, doch nicht so weit, dass er die anderen im Trubel zu verlieren drohte. Der Geruch von gebratenem Fleisch zog ihm in die Nase. Am Morgen hatte er nichts gegessen, weil ihm bei dem Gedanken an den Tag nicht wohl war. Er war neugierig, wie dieses senegalesische Dorf präsentiert wurde. Und zur gleichen Zeit war ihm bange zumute. Er hatte sich nie entspannt gefühlt in Gesellschaft armer Leute, obwohl er selbst nicht gerade wohlhabend war. Was hatte er schon erreicht im Leben? Bote war er geworden, immerhin Bote für gehobene Kleidung. Und er hatte um die Kleidung, die er austrug, und um jene, die er am Leib hatte, eine Lüge aufgebaut. Wenn er nur gut und respektabel genug angezogen war, würde man ihn nehmen als das, was er dadurch und damit repräsentierte. Es war ein Irrtum gewesen.

Ernst ging voran, Joseph und Florentine folgten ihm leicht versetzt. Natürlich wurden sie bemerkt. Gerade blieb einer stehen und gaffte ihnen nach. Wie stets. Möglicherweise hatte er nur Florentine im Auge, vielleicht aber auch ihre Begleitung. Friedrich machte ein paar lange Schritte, um den Abstand nicht noch größer werden zu lassen. Ernst wirkte wie immer sehr zielstrebig. Ganz sicher würde er einige der Senegalesen ansprechen. Alles andere würde ihn verwundern. Ohnehin war Ernst eine ganz erstaunliche Persönlichkeit, der einzige Mensch, dem Friedrich je begegnet war, der wirkte, als ob er die Grenzen und Schranken nie wahrgenommen hätte, die doch existierten zwischen denen, die hatten, und denen, die um alles ringen mussten. Ernst arbeitete als Diener, gewiss, doch weder seine Sprache noch seine körperliche Haltung vermittelten dies.

Hier ging er voran, als Anführer, und war er das nicht tatsächlich? Joseph und Florentine kamen jeweils aus gutem Hause, und sie folgten dem Diener. Wer waren sie denn auch? Ein Diener wie ein Herr. Die Fabrikantentochter, die nicht heiraten wollte, weder ihn, so nahm er an, Friedrich Smith, noch andere. Der Kameruner aus gutem Hause, aber ohne Zukunft in der Heimat. Und er, der bestgekleidete Bote Berlins, in jedem gesellschaftlichen Umfeld fehl am Platze. Doch sie waren zusammengekommen, so wie sie waren. Sie hatten gehandelt. Und sie würden es erneut tun.

Kurz hielt Ernst inne. Friedrich schloss zu den anderen auf. Da schritt Ernst schon wieder voran. «Dahinten», sagte er, «da ist es.» Strohdächer waren zu sehen.

Umdrehen wollte Friedrich. Nicht sehen, was zu sehen war. Dem Schmerz entgehen, den er schon spürte. Aber er folgte den anderen. Gleich waren sie da.

46.

Joseph fühlte sich durch den Mann vor ihm an einen Soldaten erinnert. Ernst bewegte sich wie einer, der seine Männer in die Schlacht führt. Die Leute machten ihm Platz, aus Respekt oder weil er so entschlossen voranschritt. Nun, dachte Joseph, was verstehe ich schon vom Militär? Und, Gott möge verhüten, dachte er weiter, dass ich jemals eine militärische Erfahrung machen muss. Dann fiel ihm ein, dass er diesen Gott doch um gar nichts bitten konnte, an den er nicht glaubte.

Ein wenig fürchtete er, dass Ernst Dinge tun würde, die nicht rückgängig zu machen waren. Im kurzen Gespräch mit ihm und Friedrich hatte er schon bewiesen, dass er mehr wusste über die Umstände, unter denen diese Völkerschauen zustande kamen. Er hatte dabei finster und entschlossen geschaut, wie so oft in den letzten Wochen. Ein Blick zur Seite sagte Joseph, dass sich Florentine auch sorgte. Sie hob den Saum ihres Kleids an und machte einige schnelle Schritte, um auf seiner Höhe zu bleiben. Und dort hinten waren schon die Strohdächer zu sehen. Ernst verlangsamte seine Schritte. Joseph sah aus dem Augenwinkel, dass Friedrich nun auch wieder aufschloss.

Die erste Hütte war ein offener Verschlag aus Stroh, der um eine Konstruktion aus Holzbalken herum errichtet worden war. Die Strohmatten, die die Wände darstellten, würden keinem Windstoß standhalten, aber all dies war auch nicht für die Ewigkeit gebaut, sondern nur für das saisonale Spektakel. «Schneider» stand auf einem Holzschild, das vom Dach herabhing, und in der Tat hockte dort ein Mann auf einer Matte am Boden und bearbeitete ein Stück Stoff mit einer Nähmaschine, weder mit Leidenschaft noch mit großer Sachkunde, so wollte es Joseph erscheinen, doch vielleicht sollte er Friedrich Smith in der Frage konsultieren. Der Mann auf der Matte trug einen Boubou aus dickem Stoff, er sah nach Wolle aus. In Westafrika wäre das zu warm. Neben ihm saß eine Frau und starrte Ernst an, der stehen geblieben war. Sie trug gleich mehrere knielange Gewänder übereinander, mindestens drei Säume erkannte Joseph über ihren Sandalen. Ein Kleinkind krabbelte am Rand der Matte entlang. Der Schneider hatte unterdessen aufgehört, den Stoff unter der automatischen Nadel herzuziehen und nickte in Ernsts Richtung. Er erkannte sie, natürlich, und er anerkannte ihre Gegenwart. Joseph wollte ihm Fragen stellen, dem Schneider, so viele auf einmal, wie er hierhergekommen war und warum. Wie es ihm dabei erging, angeglotzt zu werden. Er sah sich um. Es waren gar nicht so viele Menschen hier. Der Lärm vom Rummelplatz drang zu ihnen herüber, Kindergeschrei, dazu war deutlich der Geruch von siedendem Fett und Zucker wahrzunehmen, und nur eine einzige Familie näherte sich gerade diesem Dorf am Rand des Luna-Parks, der Mann im abgetragenen Anzug, die Frau im verschossenen Kleid, zwei kleine Kinder mit laufenden Nasen. Sie blieben stehen und schauten überrascht. Natürlich hatten sie afrikanische Menschen erwartet, aber nicht in der Ausstellung und im Publikum zugleich. Die Frau fasste den Mann am Arm. Gleich drehte er sich um, und die Familie zog wieder von dannen. Hinten erschienen aber schon andere.

Er wollte sie befragen, die beiden da am Boden, wie ihr Tagwerk aussah, im Senegal. Zur gleichen Zeit aber wollte er vor allem davonrennen. An jedem Ort der Welt sein, nur nicht hier. Nicht sehen, was er sah, vor allem die Augen des Schneiders meiden. Wer seid ihr, schienen die Augen des Mannes am Boden zu fragen. Und: Was wollt ihr von uns? Könnt ihr uns nicht allein lassen? In Ruhe lassen in dieser Situation? Ist es nicht demütigend genug, von all den anderen begafft zu werden? Was müsst ihr diese Demütigung auf die Spitze treiben? Joseph schämte sich mit einem Mal außerordentlich, dass sie hier standen. Sie hatten kein Recht dazu.

Doch statt wegzulaufen, zu rennen unter lauten Schreien, blieb Joseph stehen. Schlug die Augen nieder, blickte wieder hoch und die Straße entlang. Sah die anderen Hütten und fürchtete sich davor, in mehr Augenpaare zu blicken.

Er erkannte das nächste Schild und die Worte, die darauf zu lesen waren. Weigerte sich, sie an- und aufzunehmen, schlug die Augen erneut nieder und blickte dann doch wieder darauf. «Harem des Häuptlings» las er auf dem großen, bunt bemalten Schild über der offenen Hütte, in der Frauen in bunten Gewändern saßen und standen. Auch sie hatten ihre kleine Gruppe längst bemerkt, glotzten herüber und zeigten mit den Fingern. Joseph spürte es mehr, als dass er es in ihren Augen sah. Auch ihnen wäre es lieber, sie würden sich einfach umdrehen und das Gelände verlassen. Stattdessen setzte sich Ernst wieder in Bewegung und ging genau auf diese Hütte zu.

Douala, 10. Dezember 1939

Mein lieber, lieber Theodor,

ich weiß gar nicht, wo ich beginnen soll, denn die Nachrichten, die uns hier erreichen, versetzten mich zurück in eine Zeit, die ich längst hinter uns hoffte. Dein Brief erreichte mich am Morgen über einen niederländischen Missionar, der auf dem Weg ins Hinterland war. Wo Du nur immer diese Kontakte auftust, über die Du die Briefe an mich versendest? Mit Gier habe ich gelesen, natürlich, wie immer, mein lieber Theodor, und wie meist habe ich versucht, Dich mir vorzustellen, wie Du diese Worte an mich niederschreibst. Aber ich habe auch stets die Bilder in meiner Vorstellung gehabt, dass es erneut Krieg gibt in Europa. Und ich will ehrlich sein, weil ich Dir gegenüber immer ehrlich bin. Manche Erklärung, die ich in den französischen Zeitungen lese, aber auch in den Debatten wahrnehme, die in der Stadt zu meinen Ohren gelangen, versteht diesen Krieg als Folge des letzten. Erliege ich hier der deutschen Propaganda? Ach, es ist aber auch gut möglich, dass ich ein dankbares Opfer dafür bin, denn ich plage mich erneut mit Selbstvorwürfen. Du wirst es ahnen. Ich muss hier nicht so viel schreiben dazu. Aber wenn es also diesen letzten Krieg nicht gegeben hätte und nur deshalb dieser nun über Europa fegt, dann stellt sich die Frage nach der Schuld erneut, meiner Schuld. Vielleicht bin ich doch religiöser, als es mir immer erschienen ist. Wusstest Du, dass die erste christliche Kirche, die in Kamerun gegründet worden ist, eine afrikanische gewesen ist? Noch vor den weißen Missionaren gab es einen Pfarrer von der Küste, der hier die erste Kirche gebaut hat.

Erzählen muss ich Dir noch von Florentine, von meiner Florentine. Sie ist nun in ihrem zweiten Lebensjahr und entwickelt sich prächtig, so gut, dass ich an manchen Tagen all die Sorgen vergesse, die mich so oft ausfüllen. Sie spricht schon in drei verschiedenen Sprachen, was ein kleines Kind so redet, neben Basaa und Französisch natürlich auch Deutsch, auch wenn das hier nicht von allen gern gehört wird. Es erfüllt mich mit Freude und auch Stolz, meine Tochter zu betrachten, das will ich nicht verheimlichen. Und ich glaube, dass die Geheimnistuerei von Rosemarie, die jetzt schon seit einigen Tagen anhält, bedeutet, dass Florentine nicht mehr lange allein sein wird.

So gern würde ich Dir persönlich davon erzählen. Bis das erneut möglich ist, Du weißt, dass ich darauf hoffe, verbleibe ich wie immer mit dem Ausdruck meiner allervorzüglichsten Hochachtung, Dein Joseph Ayang

PS: Gar nicht sicher bin ich mir bei etwas, das ich im Folgenden noch kurz erwähnen möchte. Vor allem vor dem Hintergrund dessen, dass Du Friedrich Smith schon vor einiger Zeit in Tunis ausfindig hast machen können. Ich hatte doch, schrieb ich Dir das, gar nicht gewusst, dass der Herrenausstatter Angermann Jude ist? Dass er mit unserem Friedrich nun im nordafrikanischen Exil lebt und die beiden dort ein Geschäft betreiben, gemeinsam, dieses Wissen macht mich glücklich. Dass Friedrich überhaupt lebt. Überleben ist in diesen Zeiten nichts so Selbstverständliches. Und dazu fällt mir diese andere Geschichte ein. Denn immer, wenn ich Kunde davon erhalte, dass im Hafen jemand anlandet, der das ehemalige Deutsch-Südwest aus eigener Anschauung kennt, versuche ich, Kontakt aufzunehmen. Manchmal gelingt mir das nicht, wenn jemand schon ins Hinterland weitergereist ist. Es kam auch schon vor, dass derjenige kein Interesse an einem Gespräch mit mir gezeigt hat. Ab und zu findet sich aber doch einer, der bereit ist, mir seine Eindrücke aus dem Land zu schildern, das schon seit einiger Zeit unter südafrikanischer Besatzung steht.

Es ist nun einige Wochen schon her, dass ich einen finnischen Geologen traf, der einige Monate vor Ort verbracht hat und sich freute, dass sich jemand für seine Geschichten interessiert. Du ahnst gewiss, bei Deutsch-Südwest denke ich immer an unseren Freund Ernst. Der Finne berichtete mir über Vorkommnisse aus Windhuk, die mich haben aufhorchen lassen. Es sind da in den letzten Jahren wiederholt die Leichen südafrikanischer und deutscher Beamter gefunden worden, auf offener Straße, mit, so sagte der Finne auf Englisch, das war die Sprache, in der wir uns unterhielten, einem cut throat. Stets geschieht das wohl mitten in der Nacht. Der Finne, das habe ich gemerkt, hat sich über mein sehr deutliches Interesse an diesen Geschichten durchaus gewundert, als ich ihn bedrängte, mir mehr und mehr Einzelheiten zu liefern, immer im Gedanken an Ernst, der heute wohl wieder seinen eigentlichen Namen trägt, den ich irgendwo auch notiert habe, aber gerade in meinen Unterlagen nicht finden kann. Und auch wenn ich Dir nie alles erzählt habe, was ich in Berlin und ganz speziell in Steglitz gesehen habe, magst Du doch in der Lage sein, zu erkennen, worauf ich anspiele. Ganz sicher werde ich auch weiterhin versuchen, Kontakt aufzunehmen mit Reisenden, die das ehemalige Deutsch-Südwest gesehen haben, ganz arglos und zurückhaltend, denn wie soll jemand wie ich, einfacher Angestellter einer Plantage hier, Kenntnis haben von Angelegenheiten, die sich dort unten abspielen? So viel Vorsicht wirst Du mir gewiss zutrauen, mein lieber Theodor.

47.

Mehr als einen Tischläufer herzustellen, war der Schneider im senegalesischen Dorf nicht in der Lage. Ernst sah ihn die Ränder dieses kleinen Stückes Stoff nun erneut so vernähen, wie er es getan hatte, als sie angekommen waren. Was immer der Mann auch gelernt hatte, ein ausgebildeter Handwerker war er nicht, gleich was auf dem Schild stand. Ernst wandte sich ab und ging auf die nächste Hütte zu. «Harem des Häuptlings», verkündete das riesige Schild unter dem Strohdach. Drinnen hockten mehr als ein Dutzend Frauen, die sich so erkennbar langweilten, dass sie nicht einmal miteinander redeten. Dabei war es doch genau das, was Frauen immer konnten. Ernst blieb eine Weile stehen, blickte sich zu den anderen um und überlegte, warum Friedrich Smith sie hier hatte treffen wollen. Der Bote stand da in seinem besten Anzug und schaute sich stumm um. Hatte er denn nicht gewusst, was sie hier sehen würden?

Er selbst war nicht vielen Afrikanern begegnet, seit er in Berlin angekommen war vor fünf Jahren. Alle hatten von diesen Veranstaltungen gehört, natürlich, auf denen Leute ausgestellt wurden, aber niemand hatte je eine gesehen, wie auch? Wenn man so eine Schau besuchte, dann sicher nicht mit einem Hausangestellten, der möglicherweise seinen Vetter dort treffen würde. Nun ja, dachte Ernst, so klein war der Kontinent nicht. Aber die Idee, dass die, die hier gucken, die einen sind, und die, die beguckt werden, die anderen, die war nicht von der Hand zu weisen. Und ein afrikanischer Diener gehörte eben auf die andere Seite und nicht auf die eine.

Diese Frauen starrten ihn jetzt an. Alle. Und er starrte zurück.

Reden sollte er, statt zu glotzen. Aber würden die Frauen mit ihm sprechen? Und wer war auf die Idee gekommen, dies einen Harem zu nennen? War der Harem nicht das Gegenteil von dem hier, nämlich ein Raum, verschlossen für die neugierigen Blicke Fremder? Wenn der Schneider kein Schneider war, dann war dies auch kein Harem. So viel erschien ihm klar.

Das Saiteninstrument, das ganz in der Nähe angeschlagen wurde, hatte einen süßen Klang. Nach einigen ersten Tönen, die suchend schienen, kundig suchend, erklang ein weiteres Instrument. Das war Holz, ein Xylofon wohl, auf das da geschlagen wurde. Das zweite Instrument hatte mit einer Kaskade hoher Töne begonnen und näherte sich nun der Melodie des Saiteninstruments an. Ernst suchte nach den Musikern und fand sie in der übernächsten Hütte. Die ersten Zuschauer waren schon herbeigelaufen, um dem Konzert beizuwohnen. Ernst stellte sich so, dass er verdeckt war von einer Familie mit drei Kindern. Zwei Männer in ungefähr seinem Alter musizierten dort, auf einer Matte sitzend. Das Saiteninstrument gab Rhythmus und Melodie vor, der Mann zupfte stoisch vor sich hin, routiniert, die Augen halb geschlossen. Sein Nebenmann spielte körperlicher und freier, als reagierte er auf das, was der andere ihm vorgab. Von Zeit zu Zeit kaum merklich nickend hielt er einige Töne, die er auf den Klangstäben produzierte, als Basis fest, sie immer und immer wiederholend, um zur gleichen Zeit um sie herum zu spielen, Gegenentwurf und Unterstützung der Melodie.

«Ein Balafon», sagte Joseph, der neben Ernst getreten war.

«Bei euch nennt man es anders als bei uns.» Ernst sagte es, ohne den Blick von den Musikern zu wenden. Der Schneider mochte alles andere sein als ein Schneider, und der Harem war sicher kein Harem, aber die Musiker waren zweifelsohne echt. Immer mehr Leute kamen zu der Hütte, manche von ihnen im Laufschritt, um nichts zu verpassen. Ernst löste sich von der Traube und wandte sich um zur anderen Seite der Straße. «Schmied», stand auf dem Schild, aber niemand interessierte sich gerade für den Mann, der den Hammer in der Hand hielt, ohne ihn zu benutzen, und die Frau neben ihm, ein Kleinkind auf dem Arm. Zwei Metallteile, die vor dem Mann lagen, wirkten willkürlich abgelegt, genau wie das Holzbrett, gerade nahm er einen Nagel in die andere Hand und schaute ihn an, als sähe er so etwas zum ersten Mal. Es wirkte wie ein schlechtes Theaterstück. Die Anweisung war, etwas zu tun, wenn jemand guckte. Irgendetwas.

Die in Falten geworfene Stirn sagte Ernst, dass sich der Schmied dieselbe Frage stellte wie er selbst. Was macht der da? Wo kommt der her? Und dann die dringendste: Warum steht der dort und schaut uns so forschend an? Statt sich die Frage zu beantworten, legte er den Nagel auf das Brett und hieb sinnlos mit dem Hammer darauf.

«Verstehen Sie mich?», fragte Ernst leise.

Der Mann nickte, und Ernst machte zwei kleine Schritte auf ihn zu. Er blickte sich um, aber außer Florentine, die ihn aus der Gruppe der Leute heraus beobachtete, die der Musik zuhörten, nahm niemand Kenntnis von ihm.

«Darf ich fragen, wie Ihr Name ist?»

«Sidibé», sagte der Mann und legte den Hammer zur Seite. «Balla Sidibé.»

«Wie sind die Namen Ihrer Eltern?»

«Amadou war mein Vater, aber er ist schon lange nicht mehr am Leben. Und Aminata ist die Mutter. Ich weiß nicht, ob sie noch ... Ich habe lange nichts von ihr gehört. Sehr lange.»

«Wo lebt Ihre Mutter denn?»

«In Wassoulou.»

«Ich weiß nicht, wo das ist.»

Balla Sidibé legte den Kopf zur Seite und überlegte.

«Was heißt die nächste Stadt?», fragte Ernst.

«Kita», sagte Sidibé.

«Das kenne ich auch nicht. Wie heißt denn die nächste große Stadt?»

«Das ist Bamako.»

Von Bamako hatte Ernst gehört. Eine große Stadt, tief im Hinterland Westafrikas. «Das ist weit weg von Senegal.»

Sidibé zeigte ein Grinsen und entblößte beträchtliche Lücken in beiden Zahnreihen. «Sehr weit.» Florentine erschien neben Ernst, Neugier in den Augen, sie schwieg aber.

«Sind viele hier aus dem Senegal?», fragte Ernst den Schmied.

Sidibé überlegte kurz und nickte. «Viele. Und viele nicht.»

«Wo kommen die Leute denn her?»

«Meine Frau kommt aus Brüssel», sagte Sidibé und blickte kurz zur Seite.

«Und davor?», fragte Ernst. «Wo ist sie davor hergekommen?»

«Vom Kongofluss.»

Während Ernst über seine nächste Frage nachdachte, zeigte Sidibé auf die andere Seite der Straße. Dort saßen die Frauen des Harems und beobachteten, was zwischen

Ernst und dem Mann aus Wassoulou vor sich ging. «Die meisten von ihnen kommen aus Brüssel.»

«Die Frauen?»

«Ja.»

«Gibt es auch Männer hier, die aus Brüssel kommen?»

«Drei», sagte Sidibé. Er zeigte in die andere Richtung, wo sich unter einem Dach eine Gruppe versammelte. Sie war vielleicht ein Dutzend Köpfe groß. Einige der Männer trugen Trommeln vor sich her und stellten sie ab.

«Dort gibt es gleich auch Musik?», fragte Ernst.

«Und sie tanzen.»

«Sie trommeln und tanzen?»

«Ja.»

«Und sie kommen aus Brüssel.»

«Drei von ihnen.»

«Die Trommler?»

«Die sind am Volta-Fluss geboren.»

«Und wo kommen die anderen Männer her?»

«Einer kommt aus Hannover, einer aus Monrovia und einer aus Magdeburg.»

«Sie sprechen sehr gutes Deutsch», warf Florentine von der Seite ein.

Er nickte. «Ich war lange in Hamburg.»

«Wie sind Sie dort hingekommen?» Florentine übernahm die Konversation.

«Als Seemann.»

«Und Sie sind dann in Hamburg geblieben?»

«Ich war krank.»

«Und dann? Was ist dann passiert?»

«Sie haben mich vom Schiff geschickt.»

«Weil Sie krank waren?»

«Ja.»

«Wann war das?»

«Ihr Kaiser, sie haben ihn in Hamburg gefeiert. Er war zehn Jahre schon auf dem Thron.»

Ernst musste nachdenken. Im letzten Jahr hatte es im ganzen Reich die großen Feierlichkeiten zum fünfundzwanzigjährigen Thronjubiläum gegeben. Also war dieser Sidibé seit mehr als fünfzehn Jahren hier. Kein Wunder, dass er die Sprache gut beherrschte.

«Und haben Sie Schmied gelernt?», fragte Florentine schon weiter.

«Nein.»

«Und warum ...»

Es kam nicht so oft vor, dass es Florentine die Worte verschlug, dachte Ernst. «Meine Bekannte möchte gerne wissen, warum wir Sie hier antreffen.»

«Wegen dem Geld», sagte Sidibé.

«Sie werden bezahlt», sagte Florentine.

Das war nicht im eigentlichen Sinn eine Frage, aber Sidibé nahm sie als solche an. «Gewiss. Deshalb bin ich hier.»

«Und wie viel gibt man Ihnen?»

«Zwanzig Mark in der Woche.»

Das war nicht viel, dachte Ernst. Florentine würde die Summe gegen ihre eigenen Vorstellungen von Geld halten müssen. Sie war sehr klug, aber sie kam auch aus einem sehr reichen Haus.

Die Musik hinter ihnen hörte auf zu spielen. Die Masse begann sich geräuschvoll zu verlaufen. Ernst hatte aber noch Fragen. «Wo bringt man Sie denn unter?»

«In einem Zelt», sagte Sidibé. «Dort hinten.»

«Sie schlafen und Sie essen dort.»

«Wenn wir nicht hier sind, dann sind wir im Zelt.»

«Weil das Geld nicht reicht, um auch einmal rauszugehen?», fragte Florentine.

«Wir dürfen nicht.»

Als weder Ernst noch Florentine darauf reagierten, sagte Sidibé: «Das steht alles im Vertrag.»

«Im Vertrag?», fragte Florentine.

«Ja, wir dürfen das Gelände nicht verlassen.»

Die ersten Leute gesellten sich zu ihnen. Ernst hatte es eilig. «Wie lange sind Sie denn hier im Luna-Park?»

«Zehn Wochen», sagte Sidibé. «Auf den Tag zehn Wochen.»

«Und wenn das hier zu Ende ist, was machen Sie dann?»

«Ich will versuchen zurückzufahren. Noch einmal meine Mutter sehen.»

48.

Friedrich Smith bewegte sich aus der Gruppe heraus, die der musikalischen Darbietung folgte. Nun waren es doch etwa zwanzig Leute, die sich für das Duo interessierten. «Andere Völker, andere Sitten», sagte ein älterer Herr mit Zwicker und Knebelbart, und Friedrich überlegte, wie das Zitat im Ganzen gelautet hatte, es fiel ihm aber nicht ein. Neben ihm quengelte ein kleines Mädchen und zerrte an der Hand der Mutter. Nun schaute er sich um. Ernst und Florentine standen an der Hütte des Schmiedes, Joseph war bei den Musikanten geblieben, das Dorf hatte aber noch einige Hütten und Menschen mehr zu bieten.

Die kleinen Kinder unter dem nächsten Hüttendach, sie waren vielleicht zwischen fünf und acht Jahre alt, sahen verloren aus, auch wenn ihnen gegenüber eine Frau saß, die sie betreute oder bewachte. Als sie Friedrichs Blick wahrnahm, rief sie die Kinder zusammen, jedenfalls war es das, was er hinter den Lauten vermutete. Es mochte sogar Französisch gewesen sein oder irgendeine afrikanische Sprache, von denen er ja keine sprach oder verstand. Die Kinder setzten sich in drei Reihen hin. Statt der Lehrerin, denn das sollte sie sein, wie das Schild mit der Aufschrift «Schule» preisgab, guckten die meisten nun ihn an.

Wo diese Kinder nur herkamen? Sie mochten natürlich zu den Frauen gehören, die im Harem vorgeführt wurden. Eines drehte sich um und krabbelte an den Rand der Hütte. Die Frau rief etwas, rief erneut, dann ordnete es sich wieder in die Gruppe ein. Friedrich ging weiter. In der nächsten Hütte versammelten sich ein paar Männer um afrikanische Handtrommeln. Sie trugen bunte Kostüme und Federschmuck auf dem Kopf. Sicher warteten sie ab, bis das Duett dort hinten zu Ende gespielt hatte, um dann ihrerseits zu beginnen.

Das Ende der Straße bildete eine Hütte, die größer war als die anderen. Mehr Holz als Stroh, ein Vordach, eine Bank zum Sitzen. Darauf hockte ein Mann und hatte seine Augen auf Friedrich gerichtet.

«Häuptlings-Hütte», stand auf dem großen Schild über der geschlossenen Vordertür zu lesen. Der Mann kaute auf irgendetwas herum oder mahlte möglicherweise auch nur mit den Zähnen. Die vier Frauen hinter ihm standen recht stramm da, zwei von ihnen mit Säuglingen auf dem Arm. An der Seite, auf einer Bastmatte, saßen ebenso stramm und aufrecht vier weitere Kinder, klein, das älteste vielleicht fünf Jahre alt. Nun war er dort stehen geblieben, genau vor ihnen. Ein Mann mit dunkler Haut in feinster europäischer Sonntagstracht. Der Häuptling, so fiel es Friedrich gerade auf, war nicht viel dunkler als er, wenn überhaupt. Er musste der Häuptling sein, denn es stand ja auf dem Schild geschrieben.

Jetzt hatte Friedrich die Aufmerksamkeit aller unter dem Vordach. Er starrte in die eine Richtung und sie in die andere. War das, was der Mann und die Frauen und diese Kinder jetzt taten, nämlich nichts, eigentlich nichts, außer dort eben zu sitzen, genau das, was von ihnen erwartet wurde? Und die zweite Frage, die ihm brennend durch den Kopf fuhr, war jene, ob und wie er den Mann ansprechen konnte. Auf Deutsch? Oder auf Französisch, das er nicht beherrschte? Oder Englisch? Das sprach er leidlich. Sein Vater hatte ihm immer wieder Schulbücher für amerikanische Kinder zugesandt, und er hatte sie voller Neugier und Begehren gelesen. Auf Englisch dann also?

Der Häuptling senkte den Blick nun zum Boden. Und Friedrich fand keine Worte. Also drehte er sich um und suchte die anderen drei. Ernst und Florentine schauten sich ebenfalls suchend um, die Blicke der jungen Frau und seine trafen sich. Wo war Joseph?

Die beiden kamen auf ihn zu. Da erschien auch Joseph, der noch in der Traube vor dem Musiker-Duett ausgeharrt hatte. Die hörten nun auf zu spielen. Dafür waren aus der anderen Hütte Trommeltöne zu hören. Die Leute, die sich die eine Vorstellung angehört hatten, machten sich nun auf, der nächsten beizuwohnen.

Ernst ging an Friedrich vorbei. Hinter sich hörte Friedrich ihn fragen: «Verstehen Sie mich?»

«Ja, natürlich», hörte Friedrich den Häuptling antworten, als er sich umdrehte. Er sprach Deutsch ohne Akzent.

«Wie heißen Sie?»

«Mein Name ist John Paul Ibiam.»

«Wo kommen Sie her?», fragte Ernst.

«Aus Osnabrück», sagte der Häuptling.

Friedrich sah, dass Ernst zögerte, aber der Häuptling redete schon weiter. «Aus Onitsha», sagte er und hatte ein breites Lächeln auf den Lippen. «Das meinten Sie, nicht wahr?»

«Wo liegt das?», fragte Ernst.

«Am Niger, etwa 60 Meilen bevor er in der Atlantischen Ozean mündet. Onitsha ist eine große Stadt. Wenn auch nicht ganz so groß wie Berlin.»

«Und wie sind Sie nach Osnabrück gekommen?», fragte Ernst.

Der Häuptling verzog die Mundwinkel und sagte: «Das ist eine sehr lange Geschichte.»

49.

Florentine blickte noch einmal zum Ende des Weges, an dem entlang das senegalesische Dorf errichtet worden war, zur Häuptlings-Hütte. Ernst stand da neben Friedrich und Joseph, während der Häuptling, der eigentlich Fischer war von Beruf und nie irgendeine Position bekleidet hatte außer der eines Familienvaters, mit seiner Erzählung fortfuhr. Joseph suchte sie schon, sprach zu den anderen beiden. Sie verlangsamte ihren Schritt, damit Joseph sie noch sehen konnte auf dem Weg zum Ausgang. Als Joseph und dann auch Friedrich ihr zu folgen begannen, ging sie weiter. Vorbei an Wasserrutsche und Caféterrasse, durch all die Menschenmassen hindurch. Am Ausgang blieb sie kurz stehen und vergewisserte sich, dass die anderen ihr folgten. Draußen ging sie auf den großen Baum zu, unter dem sie die drei Männer vorhin angetroffen hatte. Kurz darauf waren sie vollständig versammelt.

Als niemand reden wollte, versuchte es Florentine selbst: «Warum hast du uns hierhingebeten, Friedrich?»

Der nahm den Zylinder vom Kopf und zog kurz die Schultern hoch, spitzte die Lippen und sagte leise: «Es ging mir um einen Ort, vielleicht irgendeinen Ort, an dem wir ungestört reden können.»

Joseph schüttelte den Kopf. «Dann hätten wir uns in jedem beliebigen Gartencafé treffen können.»

Eine Blaskapelle begann zu spielen. Die Bühne schien nah dem Eingang, so laut, wie es war; Ernst musste seine Stimme erheben. «Ich sehe schon die Absicht hinter deiner Idee, lieber Friedrich. Und haben wir nicht alle gerade einiges gelernt? Erlaubt mir zu sagen, dass, wer dieses Leben in der Kolonie sieht, ausgestellt wie hier, kaum mitleidet, wenn dort in deutschem Namen Krieg geführt wird. Oder möchte mir hier einer von euch widersprechen? Die Frage ist doch, was daraus folgt. Für uns.»

«Wir wissen doch ganz genau, warum wir uns hier treffen», sagte Joseph. «Alle wissen wir das.» Er redete gegen die Blasmusik an. «Ich kann diese Blicke nicht ertragen. Dieses Glotzen.»

«Aber das kennst du doch», sagte Ernst. «Erlebst du es nicht jeden Tag? Doch gleich, was die Leute sehen, niemand wird am Abend erzählen, er hätte uns dabei beobachtet, wie wir aufrührerische Pläne schmieden. Dabei ist es doch genau das, was wir tun werden. Oder habe ich etwas falsch verstanden? Weder sind wir zum Vergnügen hier, noch haben wir uns ernsthaft darüber gewundert, dass diese armen Gestalten dort zur Schau gestellt werden wie ...» Ernst zögerte nur selten. Er schloss die Augen kurz. «Ich will es nicht aussprechen. Was man ausspricht, bleibt bestehen.»

«Aufrührerische Pläne ...», wiederholte Friedrich die Worte.

«Aufruhr», sagte Joseph und ließ eine Pause zwischen den beiden Silben. «So habe ich noch gar nicht gedacht. Das hört sich gefährlich an. Sehr gefährlich.»

«Was meinst du denn, was geschehen wäre», Ernst wurde deutlich leiser und beugte sich nach vorn, «wenn wir den Kaiser in den Kopf geschossen hätten? Es hätte Massenverhaftungen gegeben. Menschen wären gestorben. Auf der Straße wären sie aufgegriffen und im nächsten Hof einfach umgebracht worden. Sie hätten Häuser niedergebrannt und Kinder erschlagen. Und mit dem Wissen darum, wer hinter dem Attentat steht, wären sie selbst in

Kamerun ausgerückt und hätten deine Familie füsiliert.» Ernst hielt kurz inne. «Die ganze. Alles wegen uns. War dir das denn nicht bewusst?»

Joseph presste die Lippen aufeinander und antwortete nicht auf die Frage, weil es nichts zu sagen gab. Friedrich starrte zum Eingang, wo immer noch viele Menschen anstanden. Florentine sagte: «Wir waren aber nicht in der Lage, den Kaiser ...»

«Das waren wir nicht», sagte Friedrich.

«Waren wir nicht», sagte Joseph.

Ernst schüttelte kaum sichtbar den Kopf und fuhr sich mit der Zungenspitze über die Oberlippe. Er wirkte auf Florentine, als wollte er mit einem Vorschlag aufwarten, wie weiterhin zu verfahren sei, aber auch so, als wolle ihm nichts Entsprechendes einfallen. Friedrich steckte die Hände in die Hose und zog sie wieder heraus, suchte die Hosentaschen erneut und faltete dann die Hände vor dem Leib.

Florentine hatte das nun schon einige Male an ihm beobachtet, wenn er sich unwohl fühlte. Er wartete darauf, dass einer der anderen etwas sagte. Joseph schloss und öffnete die Augenlider, hielt den Mund offen und atmete hörbar. Vielleicht dachte er an seine Familie in Kamerun, vielleicht aber dachte er auch gar nichts, so etwas kam schließlich vor. Und Florentine fragte sich, ob sie den anderen eine Idee vorstellen sollte, die ihr seit einigen Tagen durch den Kopf ging. Doch sie fand nicht den Mut dazu.

Es war Friedrich, der die Stille unterbrach. «Ihr wisst ja, dass ich kein Mann großer Worte bin. Ihr werdet mir nicht widersprechen, wenn ich jetzt sage, dass das, was wir gerade gesehen haben, in höchstem Maße ...» Er suchte nach Worten.

«... es ist ehrabschneidend», fiel Joseph in die Pause ein.

«Lass doch Friedrich bitte weiterreden», sagte Ernst leise. Joseph legte als Zeichen der Demut eine Hand auf die Brust und schwieg.

«Ja, du hast recht, mein lieber Joseph», sagte Friedrich. «Es ist tatsächlich ehrabschneidend, für jeden von uns», dabei richtete er kurz den Blick auf Florentine, «und ich möchte trotzdem die armen Gestalten nicht über Gebühr verdammen, die hierherkommen, um sich diesen Mummenschanz anzusehen, der die Kolonie zeigen soll, wie sie wirklich ist. Denn ist es nicht das, was die Menschen erwarten? Auch wenn dies ein Dorf im Senegal darstellen soll, so fühle ich doch jeden Blick und jede Geste nach, die ich in meinem Leben zu erdulden hatte.»

Erneut machte er eine Pause. Niemand sagte ein Wort.

«Kann es sein», Friedrich blickte in die kleine Runde, «kann es sein, dass wir uns von Beginn an nicht deutlich genug überlegt haben, was genau wir anstreben? Ich will nicht sagen, dass die Soldaten, die wir ...» Er machte eine Pause. «Es war nicht falsch. Doch was wir danach geplant haben, war von weitaus größerer politischer Klugheit. Da sollten wir erneut ansetzen.»

«Du willst immer noch den Kaiser ...» Joseph wurde mit jedem Wort leiser. Die Blasmusik im Luna-Park hingegen ertönte breit und laut.

«Nein, nein, nein», sagte Friedrich und wirkte ungewohnt fahrig.

Florentine hätte gern seine Hand in ihre genommen

und ihn beruhigt. «Wir haben unser Vorhaben schon einmal den Umständen angepasst», sagte Florentine. «Wir hätten den Richtigen getroffen mit dem Kaiser. Und wir hätten ...»

«Die Soldaten waren auch die Richtigen», sagte Joseph. «Da hat Friedrich schon recht.»

«Natürlich waren sie das», sagte Florentine. «Aber lass mich doch kurz fortfahren. Wir müssen an der Spitze ansetzen, um den Aufschrei auszulösen, den das Land braucht, in dieser Richtung müssen wir weiterdenken. Und wenn wir den Kaiser nicht erreichen können, also nicht ihn als Person, dann muss es ein Symbol sein, das wir ...» Sie suchte nach dem richtigen Wort.

«Töten?», fragte Friedrich.

«Ein Symbol kann man nicht töten», sagte Joseph.

«Nun», Friedrich nahm die Hände auseinander, «genau genommen ist der Kaiser schon ein Symbol, für die Macht, den Krieg und alles, was in deutschem Namen geschieht. Und töten kann man ihn sehr wohl. Leider haben wir das nicht geschafft.»

«Zerstören», sagte Ernst. «Darauf will Florentine hinaus. Sie will das Symbol zerstören.»

«Zerstören», sagte Florentine. «Genau.»

Die drei Männer sahen sie voller Neugierde an.

Ernst, natürlich, fand zuerst die Worte. «Aber was?»

Florentine öffnete den Mund und redete dann doch nicht. Sechs Augen blickten sie an, und sie suchte nach Worten. Die Blasmusik wurde leiser in ihrem Kopf.

50.

Friedrich war erleichtert, als er die U-Bahn in Dahlem erreicht hatte. Erleichtert und beunruhigt zugleich. Es war ein aufreibender Tag gewesen, der ihn an den Rand seiner Kräfte gebracht hatte. Seine Botengänge mit der Aufgabe der Koordination in dieser Sache zu verbinden, war aufwendig gewesen, und er hatte sich mehr als einmal den Schweiß mit dem Einstecktuch von der Stirn gewischt. Er hatte sich aber auch beeilen müssen, um die georderte Kleidung im Koffer abzuliefern und daneben noch nacheinander Joseph, Florentine und Ernst aufzusuchen. Dabei war ihm durchaus entgegengekommen, dass die beiden letzten Lieferungen in der Tempelhofer Gartenstadt und im Schöneberger Rheingauviertel abzugeben waren. Nur so war es ihm möglich gewesen, zuerst den Umweg über den Viktoria-Luise-Platz zu machen und anschließend noch nach Steglitz zu kommen. Er war auf unziemliche Weise gerannt, hatte den Omnibus, die Tram und einmal auch eine Pferdedroschke benutzt, um an alle diese Orte zu gelangen. Ganz zum Schluss war es die Steglitzer Straßenbahn gewesen, die ihn nach Dahlem gebracht hatte. Dort hatte er dann die U-Bahn zurück nach Berlin genommen, in der er nun am Fenster saß und erschöpft nach draußen stierte.

Die Unruhe aber blieb. Vier Tage nach dem Besuch bei der Völkerschau. Vier Tage, in denen Friedrich wenig anderes getan hatte, als darüber nachzudenken, was er angezettelt hatte. Er hätte wissen müssen, dass das nächste

Treffen zu einer neuen Planung führen würde. Ebenso, dass sie nach dem fehlgeschlagenen Attentat auf den Kaiser nicht zurückstecken würden, nichts in den Blick nehmen konnten, das dahinter zurückfallen würde. Vielleicht, dachte Friedrich, als er die Augen scharf stellte und Häuser, Straßen und Bäume erkannte, vielleicht hatte er genau das gewollt. Ja, und doch wusste er, dass diese Entscheidung alles und aller Leben verändern würde.

Joseph war es nicht anders gegangen, das hatte er begriffen, als er ihn in der Wohnung am Viktoria-Luise-Platz besucht hatte. Eine alte Frau hatte ihm geöffnet, die Mutter des Mieters, wie er wusste, der als Handlungsreisender viel Zeit in China verbrachte, und Joseph dann krächzend gerufen, der ihn zwar erwartet haben musste, aber doch unsicher erschien, ob er ihn nun in der Küche empfangen oder in sein Zimmer geleiten sollte. Friedrich war froh gewesen, dass sie sich dann ins Zimmer begeben hatten, wo er selbst sich auf einem kleinen Stuhl niederließ und Joseph den Platz am Fenster stehend überließ. Jetzt fiel ihm ein, dass Josephs erste Worte, wie auch schon seine letzten am Luna-Park, den Menschen galten, die sie nicht kannten, die im Schloss lebten oder arbeiteten. «Die Leute», hatte er zweimal gesagt, «die Leute, sie könnten dabei sterben.»

«Und wie steht es», Friedrich unterbrach sich mitten im Satz, weil er wusste, was ihm die Antwort bedeutete, die Joseph geben würde, «wie steht es um die Idee, die wir besprochen haben? Ein Wort von dir, und wir geben sie auf.»

Joseph blickte zu Boden. Hob den Kopf erst nach einer Minute oder möglicherweise sogar zwei und sagte: «Wir werden das tun.» Er sagte es leise, aber sehr bestimmt.

Und erst da, in dem Zimmer und in jenem Moment, wurde Friedrich bewusst, dass sie es tatsächlich tun würden.

Er stand auf und legte Joseph eine Hand auf die Schulter. Gemeinsam wandten sie sich um und schauten nach draußen, wo es nichts zu sehen gab außer einer Mauer aus Ziegelsteinen. Dann besprachen sie den Plan. Joseph fragte, ob das Düngemittel tatsächlich in so großen Mengen auf dem Hof vorhanden sei, den Florentine erwähnt hatte, ob man es dort schlicht stehlen könne, dann, wie man es nach Berlin transportieren, wo man es lagern solle. Wie man es, mit Öl versetzt, ins Schloss transportieren könne. Und schließlich noch, wie es zu entzünden sei.

Friedrich schaute auf die verwitterten Ziegelsteine der Brandmauer, und er war sich sicher, dass Joseph wenig anderes getan hatte, als über ihr Treffen am Luna-Park nachzudenken.

Florentine wiederum hatte ihn in Steglitz auf der Terrasse erwartet, ein Buch ungelesen in der Hand. Sie hatte, sagte sie, viel nachgedacht über die vielen Fragen hinter dem Plan, und sie sprach vom Auto ihres Vaters, mit dem man den Dünger in Nauen abholen sollte, wo ihr Onkel, ein Bruder des Vaters, sein großes Gut hatte. Nur war ihr nicht klar, wer den Wagen fahren sollte und wann dies geschehen konnte, denn der Vater war entweder selbst oder mit dem Fahrer unterwegs. Die Frage der Lagerung sprach sie auch an, sie wusste aber keine Antwort darauf, ebenso wenig, wie man denn in das Schloss hineingelangen sollte mit dem Dünger, wie er entzündet werden konnte und ob die Menge tatsächlich ausreichte.

Auch Ernst hatte sich so im Garten platziert, dass sie

einander gleich entdeckten. Sie stellten sich an eine Hecke und redeten, wie man auf der Straße eben bei einer zufälligen Begegnung miteinander spricht. Auf eine Frage wusste er gleich die Antwort. Ein kleines Gartenhaus, hinter der Schneider'schen Villa gelegen und in erster Linie dazu genutzt, um Werkzeug und Gerät aufzubewahren, böte wahrscheinlich genügend Raum für den Dünger, obwohl er auch nicht einzuschätzen vermochte, wie viel man eigentlich brauchte, um das Stadtschloss dem Erdboden gleichzumachen oder wenigstens zum Teileinsturz zu bringen. Ein Automobil könne er aber wohl fahren. Friedrich wunderte sich nicht darüber. Wie er ohnehin aufgehört hatte, sich über Ernsts Fähigkeiten und Kenntnisse zu erstaunen. Auch Joseph hatte schon einen Wagen gelenkt, in der Kolonie. Und ja, den Weg hinein ins Schloss, bestätigte Ernst, es sei ihm auch noch ein Rätsel, wie ihnen das gelingen solle. Aber er kenne jemanden, der jemanden kenne, der tatsächlich im Schloss arbeite. Außerdem solle jemand herausfinden, wann man das Schloss als Besucher betreten dürfe. Vielleicht bestehe die Möglichkeit, den öffentlichen Besuch, der ganz gewiss dort zugelassen sei, und ihren Plan miteinander zu verbinden.

51.

Fünf Tage nach dem Ausflug in den Luna-Park nahm Ernst einen Umweg vom Botanischen Garten nach Hause. Es war das Nachbarhaus eines Bekannten des Malers, Ernst wusste nicht einmal, wer dort wohnte, war aber mit dem

Gärtner ins Gespräch gekommen, vor Monaten schon, als der Maler einen zweiten Gehilfen gebraucht hatte, um eine schwere Mappe mit Skizzen durch Steglitz zu tragen, die er bei einem Besuch zu präsentieren gedachte. Nicht einmal der Name des Gärtners wollte Ernst einfallen. Man hatte eben geredet, und als Ernst und der andere auf dem angrenzenden Grundstück entdeckt hatten, dass sie beide für den Garten zuständig waren, hatte ihr Gespräch zunächst um Rabatten und Beete, dann um anderes gekreist. Diese anderen Themen waren es gewesen, an die Ernst zurückdachte. Wie sich herausstellte, war dieser Gärtner ein Kommunist. Endlos konnte er erzählen von Klassenkampf und davon, dass Blut fließen müsse, damit die Gerechtigkeit siege. Von den Kolonien wusste er dagegen nicht viel zu sagen, so war ihr Gespräch irgendwann versandet, aber Ernst erinnerte sich daran, dass der Mann, dessen Namen er nie erfahren hatte, den Kaiser für einen abgrundtief bösen Mann hielt und ihn ebenso abgrundtief hasste. Was Ernst allerdings auch im Gedächtnis behalten hatte, war, dass der Kommunist einen Bruder hatte, der im Schloss niederste Arbeiten verrichtete. Stolz hatte er beim Trimmen einer Hecke, die keinerlei Korrektur mehr bedurfte, davon berichtet, wie er den Bruder, der sich für Politik nicht so begeisterte wie er selbst, für die Partei gewonnen hatte. «Er hasst die Hohenzollern jetzt mehr als ich», hatte er gesagt.

Und tatsächlich kniete der Mann an einem Beet und jätete Unkraut, das längst entfernt war, ganz versunken in die Arbeit. Ernst hustete laut und vernehmlich, der Mann hob den Kopf, erhob sich und kam auf ihn zu. «Warum ich hier bin», sagte Ernst, als die Begrüßungsformalitäten erledigt waren. «Ist dein Bruder noch im Schloss ...»

«Oh ja», sagte der Gärtner, Ernst wusste nun wieder, dass er Roderich hieß. «Immer noch mit der Beseitigung der kaiserlichen Scheiße beschäftigt.»

«Und meinst du», sagte Ernst langsam, «meinst du, dass ich deinen Bruder einmal treffen und mir vom Leben im Schloss erzählen lassen kann?»

Roderich stutzte kurz und blickte Ernst prüfend an. Dann sagte er: «Ja, ja, ganz bestimmt.»

52.

«Flori?»

Gerlinde klopfte heftiger als sonst an der Zimmertür. Florentine knöpfte ihr Kleid zu. Das Klopfen wurde noch lauter.

«Flori.»

Nun keine Frage mehr. Florentine ließ die oberen zwei Knöpfe offen und ging zur Tür.

«Da ist einer», sagte Gerlinde. Ihr Gesicht, von blonden Haaren eingerahmt, drückte Sorge und Unruhe aus. «Von der Polizei.»

«Jetzt?», fragte Florentine. Es war Frühstückszeit, Vater verabschiedete sich vor dem Verlassen des Hauses gerne noch von seinen Kindern. Oft ging sie die Treppe hinab, gab ihm einen Kuss auf die Stirn, ließ sich in der Küche einen Kaffee brühen und setzte sich dann mit einem Buch in ihr Zimmer oder den Garten. «Was will er?», fragte sie.

Gerlinde schüttelte den Kopf.

«Ist Theodor schon unten?»

Stummes Nicken.

Auf dem Treppenabsatz blieb Florentine stehen. Sie spürte das Herz im Hals pochen. Waren sie ihnen auf die Spur gekommen?

«Wie Sie schon bemerkten», hörte sie eine unbekannte Männerstimme im Speisesaal. «Das ist nicht mein erster Rundgang durch Steglitz, jetzt bin ich eben hier.» Der Mann machte eine Pause. «Reiner Zufall, dass ich so früh bin. Ich bitte das zu entschuldigen, aber irgendwo muss man doch mit dem Tagwerk beginnen. Jedenfalls bin ich Ihnen dankbar, dass Sie sich die Zeit nehmen.»

«Meine Tochter wird jeden Moment hier sein», sagte Vater. Dann rief er: «Gerlinde? Wo bleibt denn ...»

«Ich komme schon, Vater», sagte Florentine gerade so laut, dass sie im Speisesaal zu hören war.

«Und ich will Ihre Zeit auch nicht über Gebühr ...» Der Mann sah gar nicht aus wie ein Polizist. Er hatte eine Militäruniform an, war bartlos und ungefähr so alt wie ihr Vater. Nun wandte er sich um und starrte sie an.

«Das ist Leutnant Peterhardt», sagte Vater. Mutter kaute auf der Unterlippe. Der Besucher nickte knapp. Theodor saß an seinem Platz und hatte ein ironisches Lächeln aufgesetzt. Was immer hier auch besprochen wurde, hatte mit ihm nichts zu tun. «Der Leutnant ermittelt wegen dem jungen Beukenberg.»

«Von Beukenberg», sagte Theodor, immer noch grinsend.

«Ja, natürlich», sagte Vater. «Von.»

Der Soldat musterte sie von oben bis unten auf eine Weise, die sie nicht angenehm fand, und holte dann Luft. «Danke, dass Sie alle ... Ich will auch nur kurz ... Sie müssen verstehen, dass ich nur inoffiziell hier bin. Wir unterstützen die Polizei in ihrer Arbeit.»

Als Florentine sich an den Tisch setzte, kam Gerlinde in den Salon und trug neues Brot auf sowie gekochte Eier, die sie an jeden Platz stellte. Auch der Besucher bekam ein frisches Gedeck. Dann goss sie rundum Kaffee ein. Der Offizier ließ seine Augen so über Gerlinde gleiten wie eben über Florentine und redete weiter. «Mehr als anklopfen und um Auskünfte bitten kann ich auch nicht», sagte er, und Florentine wunderte sich über die wenig militärische Art, sich auszudrücken.

«Florentine», sagte Vater, als Gerlinde den Salon verlassen hatte.

Sie hob die Augen und gleichzeitig die Tasse an ihre Lippen. «Ja?»

«Weißt du irgendetwas?»

«Wegen Gerold von Beukenberg?» Sie blickte zwischen Vater und dem Soldaten hin und her. Der bestätigte ihre Frage durch ein weiteres knappes Nicken.

«Ich habe ihn doch kaum gekannt.» Florentine hob erneut die Tasse zu den Lippen, trank einen kleinen Schluck und sah, von den anderen unbemerkt, so hoffte sie, in die Empfangshalle, wo sie einen Schatten wahrzunehmen meinte. Natürlich lauschte Gerlinde. Es ging um ihren Liebhaber. Und nein, dachte sie dann, es ging nicht um Gerold von Beukenberg. Es ging um sie. Hatten nicht alle im Salon auf sie gewartet? Nacheinander starrte sie in alle Gesichter am

Tisch, in das des Soldaten zuletzt. Nach wenigen Sekunden schlug sie die Augen nieder und wusste nicht so recht, ob sie das tat, weil sie den fragenden Blick nicht ertrug oder weil man es von einer jungen Frau erwartete.

«Wenn ich fragen darf», der Soldat rührte einen Löffel Zucker in seinen Kaffee, «haben Sie je mit Gerold von Beukenberg gesprochen?»

«Sicher», sagte Florentine und begriff, dass es tatsächlich nicht um Theodor oder Vater oder Mutter ging. «Bei Familienfesten. Auf der Straße sicher auch einmal. Aber da haben wir uns nur kurz gegrüßt. Wie man das macht, wenn sich die Familien kennen.»

«So gut kennen sich die Familien vom Baum und von ...» Vater machte eine Pause nach dem von in von Beukenberg. Florentine fragte sich, warum. Wollte er dem Befrager gegenüber demonstrieren, dass seine Familie den Adelstitel viel länger trug als die von Beukenbergs? Das tat er für gewöhnlich nicht. Aber für gewöhnlich saßen auch keine Militärangehörigen am Frühstückstisch.

«Die vom Baums und die von Beukenbergs hatten gar nicht so viel miteinander zu tun», sagte Vater. «Aber hin und wieder, natürlich, begegnete man sich. Ich habe Gerold schon seit vielen Wochen nicht gesehen. Vielleicht seit Monaten. War er nicht in den Kolonien?»

«Ja», sagte der Offizier, «das war er.» Dann hob er die Hände. «Entschuldigen Sie bitte noch einmal mein frühes Eindringen», sagte er. «Ich bin Ihnen dankbar für die Erklärungen. Jetzt muss ich auch weiter, es gilt schließlich, einen ruchlosen Mord aufzuklären.»

Vater erhob sich ebenfalls. Alle anderen blieben sitzen.

Als die beiden in der Halle waren, wandte sich Florentine ihrem Bruder zu. «Hat er dir auch Fragen gestellt?»

«Nein», sagte Theodor, immer noch grinsend. «Er ist davon ausgegangen, dass dein natürliches Interesse an einem jungen Mann größer ist als meins.» Florentine hatte nicht wenig Lust, ihn zu ohrfeigen.

53.

Friedrich verbarg sich hinter einer der Säulen des Alten Museums. Von hier, vom Ende des Säulengangs aus, konnte er über den Spreekanal das Zeughaus sehen und hatte überdies einen freien Blick über die gesamte nördliche Fassade des Schlosses, wenn er das riesige Denkmal des dritten Friedrich Wilhelm ignorierte. Viele Leute waren unterwegs, unter ihnen mehr Beamte, bürgerlich Gekleidete und Angehörige des Hofes als einfaches Volk. Man gab sich geschäftig und wichtig, nickte einander zum Gruße zu, deutete eine Verbeugung an, um sich dann aber trotzdem nicht aufhalten zu lassen im Tagesgeschäft.

Das Schloss, erkannte Friedrich, war ein Gebäude wie viele andere.

Größer natürlich. Viel größer.

Er war nicht zum ersten Mal hier, hatte es nicht nur im Vorüberfahren wahrgenommen bei seinen vielen Fahrten durch die Stadt, sondern immer wieder genau hingesehen und sich gefragt, wie es sich hinter diesen Mauern wohl lebte. Wie lebt ein Kaiser, wenn er nicht gerade einen

Einsatzbefehl gibt, um einen Aufstand in den Kolonien niederzuschlagen? Gibt er selbst ihn überhaupt? Muss er darüber nachdenken, ob er zum Frühstück ein gekochtes Ei essen möchte oder vielleicht zwei? Oder werden ihm die Eier gleich gekocht und gebraten auf den Tisch gestellt? Lässt sich der Kaiser Musik vorspielen? Erfreut er sich daran? Hat der Kaiser Bauchschmerzen, wenn er zu viel gespeist hat?

Und er lebt tatsächlich in diesem Gebäude, dachte Friedrich. Hatte der Kaiser ein Badezimmer oder mehrere? Hatte seine Gemahlin ein eigenes? Sagte der Kaiser Sätze wie: «Ich gehe nach Hause», und meinte damit dieses monströse Bauwerk? Dort lebte er, das wussten alle in Deutschland, obwohl alle ebenso wussten, dass es ihn auch immer öfter woandershin zog. Er regierte doch auch schon sehr lange.

Das Gebäude, dessen schiere Größe und Wucht kaum in Metern oder Zimmern zu messen war, ließ sich jedenfalls nicht einfach in die Luft sprengen. Und wie gelangte man überhaupt hinein? Irgendwo an einer Ecke Schaden anrichten wollen ist ungefähr so, als würde der Ochse im Stall von einer Mücke gestochen, dachte Friedrich. Während er noch über das Bild mit dem Ochsen nachdachte, sah er jemanden zielstrebig auf sich zukommen.

Douala, 11. April 1941

Mein lieber, lieber Theodor,

nun habe ich das Schreiben dieses Briefes immer und immer wieder aufgeschoben. Mir hat auf der einen Seite der

Mut gefehlt, nachzufragen, die Fragen überhaupt in Worte zu fassen, sogar schlicht darüber nachzudenken, was in Europa und in meinem geliebten, ja durchaus, meinem geliebten Deutschland geschieht. Und zum anderen scheinen die Wege, die wir gefunden haben, uns zu schreiben und einander Briefe zu senden, durch den fürchterlichen Krieg weitgehend unterbrochen. Du warst doch immer sehr erfindungsreich darin, Schiffe und Reisende auszumachen, die früher oder später hier in Douala anlanden würden, viel besser als ich hier auf meiner Seite. Habe ich Dir überhaupt je anvertraut, dass ich jeden einzelnen meiner Briefe an Dich in einer weiteren Ausgabe besitze? Jedes Wort habe ich säuberlich abgeschrieben, um einen möglichen Verlust auf der langen und schwierigen Reise aufzufangen.

Seit einem Jahr hast Du nichts mehr von mir gehört, mein lieber Theodor. Dabei hast Du selbst mir seither schon dreimal einen Brief zukommen lassen. Der letzte liegt nun aber auch schon mehr als ein halbes Jahr zurück. Allerdings weiß ich, ich spüre das, dass Du mich nicht aufgegeben hast.

Es gibt einen Grund, warum ich diese Courage nun wiedergefunden habe. Ich habe mich nämlich verabschiedet von dem Gedanken, dass all dies, was sich nun abspielt, in Europa und darüber hinaus, mit meinem, mit unserem Tun zu verbinden sei. Gewiss ist es so, dass wenn irgendwo ein Baum gefällt wird, ein Vogel eine neue Heimat sucht, und das also alles einen Anfang und eine Fortführung in sich trägt. Nichts geschieht schließlich ohne Grund. So wie wir auch Anlass genug hatten zu handeln, wie wir es taten.

Und doch gibt es Dinge, das habe ich gelernt in den Jahren, seit ich Dein Deutschland, mein Deutschland verlassen musste, die eben geschehen. Sich einfach ereignen. Das ist in der großen Geschichte so wie im kleinen Miteinander. So ist es zum Beispiel gar nicht von Belang, ob ich meine wundervolle Tochter Florentine anleite, ihre Umgebung zu erkunden, mein lieber Theodor. Sie wird es tun, gleich ob ich ihr helfe, den Brunnen auf unserem Besitz zu finden und zu betrachten und sich zu fragen, welche Funktion er hat und wie er genutzt wird. Dann muss man sicherlich achtgeben, dass sie in ihrem Erkenntnisdrang, Florentine ist sehr aufgeweckt, nicht zu weit geht, denn der Brunnen ist tief. Das Beispiel mag Dich nicht ganz überzeugen, aber es liegt eine Wahrheit darin verborgen. Natürlich bin ich stolz auf Florentine und auf ihre Gescheitheit. Nur sollte ich mir nicht zu viel einbilden darauf, dass alles, was sie anstellt, in meinem Namen geschieht. Und ist es mit anderen Geschehnissen im Leben nicht ebenso?

Sie sprechen hier jetzt überall vom Weltkrieg, und dann noch, mit Blick auf den Großen Krieg, der 1914 begann, vom Zweiten. Und alle sehen doch, dass dieser wohl noch größer wird als der erste. Mein Onkel, der klare, aber auch abwesende Momente hat und von dem ich glaube, dass er, so sehr alt, wie er ist, nicht mehr lange bei uns sein wird, er sagt, dass nun Soldaten aus allen fünf Kontinenten im Einsatz sind. Selbst in meiner Heimat sind Tausende angeworben worden von den Franzosen. Viele haben sich dagegen gewehrt, denn sie sehen, dass Deutschland Frankreich überrannt hat im letzten Jahr. Und ich kenne einige, die sich dem Dienst an der Waffe durch Flucht in die Berge entzogen haben. Ihnen ist gleich, wer den Krieg gewinnt und wer verliert, aber sie wollen nicht sterben, nur weil die Franzosen es ihnen befehlen. Ohnehin gibt es für die Zerstörungen, die die Deutschen in Frankreich angerichtet haben, hier und dort durchaus Spott zu hören, natürlich nur sehr leise und wenn ganz sicher kein Franzose in der Nähe steht und mithört. Aber hier treten sie auf, als gehörte ihnen die Welt, und da sehen die Leute hier nun, wenn sie denn das Geschehen in Europa verfolgen, dass auch sie Schmerzen haben und dass sie sterben können genau wie wir.

Das alles schreibe ich auf, weil ich darauf blicke, was ich in der Vergangenheit wahrgenommen habe, und vielleicht verliere ich mich gerade in Betrachtungen, die Dich, mein lieber Theodor, nicht überzeugen können. Aber was ich nun zu verstehen glaube, ist, dass da eine Unausweichlichkeit existiert, die man mit nichts verändert, möglicherweise allerdings ein wenig verschiebt. Wie lange habe ich gelebt mit dem Gedanken an meine, an unsere Schuld. Und ich gelange doch zu der Erkenntnis, nach all den Jahren, dass ohnehin geschehen wäre, was geschehen ist. Für den ersten Großen Krieg hatte es des Anlasses gar nicht bedurft, er wurde gesucht. Wäre der Monat Juni 1914 anders verlaufen in Berlin, dann hätte man einen anderen Anlass gefunden. Und hat es nicht Sarajevo gegeben?

Wenig, vielleicht gar nichts, interessiert mich so sehr, wie Deine Ansichten dazu zu lesen, mein lieber Theodor. Und dabei weiß ich noch gar nicht, auf welchem Weg ich diesen Brief aufgeben werde. Ich werde sehr genau sein und manchen im Hafen ansprechen. Dies sind gefährliche

Zeiten, und ein Schiff, das aufbricht, ist noch lange nicht angekommen.

Zunächst verbleibe ich mit dem Ausdruck meiner tiefsten Freundschaft, Dein Joseph Ayang

54.

Es war gar nicht so einfach, einmal um dieses Schloss herumzuspazieren. Joseph hatte die Kurfürstenbrücke überquert und blickte an der Spree entlang zum Dom hinüber. Die Residenz grenzte hier an den Fluss und bot dem Kaiser und seiner Familie die Möglichkeit, über Treppen direkt ans Wasser zu gelangen. Also konnte er das Ufer nur an der gegenüberliegenden Seite entlanggehen. Aber dort stand eine Gruppe von Männern beisammen, Uniformierte, wobei er die Uniformen nicht zuordnen konnte, Wohlgekleidete, Bedienstete des Schlosses möglicherweise, denn er nahm an, dass die Häuser auf der anderen Flussseite solchen Leuten zur Verfügung gestellt wurden. Ihm fehlte der Mut, dort entlangzugehen, zu sehr plagte ihn noch die Erinnerung an die Szene im Tiergarten, wo Ernst und er zurückgewiesen worden waren. Ohnehin gab es dort nichts zu sehen als die dem Fluss zugewandte Fassade des Schlosses, die für sie nicht von Bedeutung war. Also entschied Joseph, auch den Block jener Häuser zu umrunden, um zur nächsten Brücke, jener am Dom, zu gelangen.

Bislang hatte er nicht gefunden, wonach er suchte. Es musste unter den Zugängen zum Schloss auch jene geben, die nicht den vornehmen Gästen des Kaisers vorbehalten waren. Mindestens einer musste es sein, durch den Alltäglichstes hinein- und der Müll hinausgetragen wurde. Und genau dort würde das Schloss auch betreten, wer bestimmte Arbeiten zu erledigen hatte, denn auch im Schlosskeller gab es Ratten, gerade am Fluss, und wo gekocht wurde, gab es Ungeziefer, selbst am Kaiserhofe. Wer mochten diese Leute sein, die den Kaiser mit Sicherheit nie zu sehen bekamen und um die umgekehrt er sich keine Gedanken machte?

Gleich würde er vor dem Dom stehen. Und obwohl er seinen besten Anzug angetan hatte, fühlte er sich unwohl. Es war ein Nachmittag in der Woche, und die Herrschaften, die hier auf und ab spazierten, taten so, als gehörte ihnen der Dreck unter den Sohlen. Die Wichtigkeit ihrer Existenz war ihnen schon an der Haltung abzulesen. Der dort zum Beispiel, Gehrock, Zylinder und Stock, den Bart nicht zu vergessen, den gezwirbelten, war stehen geblieben, um ihn zu mustern, ihn, Joseph, und stehen geblieben nur zu diesem Zweck.

Joseph ging weiter. Unauffällig, vorsichtig, aber wann war er schon unauffällig? Auf der Höhe des Doms fand er, was er gesucht hatte. Kleine Vorbauten, ein separater Eingang, etwas verborgen, kein Vergleich mit den großen Portalen. Soeben wurde ein Pferdewagen von einem Uniformierten durchgewinkt, gerade noch vermochte er die Plane eines Milchhändlers zu erkennen. Bleib nicht zu lange stehen, sagte er sich und ging weiter. Zunächst bis zur Schlossbrücke, dann drehte er sich zum Tor an der Schlosskapelle. Es blieb nur jener Eingang, den er eben bemerkt hatte, er war es, den sie suchten. Denn weder auf dieser Seite noch um die Ecke am Schlossplatz mit seinem Brunnen, wo er seinen Rundgang begonnen hatte, würden einfache Bedienstete das Stadtschloss betreten.

Mittlerweile war er an dem riesigen Denkmal angekommen, das zwischen Schloss und Kupfergraben errichtet worden war. Joseph hatte es im Vorübergehen schon früher wahrgenommen, aber nie einer genauen Betrachtung unterzogen. Reiterdenkmal vor Kolonnaden. Ein dicker Mann mit Bart und Pickelhaube saß auf einem Pferd, das gar nicht so kräftig aussah, als könne es den schweren Mann tragen, der vielleicht zwei- oder gar dreimal so groß war wie Joseph selbst, mit Umhängen und weit fallenden Gewändern. Frieren würde der nicht dort oben. Neben ihm stand eine junge Frau, auch sie riesenhaft, die es nicht so gut getroffen hatte. Sie hielt das Pferd am Zügel, damit der dicke Mann diese Verantwortung nicht selbst übernehmen musste. Der Zweig, den sie in einem Arm trug, würde allerdings nicht dabei helfen, den Gaul unter Kontrolle zu halten. Wirklich verstörend aber war, dass diese Frau, die doch eine arge Last zu schultern hatte, wenn auch nur im übertragenen Sinne, nichts an den Füßen trug. Im Gegensatz zu dem Reiter, der selbst einen deutschen Winter lebend überstehen würde, käme sie selbst kaum über die nächste Brücke. Wirklich und vollends irritierend allerdings war, was ihnen zu Füßen gelegt worden war. Vier Löwen brüllten die Welt an, in alle Himmelsrichtungen, unter ihren muskulösen Leibern Waffen und Gewänder, wohl erbeutet von fremden Heeren. Diese Löwen hatten es den Deutschen angetan. Nicht zum ersten Mal sah er sie aufgestellt. Irgendwo, ganz in der Nähe, hatte er sogar Reiterstatuen gesehen, die Löwen aus dem Sattel mit dem Schwert besiegten. Dabei gab es hier doch gar keine Löwen. Ernst könnte das erklären, dachte Joseph, drehte sich um und machte sich auf, Friedrich zu suchen, der irgendwo am Lustgarten auf ihn wartete. War es vielleicht die Sehnsucht nach den Löwen, die sie dazu trieb, so einen großen Teil Afrikas zu unterwerfen?

Douala, 14. April 1941

Mein lieber, lieber Theodor,

wie voreilig ich war, den letzten Brief abzuschließen. Ich habe Dir gar nicht erzählt, dass ich einen Austausch begonnen habe mit Nashilongweshipwe.

Und das ist kein anderer als der, den Du als Ernst in Erinnerung haben wirst, mehr aus meinen Erzählungen denn aus eigenem Erleben. Wir haben eine Korrespondenz begonnen, die von dem finnischen Geologen, von dem ich Dir erzählte, übermittelt wird. Also habe ich ihm und er mir jeweils zweimal geschrieben. Und ich will hier auch nicht zu viel verraten, aber ich weiß, dass Nashilongweshipwe ganz besonders interessiert nachgefragt hat, ob denn Friedrich Smith tatsächlich noch in Tunis lebe. Ich habe ihn natürlich wissen lassen, was ich von Dir gehört habe. Und stell Dir vor, mein lieber Theodor, Nashilongweshipwe hat eine Möglichkeit gefunden, sich auf einem Schiff zu verdingen als einfacher Matrose. Dabei ist er wahrlich kein junger Mann mehr, doch stark, in jeder Hinsicht, ist er immer gewesen. Und ich habe dir ja erzählt, dass dieser Mann einfach tut, was er will. Und also scheint es nun, dass er sich auf den Weg nach Tunis macht, um dort nach Friedrich Smith zu forschen.

Ich will diesen Brief nun auch schon abschließen. Lass unbedingt Florentine darum wissen, was geschieht.

Natürlich verbleibe ich mit dem Ausdruck meiner tiefsten Freundschaft, Dein Joseph Ayang

55.

«... und dass du dich jetzt für Landwirtschaft interessierst.»

Juliane hatte sich viel Zeit genommen. Die jüngere der beiden Cousinen Florentines war ein kleines Plappermaul, aber je mehr sie redete, desto weniger musste Florentine sich selbst öffnen. Sie waren in einer kleinen Kutsche auf dem weitläufigen Gelände des Hofs unterwegs, den Vaters Bruder Ottokar vom Baum seit beinah 25 Jahren leitete. Als ältester Sohn hatte er ihn übernommen, und er produzierte alles, was der Boden hergab, vor allem Getreide und Obst.

«Ich habe mir das alles so oft angesehen», sagte Juliane und gab dem alten Gaul, der die Kutsche zog, einen mit der Reitpeitsche aufs mächtige Hinterteil. Das Tier wurde langsamer, weil es bergauf ging, eine sanfte, lange Steigung. Oben angekommen, verschnaufte es und hielt dann schnell an, als Juliane die Zügel bediente. «Schau», sagte sie. «Das gehört alles uns.» Sie zeigte über das weite Land. «Unser Gold, wie Papa immer sagt. Haha, das hast du noch nicht gehört, du Stadtkind. Das ist der Weizen. Wir haben das Glück, dass hier alles wächst. Wirklich alles.» Juliane fuhr fort, zu erklären, dass ohne Leute wie ihren Vater die Menschen hungern müssten und dass eine Stadt wie Berlin, die ja im Wachstum begriffen sei, nur existieren könne wegen Leuten, die sie versorgten.

Florentine hörte gar nicht hin, sie dachte an den eigenen Vater. Er verstand sich nicht so gut mit Ottokar. Ohnehin war es stets ausgemacht gewesen, dass er als Zweitältester eine andere Laufbahn hatte einschlagen müssen als der Bruder. Wissenschaftliches Studium, Großvaters finanzielle Unterstützung, die Kredite beim Aufbau des Geschäfts, all das war gang und gäbe als Thema beim Abendessen oder bei Familienfesten, auf denen Ottokars Zweig nicht so oft erschien. Wie Vater nämlich nur hinter vorgehaltener Hand aussprach, konnten sich die Brüder nicht ausstehen. Als Kind hatte sie gedacht, wie traurig es war, dass ausgerechnet Vater und sein Bruder kein enges Verhältnis zueinander hatten. Erst in den letzten Jahren begriff sie mehr und mehr, wie ganz anderes als persönliche Abneigungen eine entscheidende Rolle darin spielte, wie die Brüder aufeinander blickten. Mutter war stets vorsichtig, wenn man sie fragte, warum Besuche zwischen den beiden Familien oft nicht einmal zu hohen Festen wie Weihnachten stattfanden. Einmal sprach sie, da war Florentine noch ein halbes Kind, von fehlender Zeit und langen Wegen, und das zweite stimmte auch, wie sie eben gesehen hatte, als sie mit dem Zug nach Nauen und von dort mit der Pferdedroschke bis zum Hof gefahren war. Doch da war es ihr aufgegangen, dass man nicht immer die Wahrheit sagte, weil die Wahrheit manchmal nicht leicht ausgesprochen werden kann. Und ihr war bewusst geworden, dass es mehr gab als Zu- oder Abneigungen unter Menschen, die das Verständnis des anderen prägten. Florentine nannte dies damals für sich die politische Welt. Denn eigentlich wusste sie schon damals mehr über Vater, als der ihr und seinen Freunden und Nachbarn gegenüber zuzugeben bereit war. Einmal, da war sie möglicherweise erst zwölf oder dreizehn Jahre alt gewesen, also noch wirklich jung, da hatte Vater zu Mutter auf der Terrasse gesagt, dass die Sozialdemokraten, und sie erinnerte sich noch genau an diese Formulierung, «eigentlich fast immer im Recht sind, gleich worum es geht». Und, das hatte er auch noch gesagt, es dürfe einfach niemand wissen, dass er so denkt.

Juliane hatte derweil darüber zu plaudern begonnen, was sie sich für ihre eigene Zukunft vorstellte, nämlich die Heirat mit jemandem, der einen Hof hat, der mindestens so groß war wie der von Onkel Ottokar, wobei, das schränkte sie ein, es da gar nicht so viele gebe. Und dass sie, obwohl noch jung, sie war siebzehn, auch schon für die Heirat bereit sei. Was das auch immer bedeutete.

Florentine verhielt sich wie ihr Vater und sagte nicht, was ihr dazu einfiel. Sie redete nicht über die Suffragetten und nicht über Adele von Schuld und nicht darüber, was sie als Verrat an ihren Ideen verstand, nämlich deren bevorstehende Heirat mit diesem eher gut aussehenden Mann ohne Bart, hieß er nicht von Schmidtheim? Ihr wurde ganz übel im Bauch und schwindlig im Kopf, wenn sie daran dachte, dass sie bald schon die Verlobungsfeier besuchen musste.

«Und warum willst du das jetzt alles sehen?», fragte Juliane nun ganz offen.

Das war eine berechtigte Frage, und Florentine hatte sich genau überlegt, was sie darauf antworten würde. «Weißt du», sagte sie, «Vater sucht für mich schon seit Langem einen Mann zum Heiraten ...»

«Ich habe mich auch schon gewundert», wurde sie mitten im Satz unterbrochen, während Juliane dem Gaul wieder aufs Hinterteil hieb. «Es ist bei dir ja nun wirklich allerhöchste Zeit.»

«Ja ...», sagte Florentine und unterdrückte das Bedürfnis, der Cousine eine schallende Backpfeife zu geben. «Da hast du wohl recht. Ich will aber außerdem noch einfach ein bisschen mehr wissen über die Welt. Mehr als man in Steglitz wahrnimmt.»

«Das verstehe ich gut», sagte Juliane. «Und was kann ich dir hier noch zeigen?»

«Dünger.» Florentine sprach das Wort aus und hatte Mühe, nicht zur Seite zu blicken, um die Reaktion Julianes zu betrachten. Sie tat ganz selbstverständlich.

«Dünger?» Juliane war so erstaunt, als hätte sie davon geredet, nie zu heiraten. Florentine reagierte nicht, und Juliane sagte: «Na gut. Natürlich zeige ich den dir.» Dann gab sie dem Tier einen Schlag mit der Peitsche.

Douala, 25. April 1941

Mein lieber Theodor,

jetzt sind nur wenige Tage vergangen, seitdem ich den letzten kurzen Brief an Dich auf die Reise geschickt habe.

Und schon wieder setze ich mich hin und verfasse einen Brief, der, das kann ich jetzt schon voraussehen, nicht bemerkenswert sein wird im Umfang, eher schon seines Gehaltes wegen. Es wird Dir nicht entgangen sein, dass Nashilongweshipwe sich keineswegs von ungefähr auf dem Weg nach Tunis befindet. Seit Tunis in den Händen der Deutschen ist, wird zum Beispiel hier in Douala mehr und mehr darüber diskutiert, wie dieser Krieg wohl ausgehen möge. Und auch wenn ich selbst mich nicht sorge, dass Hitlers Armeen den Weg bis zum Golf von Guinea finden, dafür haben sie sich einfach zu viel vorgenommen, stelle ich mir doch die Frage, ob ich nicht wie Nashilongweshipwe meinen Teil dazu beitragen sollte, die Nazis zu bekämpfen. Weißt du, lieber Theodor, dass ich dieses Wort, Nazis, noch nie aufgeschrieben habe? Das war mir eben aufgefallen, als ich diese Buchstaben zu Papier brachte.

Das ist schon alles, was ich Dir mitteilen möchte. Denn im Grunde bin ich entschieden. Und das alles lass bitte Florentine wissen. Mehr, so hoffe ich, muss sie doch gar nicht hören. Vielleicht besteht die Gelegenheit, dass wir uns tatsächlich wiedersehen. Alle vier. Wieder zusammenkommen. Es gibt sehr viel zu tun.

Und bitte, mein lieber Theodor, ich erinnere mich an Deine Haltung, Florentine zu beschützen, als der ältere und erfahrenere Bruder, der Du warst und immer noch bist und auch stets bleiben sollst. Vertrau einfach darauf, dass Deine Schwester eigene Erfahrungen gemacht hat, die Deine in mancher Hinsicht sogar in den Schatten stellen. Florentine soll entscheiden, wie sie die Lage versteht und was sie also anstrebt.

Verzeih mir bitte diesen altväterlichen Ton. Du kannst Dir sicher sein, dass ich stets an Dich denke, und verbleibe wie immer mit dem Ausdruck meiner tiefsten Freundschaft, Dein Joseph Ayang

56.

Sie nannten die Adresse Hafenplatz, dabei war der Schöneberger Hafen nicht viel mehr als ein Becken für Boote, die nicht mehr in Betrieb waren. Leutnant Peterhardt ließ sich immer wieder von Berlin und seiner schieren Größe irritieren. Das Viertel, auf das er blickte, nannten sie Geheimratsviertel, dabei sollte es, so hatte er sich sagen lassen, eher Geheimratswitwenviertel heißen. Das Telefonat, das er am Vortag mit der Witwe Vogel geführt hatte, hatte ihn ebenfalls irritiert. Gewiss hatte er Verständnis dafür, dass die Frau nicht in Jubel ausbrach, als er sich ankündigte, um mit ihr über den Tod des Sohnes zu reden. Aber er hatte sie beinah drängen müssen, bis sie schließlich bereit gewesen war, ihm den Besuch zu gestatten, genau, das war sein Eindruck gewesen, dass sie ihm eine Audienz gewährte. Wenn es nicht unter diesen Umständen geschehen wäre, immerhin hatte sie gerade unter sehr wenig erfreulichen Umständen ihr Kind verloren, hätte er Frau Vogel daran erinnert, wer er war und dass sie ihm mit ein wenig mehr Respekt gegenüberzutreten hatte. Aber dass sie der Polizei bereits Rede und Antwort gestanden hatte, darauf hatte sie in einem Tonfall hingewiesen, als seien dies genug der Worte gewesen für alle Zeiten.

Der Aufzug bewegte sich stotternd nach oben, und Peterhardt bereute, dass er für die beiden Etagen nicht die Treppe genommen hatte. Auf dem Flur roch es nach Kohl und Gebratenem. Hohenstein stand auf dem Klingelschild, hinter dem er das Geklapper von Töpfen und metallenem Gerät vernahm. Er klopfte bei der Witwe Vogel. Nichts rührte sich.

Peterhardt zählte bis zwanzig, dann hieb er die Fingerknochen mehrere Male gegen das Holz, die Klingel, die einen zerrenden tiefen Ton erzeugte, ließ er kurz darauf folgen. Er klopfte noch einmal sehr nachdrücklich, als die Tür zur Nebenwohnung geöffnet wurde. Sofort dominierte der leckere Geruch von gebratenem Schweinefleisch seine Aufmerksamkeit. «Die Frau Vogel», sagte die stämmige Person mit der Schürze über dem Rock, «die ist heute noch nicht rausgegangen. Das hätte ich doch gehört.» Sie kniff die Augen zusammen und sah ihn an.

«Ich hatte mich angekündigt», sagte Peterhardt.

«Ja», sagte Frau Hohenstein, sicher auch sie eine Witwe. Dann senkte sie erneut die Augenlider. «Sie sind doch vom Militär. Dann wissen Sie ja ...»

«Ich weiß.»

Der Aufzug setzte sich ratternd nach unten in Bewegung.

«Das ist für die Frau Vogel ein schrecklicher Verlust, wissen Sie.»

«Das ist es immer.»

«Nein», sagte sie. «Ich meine, weil er der einzige Sohn war.»

Der Aufzug kam scharrend und kratzend zurück nach oben.

Peterhardt fiel auf, dass er sich um die Familienverhältnisse nicht gekümmert hatte. Sicher stand dazu etwas in den Polizeiakten, die er doch studiert hatte. Er hatte die Kollegen, die für die Ermittlung zuständig waren, nur einmal gefragt, ob sie etwas vermuteten, das über Eifersucht, Raubmord oder eine willkürliche Wahnsinnstat hinausgehen mochte, und sie hatten sich nicht eindeutig geäußert.

Der Aufzug kam zu einem Halt, die Tür öffnete sich, und leicht gebückt erschien ein junger Mann, von hier war der nicht, der den Zylinder erst vom Kopf nahm, als er sah, dass Frau Hohenstein im Gespräch mit ihm vor der Wohnungstür stand. Der Mann nickte förmlich in Peterhardts Richtung, vermied damit eine gesprochene Begrüßung, dann sagte er in bestem Deutsch und ganz akzentfrei: «Frau Hohenstein», und schob sich geschickt in die offene Wohnung hinein.

«So ein netter junger Herr», sagte Frau Hohenstein. Und leiser dann: «Man sieht es ihnen nicht immer an.»

Peterhardt salutierte und ging dann die Treppen hinunter. Er wunderte sich immer noch darüber, dass die Witwe Vogel die eindeutig getroffene Verabredung nicht eingehalten hatte. Draußen blieb er kurz stehen, betrachtete die Bäume am Hafen, die in sattem Grün und in voller Blüte standen, als ihm der Gedanke kam, dass es ihr möglicherweise nicht gut genug ging, um ihm die

Wohnungstür zu öffnen. Frauen nahmen doch gern mal Chloralhydrat, wenn der Schlaf nicht kommen wollte. Mitunter sogar zu viel. Aber, so dachte er auch, man musste ja nicht gleich vom Allerschlimmsten ausgehen.

57.

«In der Küche darf ich Besuch haben», sagte Roderich und ließ Ernst durch die Hintertür hinein. Am großen Holztisch saß ein Mann in Winterjacke, viel zu warm angezogen für die Jahreszeit und das Wetter, die Ellbogen auf der Platte, den Kopf gesenkt, die Augen aber auf die Tür gerichtet.

«Das ist der Rudolf», sagte Roderich.

Rudolf legte den Kopf kurz zur Seite, was Ernst als Begrüßung verstand.

«Ein Wasser ist, was ich euch geben kann.» Roderich stellte zwei Becher auf den Tisch, füllte sie aus einem Krug. «Ich darf mich an den meisten Sachen hier bedienen, aber ich darf sie euch nicht anbieten. Da halte ich mich besser dran.» Er zeigte Ernst den Stuhl, auf den er sich setzen sollte.

Ernst nahm den Becher auf und trank einen Schluck. Dann zeigte er zuerst auf sein rechtes Ohr und danach auf eine der Türen, die ins Haus hineinführten. Roderich blickte ihn verdutzt an, aber Rudolf verstand sofort und stand schon auf.

«Dürfen wir uns im Garten aufhalten?», fragte Ernst.

Roderich zögerte. «Wenn wir uns im hinteren Bereich», er zeigte irgendwohin, «die Hecke ansehen, die ich für den Herrn zugeschnitten habe, dann wird uns wohl niemand verjagen.» Er ging zur Tür, öffnete sie und war schon draußen. Ernst und Rudolf folgten ihm.

Das Grundstück war größer, als es von außen erschien. Von der Straße aus reichte es bis in die Mitte des Geländes zwischen den beiden Parallelstraßen, die vom Botanischen Garten wegführten. Roderich blieb an einer Eibenhecke stehen, die in Form geschnitten war. Ernst brauchte einen Moment, bis er eine Feldkanone erkannte. Ja, das war es. Er sah Räder, zwei Stützbeine, die zu erkennen es allerdings einige Vorstellungskraft benötigte, und natürlich das Kanonenrohr, das schräg nach oben ragte. «Was soll das?», fragte er.

«Dem Herrn hat es gefallen. Also hat er es mir aufgetragen. Er besitzt eine Fabrik, in der so etwas hergestellt wird.»

«Irgendwann werden die auf uns gerichtet sein.» Das war Rudolfs erster gesprochener Satz. Dann schaute er Ernst an. «Du wolltest mich treffen?»

Ernst schilderte sein Interesse an den Vorgängen im Schloss, ohne zu deutlich zu werden. Die Zahl der Leute, wer eingelassen wurde, wer dies kontrollierte, alles ohne besonderen Eifer vorgetragen. Er wollte die Unterhaltung nicht zu früh zuspitzen. Rudolf hatte die Augen immer noch zu Boden gerichtet, drehte die Hände kurz, hob den Kopf um wenige Grad und senkte ihn wieder und redete dann doch nicht.

Ernst wartete, Roderich schwieg.

Es dauerte eine Minute, bis erneut Bewegung in Rudolf kam. Wieder drehte er die Hände und blickte dann tatsächlich auf. «Ich weiß, dass du weißt, wie ich denke. Sonst hätte er», sein Finger zeigte auf Roderich, «mich gar nicht erst gebeten, hierherzukommen. Weißt du überhaupt, was das für ein Aufwand war? An meinem freien Tag. Und wenn du wirklich wissen willst, was im Schloss geschieht, dann kann ich dir sagen, dass es Bücher gibt, da kann man es nachlesen. Aber dafür bin ich nicht hierhergekommen.» Rudolf wurde leiser mit jedem Wort. «Du musst mir schon sagen, was du wirklich willst.»

Ernst war nicht überrascht. Dem Mann war es anzusehen gewesen, dass er sich nicht wohlfühlte. Vielleicht war er einfach misstrauisch. Oder unsicher, weil er noch nie mit einem Afrikaner geredet hatte. Ernst hatte das oft erlebt. Und musste sich also entscheiden, weiterhin bei Andeutungen zu bleiben oder seine Zurückhaltung aufzugeben. Außerdem war es nötig, Rudolf die Möglichkeit zu geben, den Folgen des Plans zu entkommen, den er mit den drei anderen schmiedete.

«Wir wollen das Schloss in die Luft sprengen», sagte er so leise wie möglich.

Beide nickten, Rudolf wie Roderich, so als habe er vorgeschlagen, gemeinsam bei Tanzmusik und leichtem Bier einen Nachmittag in einem Gartenlokal zu verbringen. Das war entweder ein gutes Zeichen, weil sie das Ansinnen wenigstens für vernünftig hielten, oder ein sehr schlechtes, weil sie als Spitzel der Polizei noch die verrückteste Idee zu unterstützen vorgeben mussten, nur um ihn später zu verraten. Das würde er ohnehin erst erfahren, wenn es ernst wurde. Aber er täuschte sich nicht oft in den Menschen. Er sah keine Verräter vor sich.

«Das ist nicht so einfach», sagte Rudolf. Und begann zu beschreiben, was im Hof des Schlosses bei den Anlieferungen vor sich ging.

58.

Die Aromen des Frühsommerabends flogen an Florentine vorüber. Sie hatten Spandau längst hinter sich gelassen in Vaters neuem Benz. Ernst saß am Steuer und sie auf der hinteren Bank. Der Fahrtwind war frisch und noch warm zugleich, Florentine wischte sich den Schweißfilm mit der bloßen Hand von der Stirn und dachte an das Tuch, das sie zu Hause vergessen hatte. Mutter hatte ihr doch beigebracht, stets ein weißes Tuch griffbereit zu halten. Es gehört sich so, hatte sie zu ihr gesagt, als sie noch ein kleines Mädchen gewesen war, und dass man daran den Unterschied erkenne zwischen den Menschen mit Manieren und jenen, die es nicht so gut getroffen hatten. Die gewöhnlichen Leute fuhren sich mit der bloßen Hand über die Stirn und wer weiß wo noch. Mutter war darin deutlicher als Vater. Wenn es nach ihr ginge, wäre sie auch schon unter der Haube, wie man so sagte.

Gerade wünschte sie sich das Tuch zur Hand, um die kalte, feuchte Stirn abzutupfen. Wahrscheinlich war es die Aufgeregtheit, die ihr zu schaffen machte, mehr sicherlich als die warme Frühlingsnacht. Sie hatten sich Vaters Wagen genommen, nachdem alle im Haus zu Bett gegangen waren. Ernst hatte schon im Garten des Malers darauf gewartet, dass sie das Haus verließ.

«Wie oft hast du schon ein Automobil gelenkt?», fragte Florentine, während sie eine Chaussee entlangfuhren.

«Das ist mein erstes Mal.»

Sie versuchte, ihren Schreck zu verbergen. Ernst hatte sich ein wenig mühen müssen, das Gefährt ins Rollen zu kriegen, doch dann war die Fahrt reibungslos verlaufen. Es war nicht sehr anders als mit Viktor, ihrem Fahrer. Eigentlich fuhr Ernst überhaupt nicht anders, wenn sie das beurteilen konnte.

«Hast du nicht neulich gesagt, du wärst schon gefahren?»

«Da hast du mich missverstanden. Ich habe gesagt, dass ich mich mit Automobilen vertraut gemacht habe.»

«Bei welcher Gelegenheit?»

«Bei jeder sich bietenden. Schon in der Kolonie habe ich den Wagen, der dem Maler einmal von einem Farmer zur Verfügung gestellt worden ist, gestartet und bewegt, wenn auch nur für wenige Meter. Und hier in Steglitz ebenso. Man weiß nie, wo man das gestern Gelernte morgen anwenden kann.»

«Hmhm», machte Florentine. «Was ist das für ein Ort, den wir gerade passieren?»

«Wustermark.»

Wenn dies Wustermark war, dann hatten sie ihr Ziel bald erreicht. «Dann sind wir gleich in Wernitz», sagte sie.

Kurz darauf bog Ernst ab, dann bald erneut und rollte nun sehr langsam über einen holperigen Weg. Es war dunkel jenseits des Lichtkegels der Scheinwerfer, und Florentine konnte kaum unterscheiden zwischen den Formen, die sie schemenhaft zu erkennen meinte, und jenen, die möglicherweise nur in ihrer Einbildung existierten. Es war nicht weit bis zu der Scheune, in der die Säcke mit dem Dünger gelagert waren. «Sollten wir die Lichter nicht löschen?», fragte sie.

«Ich werde sie gleich ausstellen.» Ernst reduzierte das Tempo noch einmal. «Ich möchte uns aber nicht in einen Graben fahren.»

Die Scheune war so weit vom Haupthaus entfernt, dass man die Scheinwerfer von dort aus nicht sehen konnte. Aber den Alltag auf einem Gut kannte Florentine nicht, und ob hier in der Nacht patrouilliert wurde, um was auch immer zu verhindern, vielleicht tatsächlich den Diebstahl von Dünger, das wusste sie nicht. Mehr fürchtete sie allerdings, dass der Motor des Wagens zu hören war. War es möglich, dass das ganze Herrenhaus schon wach und auf war wegen ihnen?

Ernst schaltete die Scheinwerfer nun aus. Der Untergrund wurde ebener, und dort hinten erkannte sie die Umrisse der Scheune.

«Willst du auf der Rückfahrt auch hinten sitzen?», fragte Ernst, als er den Wagen zum Halten gebracht hatte. «Ich frage wegen der Ladung.»

«Ich bleibe hinten. Wir nehmen so viel, wie wir transportieren können», sagte sie. «Nicht wahr?»

«Ich denke, das sollten wir tun.»

«Aber was», fragte Florentine, «was, wenn uns eine Streife anhält?»

«Dann musst du uns mit Beredsamkeit retten.»

Florentine horchte in die Umgebung hinein. Außer einem flachen Schnaufen des Motors, kaum noch zu hören, war da nichts, was darauf hinwies, dass von ihnen Notiz genommen worden war.

«Aber so einen großen Wagen», sagte Ernst nun, «den halten sie gar nicht erst an.»

59.

Mit dem Rücken zur Villa vom Baum vermaß Leutnant Peterhardt die Gegend. In all diesen Häusern hier hatte er sich entweder vorgestellt und Herrschaft wie Gesinde befragt oder es wenigstens versucht. Er hatte keine polizeilichen Vorrechte, doch wenn er in Uniform vor der Haustür stand, ließ man ihn normalerweise ein. Hier stand eines leer, die Kopie eines Landhauses, als Miniatur, zumindest schien es nicht bewohnt. Von einer Seite hatte man durch die Fenster wahrscheinlich einen unverstellten Blick auf das vom-Baum'sche Anwesen. Er betrat das Grundstück und klopfte. Aber welke Blätter, die wohl der Wind vor der Tür aufgehäuft hatte, kündeten davon, dass ihm niemand öffnen würde.

In zwei Häusern hatte Peterhardt sogar erneut um Einlass gebeten, Blickachsen rekonstruiert und Fragen gestellt, ohne entscheidende Erkenntnisse zu gewinnen. Er hatte nur die Aussage der alten Frau von Rosshoff, die sich aber wiederum sehr sicher war, den von Beukenberg bei den vom Baums aus dem Fenster klettern gesehen zu haben. Nun drehte er sich, noch vor der Tür der verwaisten Villa, einmal um die eigene Achse und dachte nach. Er würde diese Parallelstraße entlangspazieren, hinter der

Villa der vom Baums, und schauen, ob sich etwas ergab, ein Gespräch möglicherweise oder ein neuer Gedanke. Wenn auch dies ohne Ergebnisse bleiben sollte, was er erwartete, musste er seine Möglichkeiten neu abwägen. Immerhin war er der Polizei gleich mehrere Schritte voraus. Die Aussage der Rosshoff hatten die nicht.

Die alten Bäume standen in voller Pracht, er kannte von keinem den Namen, das hatte man ihm nie beigebracht, aber sie verliehen dem Garten herrschaftliches Gepränge. Wer hatte schon jahrzehntealten Bestand auf seinem Gelände? Nur wer es sich leisten konnte, jemanden für ihre Pflege zu bezahlen. Wo arme Leute lebten, wurden Bäume in Krisen abgeholzt und verfeuert.

Wegen der mächtigen Kronen war es in dieser Jahreszeit nicht einfach, an den großen Villen vorbeizuschauen, um einzuschätzen, wie viel man hier vom Haus der vom Baums sehen konnte. Sowieso nicht von der Straße aus. Er hätte sich mit einem Katasterplan ausstatten sollen, dachte Peterhardt. Doch diese Villa hier, weiß, herrschaftlich, mit Portikus, sicher ein stilistisches Durcheinander das alles, nichtsdestotrotz mit viel Geld errichtet, von hier aus könnte man doch ...

Ein Hausmädchen trug den Abfall heraus. Sie war dunkelhaarig, bewegte sich anmutig über den hinteren Teil des Geländes und leerte den Blecheimer in einer hinter Büschen versteckten Ecke. Als sie wieder hervorkam, holte sie eine Stulle aus der Schürze und verbarg sich damit hinter einer mächtigen Eiche. Diesen Baum erkannte er natürlich.

Das Haus schien unbelebt, in den Fenstern war niemand

zu sehen, die Straße leer. Peterhardt ging mit schnellen Schritten über den Rasen auf die Eiche zu. Dabei achtete er auf Geräusche aus dem Haus, vernahm aber keine. Das Mädchen war zuerst erstaunt, ihn zu sehen, dann erschrocken, als er ihr eine Hand auf den Mund presste und mit der anderen ihre Brüste drückte. Die Stulle hatte sie schon fallen gelassen.

«Ganz leise», sagte Peterhardt und lockerte die Hand auf dem Mund, während er die Bluse aufknöpfte. «Ja?» Er bedeckte ihren Mund wieder. Als er die Hand erneut wegnahm, nickte sie. Er hatte keine Sorge, dass sie schrie. Diese Art von Mädchen schrie nie.

Er löste die unteren Knöpfe der Uniformjacke, ließ seine Hose ein Stück herab und legte die eine Hand des Mädchens um seinen Penis. Kurz darauf hatte sie Tränen in den Augen und seine Hinterlassenschaft auf der weißen Schürze. Das würde trocknen und einziehen. Die Kleine hatte allerdings genau gewusst, was sie tat, so viel hatte er gespürt. Sie erschien ihm nun auch älter als vierzehn, mindestens ein Jahr.

Erst als er seine Hose schloss und wieder richtete, erkannte Peterhardt, wo genau er sich befand. Hinter hohem Gebüsch lag die Villa der vom Baums direkt angrenzend an das Grundstück, auf dem er gerade stand.

«Wenn du mir jetzt hilfst», sagte er leise zu dem Mädchen, das sich die Tränen mit dem Rücken der sauberen Hand aus den Augen wischte, «dann will ich nett zu dir sein. Wenn du mir nicht hilfst, werde ich der Herrschaft erzählen, was du gerade getan hast. Verstehst du mich?»

Sie wimmerte als Zustimmung.

«Willst du, dass die Herrschaft davon weiß?»

Jetzt wimmerte sie als Beweis dafür, dass sie das nicht wollte. Sie musste die Arbeit behalten. Vielleicht war sie die Einzige in der Familie, die ein bisschen Geld heimbrachte. Das wusste man nie.

«Weißt du von dem jungen Soldaten, der dort», er zeigte auf das Fachwerkhaus, «nachts ein und aus gegangen ist?»

Ein kaum sichtbares Nicken.

«Zu wem ist er denn da gegangen?»

Sie erzählte ihm, was er wissen wollte.

60.

Die Instrumente waren nicht ausgepackt, der Flügel gar nicht erst geöffnet worden, als sie sich getroffen hatten. Es war kühl für Juni, Florentine hatte Gerlinde angewiesen, ihnen erneut heißen Tee auf der Terrasse zu servieren, wo sie im Halbkreis saßen und entweder in den Garten blickten oder, wie Florentine, ins Nichts. Es war immer noch traurig, Adele verloren zu wissen, und vor allem Gitti hatte immer und immer wieder betont, dass ihnen ein ähnliches Schicksal verwehrt bleiben möge. Das ist kein Schicksal, hatte Florentine gedacht, als sie die Freundin reden hörte, die sich jetzt zum Aufbruch bereitmachte, obwohl gerade Gerlinde mit dem neuen Tee kam. Walburga schloss sich an, und so blieb, wie oft, nur Emilie zurück.

Darauf hatte Florentine insgeheim gehofft. Sie goss Tee in zwei der Tassen, rührte einen halben Löffel Zucker in ihre und einen ganzen in Emilies, weil die es so am liebsten hatte. Schon während sie ihr die Tasse reichte, fragte sie: «Du warst doch auch schon im Schloss, nicht wahr, mit dem Lieferwagen, nicht wahr?»

«Ja», sagte Emilie, den Vokal lang gezogen, nahm die Tasse an und trank vorsichtig einen kleinen Schluck. Florentine konnte erkennen, dass Transportfragen ihre Freundin nicht auch nur im Ansatz interessierten.

«Wie läuft das genau ab, wenn der Wagen dort eingelassen wird?»

«Das habe ich dir doch erzählt.»

«Sag es mir noch einmal.»

«Da ist dieser Eingang, der an der Brücke, da fährt der Lieferwagen rein ...» Emilie redete fast tonlos und schlürfte an ihrem Tee. Dann hob sie den Kopf und fragte: «Warum willst du das jetzt wissen?»

Und Florentine erzählte es ihr. Das hatte sie sich vorgenommen. Sie erzählte von Ernst und Joseph und von Friedrich auch, wobei sie verschwieg, wie besonders gern sie sich in dessen Nähe aufhielt. Von den Soldaten und den Messern erzählte sie nichts, die Vorgeschichte würde sie Emilie zwar nicht verschweigen, aber auch nicht aufdrängen, und von der Siegesallee und dem gescheiterten Attentat musste Emilie in diesem Moment auch noch nichts wissen. Nur vom Schloss redete sie.

«Was?» Emilie ließ ihre Tasse fallen. «Was wollt ihr?»

Florentine hielt den Zeigefinger vor die Lippen, während schon Gerlinde durch den Salon gerannt kam. Sie hatte das Klirren gehört und fing an, wortlos die Scherben aufzulesen.

«Findest du es falsch?», fragte Florentine, als sich Gerlinde wieder zurückgezogen hatte.

«Ich habe noch nicht darüber nachgedacht.»

«Und wenn du es falsch fändest, würdest du es mir sagen?»

«Ganz gewiss.»

«Dann fang jetzt noch einmal an. Wie kommt der Lieferwagen ins Schloss?»

Die Freundin blickte ihr lange in die Augen, bevor sie tonlos wieder zu sprechen begann. «Ich kann natürlich nur berichten, was ich gesehen habe», sagte sie. «Ich bin vor etwa drei Jahren einmal mit einem Angestellten und meinem Vater ins Schloss gefahren. Der Angestellte liefert jeden Tag Früchte dort ab, die tags zuvor in Hamburg angelandet worden sind.»

«Ist es immer derselbe?»

«Meistens», sagte Emilie, und nun begann sie, alles im Detail zu beschreiben. So komme es auch vor, dass sie die Früchte zu zweit ablieferten, das hänge von der Menge ab, die zu transportieren sei. Und es könne, das habe sie bei Gesprächen am Tisch so gehört, zu Hause, auch nötig sein, dass jemand anders den Wagen fahre. Natürlich werde bei Tisch häufig darüber geredet, denn die Waren für den kaiserlichen Hof zu liefern sei von großer Bedeutung für das Geschäft ihres Vaters. Am Ende, so Emilie, sei diese Geschäftsbeziehung auch der Grund für die Verleihung des Adelstitels an ihren Vater gewesen.

«Wird der Lieferwagen denn kontrolliert?»

Der, in dem Emilie gesessen hatte, war nicht kontrolliert worden. Auch der, der vor ihnen ins Schloss eingelassen worden war, wurde einfach durchgewinkt. Aber es komme schon vor, wobei, sagte Emilie, man nicht genau wisse, wovon das abhänge. Darüber habe ihr Vater nie geredet.

«Wer fährt eigentlich den Wagen?»

Heinrich war sein Name. Heinrich Stucken. Emilie sagte, sie wisse gar nicht, warum sie den Namen überhaupt kenne. Es müsse wohl auch hier die Tatsache, dass Vaters Firma den Hof beliefere, diese Fahrten zum Gespräch bei Tisch machen.

«Und wo wird der Wagen beladen?»

Das geschehe am Nordhafen, in einem Lagerhaus, von wo aus Heinrich Stucken dann zum Schloss aufbreche, normalerweise früher als neun Uhr am Morgen. Vor Florentine erschienen Bilder in schneller Reihenfolge. Sie hielten den Wagen an. Sie zerrten Stucken heraus. Ernst fuhr den Wagen zum Schloss. Nein, Joseph fuhr ihn. Nein, Friedrich. Auch nein. Das würde alles nicht gehen.

Ihr wurde eiskalt, als sie begriff. Und musste sich konzentrieren, um nachzudenken und weiterzufragen.

«Trägt Heinrich Stucken einen Bart?»

In der Tat trage er den Bart so wie der Kaiser.

«Und die Kleidung?»

Anzug und Fahrermütze.

«Was ist eine Fahrermütze?»

Na, sagte Emilie, die sehe ein wenig so aus wie eine vom Militär. Nur dass sie nicht so steif sei im Stoff. Aber auch mit einem Schirm vorn. Gut, dachte Florentine, denn wenn Ernst und Joseph und Friedrich den Lieferwagen nicht übernehmen konnten, dann blieb doch nur eine Wahl.

61.

Die Witwe Hohenstein hatte er erst vor wenigen Wochen sagen gehört, dass man dem Begehren des Kastellans, auch noch ein Trinkgeld zu erhalten, unbedingt zu widerstehen habe. Friedrich erinnerte sich sehr gut daran, er hatte Teile ihres Treppenhausgesprächs mit der Witwe Vogel belauscht. Der unverschämte Kerl, hatte seine Witwe zu der anderen gesagt, halte einfach die Hand weiter auf, wenn er die fünfzig Pfennige für den Eintritt ins Schloss schon erhalten habe. Ihm gegenüber hatte sich der Kastellan korrekt verhalten. Er hatte ihn lange prüfend angeblickt, vielleicht einen Grund gesucht, ihm den Besuch des Schlosses zu verwehren, ihn aber schließlich eingelassen.

Auf den Treppen in die zweite Etage, der erste Stock war durch uniformiertes Personal gesperrt, denn dort befanden sich die Gemächer der kaiserlichen Familie, blieb er kurz stehen. Friedrich wusste, dass dieses Treppenhaus als Gigantentreppe bezeichnet wurde, und er fragte sich, ob sich der Name auf die Konstruktion bezog oder auf jene, die sie benutzten. Den Hohenzollern war alles zuzutrauen. Als er die Uniformierten passiert hatte, spürte er, zum allerersten Male, die Sinnhaftigkeit ihres Tuns, spürte Treppe und Mauern im Staub zusammenfallen. Und musste sich kneifen. Nichts war getan, und was geplant war, erschien ihm immer noch undeutlich und wenig durchdacht. Aber genau aus dem Grunde war er heute hier.

Durch eine hohe Rundtür gelangte er in einen riesigen

Raum, der durch ein Schild als «Schweizer Saal» ausgewiesen wurde. Friedrich sah Stuck, Deckenbemalung, prachtvolle Kristalllüster, doch die Leere ließ den weitgehend unmöblierten Saal wie einen übergroßen Vorraum erscheinen. Am einen Ende standen zwei feierlich aussehende Wachen vor einer geschlossenen, am anderen zwei weitere neben einer geöffneten Tür. Die Bedeutung war klar. Dort geht es nicht weiter, und da schon. Was Friedrich allerdings mehr interessierte als die Inneneinrichtung oder die Aufgabe der Wachen, waren die bodentiefen Fenster, die den Blick freigaben auf den kleinen Hof, der für sie von so großer Bedeutung war. Vorgeblich die Deckenfresken und Kronleuchter inspizierend, bewegte er sich, er war der einzige Besucher, zum am nächsten liegenden Fenster. Immer noch den Kopf nach oben reckend, blieb er stehen und blickte dann wie zufällig nach draußen. Gegenüber die alte Struktur des ersten, frühen Schlosses an der Spree, unten der Hof, gerade fuhr eine Kutsche mit Säcken darauf vor, Kartoffeln mochten darin sein. Zwei Männer sprangen vom Bock und begannen, die Säcke abzuladen. Je einen über der Schulter, verschwanden sie aus seinem Blickfeld ins Parterre genau unter ihm.

Was wäre zu tun, wenn dieser Tag der entscheidende wäre? Friedrichs Herz schlug schneller, als er begriff, dass dieser Tag nur zwei Sonnenaufgänge entfernt war. Doch was nun müsste geschehen, wenn er hier stünde und dort unten der Lieferwagen der Firma von Burgmer auftauchte? Bis hierher war er gekommen, ohne allzu viel Aufsehen zu erregen. Er war weder durchsucht noch einer anderen Sache verdächtigt worden als jener, nicht wie alle anderen auszusehen. Gewiss galten manche Blicke auch seiner feinen Kleidung. Im Falle des Falles also stünde er hier und schlüge die Fensterscheibe ein. Nicht infrage käme, die Verriegelung zu überprüfen. Die Bewegung allein, das Ausprobieren des Fenstergriffs dauerte seine Zeit und würde die Wachen auf den Plan rufen, die ihn, das war durchaus möglich, vielleicht jetzt schon misstrauisch beäugten.

Also musste mit Gewalt geschehen, was auf anderem Wege nicht durchführbar erschien. Das Glas also galt es zu zerschlagen und dann zu feuern.

Wenn Ernst recht hatte, dann ging die ganze Ladung sofort in die Luft. Auch und gerade der Saal, in dem er stand.

Geh weiter, Friedrich, sagte er sich.

Die anderen Säle mit ihren Bildern, Büsten und anderen Verherrlichungen der Hohenzollern interessierten ihn nicht. Doch ginge er nun zurück zum Treppenhaus, zur Gigantentreppe, dann mochte das seltsam erscheinen, verdächtig gar. Also wandte er sich zu jener offenen Tür, an der diese zwei Wachen, er erkannte es nun, ihn genau beobachteten.

62.

28. JUNI 1914

Joseph fühlte sich nicht wohl. Nicht hier, nicht jetzt, und schon gar nicht in dem Aufzug. Ein Blick auf Friedrich genügte, um zu sehen, dass es ihm nicht anders ging. Natürlich litt er in dieser Verkleidung.

Sie standen gegenüber der Entbindungsstation der Charité in der Auslassung einer Ziegelmauer, einander zugewandt, und Joseph war froh, dass er nicht sein Spiegelbild in einer Fensterscheibe sehen musste. Wie mochte es erst Friedrich gehen, der unruhig von einem Fuß auf den anderen trat? Er holte Luft, um etwas zu sagen, irgendetwas, nahm Joseph an, schwieg dann doch.

«Ich wünschte, er würde zurückkommen», half Joseph ihm aus, denn das war es, was sie beide wollten, gleich, was geschah. Diese Situation, in der sie waren, musste enden.

Arbeiter warten immer irgendwo, hatte Ernst gesagt. Schaut euch doch um, hatte er gesagt. Sie warten auf Arbeit, sie machen Mittagspause, sie lungern herum. Florentine hatte zugestimmt. Also hatte sie aus Emilies Fundus besorgt, was die beiden nicht allein finden konnten. Schlägermützen trugen sie beide, Hosen, die zu kurz waren und an vielen Stellen schon fadenscheinig, dicke grobe Jacken, Friedrich hatte, aus Protest, wie er meinte, noch ein grünes Seidentuch um den Kragen des Baumwollhemdes geschlungen. Was hatte er gemeint? Daran werde es nicht liegen, sollten sie auffliegen. Eher vielleicht daran, dass es Sonntag war. Suchten Tagelöhner an Sonntagen nach Arbeit? Ihre Idee war gewesen, dass es ums Schloss herum nicht so belebt war wie an Werktagen. Und geliefert wurde sieben Tage die Woche.

«Ja», sagte Friedrich nun und hielt endlich seine Füße für einen Moment ruhig. «Ich auch.»

Der Lieferwagen stand direkt vor dem Eingang der Entbindungsstation. «Kolonialwaren und Südfrüchte von Burgmer», stand groß darauf geschrieben. Wenn der Fahrer in der Tür erschien, mussten sie schnell handeln. Doch nun tauchten zuerst ein Arzt und eine Krankenschwester auf. Sie blieben auf der Treppe stehen und blickten sich in die Augen. Die Schwester sagte etwas, der Arzt nickte. Wenn der Fahrer genau jetzt auftauchte, dann stand ihr Plan auf der Kippe.

Florentine hatte es berichtet, und er selbst hatte es am Vortag überprüft. Der Fahrer hielt jeden Tag, so hieß es, an der Entbindungsstation an. Mit einer Frucht in der Hand, heute war es eine einzelne Banane gewesen, lief er eilig in die Station hinein, um dort, und jetzt begab man sich auf das Feld der Mutmaßung, einer Schwester oder Hebamme seine Aufwartung zu machen.

Ein Krankenwagen fuhr langsam auf das Gelände der Charité, blockierte für einen Moment den Blick auf die beiden, die in ein romantisches Gespräch vertieft schienen, und als der Krankenwagen weiterrollte, war die Treppe wieder frei.

Und da erschien der Fahrer. Mit leeren Händen blieb er kurz stehen und lächelte, ohne ein Publikum zu haben. Dann ging er die wenigen Schritte zu seinem Wagen.

Das war der Moment, in dem Friedrich losstürzte. Joseph folgte ihm auf dem Fuße und sah, wie Friedrich den Fahrer in die Kabine stieß und hinter ihm hineinsprang. Es dauerte keine Sekunde, so erschien es Joseph, bis er dem Mann die Fahrermütze über beide Ohren und Augen gezogen hatte. Dann hielt er den Mann so fest, wie es eben ging. Joseph stieg den beiden hinterher und startete den Lieferwagen. Es war einfacher gewesen, als sie es sich vorgestellt hatten.

63.

Am Steuer zu sitzen, war nicht, was Florentine so irritierte. Es war die schiere Größe des Lieferwagens. Die heimliche Lehrstunde mit Ernst hatte auf dem Rückweg von Nauen stattgefunden, und Vaters Benz war schon geräumig, doch diese Maschine hier kam ihr vor wie ein Haus auf Rädern.

In der Linienstraße hatte sie den Wagen von Friedrich und Joseph übernommen. Den Fahrer hatten sie an einer großen Baustelle geknebelt und gefesselt abgelegt, ihr hatten sie alles Gute gewünscht. Hatte sie Tränen in Friedrichs Augen gesehen? Florentine meinte, nackte Angst in seinem Gesicht wahrgenommen zu haben. Sie war froh, dass er geschwiegen hatte, denn was er auch hätte sagen können in dem Moment, im schlimmsten Fall hätte es geklungen wie letzte Worte an eine Sterbende.

Doch das war sie nicht. Sie war lebendig, und sie wollte den heutigen Tag überleben.

Florentine wusste um die Gefahr, in die sie sich begab. Die Entscheidung war schließlich ihre gewesen, niemand hatte sie gedrängt. Weder Friedrich noch Joseph, nicht einmal Ernst hätte das gewagt.

Nun zog sie die Kappe tiefer ins Gesicht, als sie die Spree unter der Ebertsbrücke sah. Bis Unter den Linden würde sie fahren und sich dann auf dem breiten Boulevard dem Schloss nähern. Sie war ein wenig später unterwegs, als der Wagen im Schloss erwartet wurde. Nach Steglitz zu fahren und Früchte gegen Sprengstoff auszutauschen, hatte Zeit gekostet. Weder hatte sie Emilie darüber befragen wollen, ob es eine Art Zeitplan gab für die tägliche Lieferung der Kolonialwaren, noch hatte sie die Freundin drängen wollen, ihren Vater auszuhorchen.

Die Kappe war zu weit. Der Fahrer hatte einen deutlich größeren Kopf als sie, allerdings brachte dies den Vorteil mit sich, dass sie sowohl ihr Haar darunter verstecken konnte als auch die obere Partie des Gesichts. Der Bart saß immer noch fest. Wie gut, dass Emilie so eine begeisterte Amateurschauspielerin war.

«Du darfst kein Wort darüber verlieren», hatte sie auf Emilies erste und einzige Nachfrage nur geantwortet. «Es ist für mich das Beste, und für dich auch.»

Der Bart kratzte unter der Nase, also bog sie vorsichtig die Enden nach unten. Sie tat es im Grunde nicht anders als all die Männer, die immerzu das Ende ihres Schnauzbartes mit dem Finger nachzwirbelten, sei es aus Stolz auf das schöne Stück, sei es, um zu überprüfen, ob er noch richtig saß und nicht durch schlechte Pflege vielleicht den Kaiser lächerlich machte. Ihr Zwirbelbart war möglicherweise ebenfalls geeignet, den Kaiser lächerlich zu machen, denn er ragte doch über ihren schmalen Kopf hinaus.

Florentine erinnerte sich, wie Emilie einst auf einem ihrer Tee-Empfänge den Kaiser parodiert hatte. Sie waren allein im Haus gewesen, so allein natürlich nur, wie man sein konnte, wenn die Herrschaft außer Haus war. Gerlinde und die anderen Bediensteten hatten sie aus dem Salon geschickt, und Emilie hatte Wilhelm den Zweiten nachgemacht, nachgeäfft, bis hin zu dem kurzen linken Arm. Die Parodie war nicht so gut gewesen, wie Emilie es gehofft hatte, denn schließlich war der Kaiser kein Monster, weil er einen kurzen Arm hatte, sondern weil er tat, was er tat, und weil er zuließ, was das Militär in Kamerun und in Deutsch-Ostafrika und in Deutsch-Südwest anrichtete. Trotzdem hatte Emilie die Behinderung betont und den Arm schlackern lassen, obwohl der Kaiser selbst ihn eigentlich immer sehr steif an der Seite hielt. Sie hatten alle herzlich gelacht, weil sie Emilie nicht enttäuschen wollten und weil es guttat, sich über diesen Mann lustig zu machen, auch wenn es aus den falschen Gründen geschah.

Links das Zeughaus, rechts die Oper, da vorn war schon die Schlossbrücke. Es waren viele Menschen unterwegs. Der Sonntagsspaziergang.

Das Schloss ragte nun vor ihr auf wie eine Festung. Auf eines kam es zunächst an, und nur darauf. Würde sie einfach durchgewinkt in den Hof? Oder würden die Wachen sie inspizieren? Dann hatte sie nicht viele Möglichkeiten, unerkannt zu bleiben. Sie schüttelte kurz den Oberkörper, um den zu großen Anzug, dessen Schultern nach vorn fielen, zu richten. Besser, dachte sie, die Schultern wirkten möglichst breit. Wenn der Anzug so groß war, waren immerhin ihre Brüste ausreichend verdeckt, auch ohne dass sie sie abband. Sie passierte das erste große Schlossportal.

Als sie am zweiten vorüberfuhr, tastete Florentine die Tasche ihres Jacketts ab. Darin befand sich, was ihr am meisten Respekt abverlangte. Sie bremste den Wagen, tat dies vielleicht etwas zu heftig und war froh, dass die beiden Wachen am dritten, kleineren Portal nicht darauf reagierten. Sie standen da, direkt neben der Einfahrt, Gewehr über der Schulter, und starrten in Richtung des

Doms oder ins Nirgendwo. Langsam, sicher viel zu langsam, lenkte sie das Auto auf den Hofeingang zu.

Sie fuhr Schritttempo, langsamer sogar, das hatten sie so vereinbart. Die Kappe noch ein wenig tiefer ins Gesicht gezogen, erneut die beiden Enden des angeklebten Bartes überprüft, die Schultern nun doch nach vorn gezogen, den Blick stur geradeaus gerichtet, wusste sie nicht, was folgen würde. Blickten die beiden Wachen in die Fahrerkabine?

Wollten sie ihr Gesicht sehen? Öffneten sie den Wagen? Erwarteten sie, dass sie ausstieg und die beiden Türen am hinteren Ende selbst aufmachte? Was hatte Ernsts Gewährsmann gesagt? Sie erinnerte sich mit einem Mal an nichts mehr.

Jetzt stand sie mit dem großen Gefährt direkt vor dem Eingang.

Falsch gemacht hatte sie bislang offenbar nichts, sonst hätten die beiden sich gerührt. Florentine ruckelte den Lieferwagen noch einen Meter nach vorn. Immer noch nichts. Jedenfalls rührte sich keiner der beiden Männer. Also setzte sie noch einen Meter nach vorn und dann einen weiteren und war schon mitten in der Einfahrt. Jetzt würde sich etwas ergeben. Ein Klopfen, ein lautes Hallo, Hände, die sie aus der Kabine zerrten, ein Schuss, in den Kopf oder ins Herz. Doch noch immer geschah nichts, gar nichts. Der penetrante Ölgeruch musste doch auffallen. Aber produzierten Automobile nicht ohnehin Rauch und Gestank?

Der Hof war leer, das fiel ihr jetzt auf. Und sie wunderte sich darüber. Doch es war Sonntag. Und es war Gottesdienstzeit. Wer konnte, war in der Kirche, es gab ja eine

Kapelle hier im Schloss, oh weh, daran hatten sie gar nicht gedacht, alle würden sie dort sein, und ganz kurz war da der Gedanke, umzukehren und den Eingang zur Kapelle zu suchen, um den Wagen dort abzustellen, wäre das denn nicht ohnehin der bessere Weg?

Niemand klopfte an den Wagen.

Keiner blickte zu ihr hinein.

Vor ihr hastete nun doch jemand, ein älterer Mann, quer über den Hof. Sie musste sich zusammenreißen. Rechts, dort, wo der Mann hergekommen war, das war der Flügel, den Friedrich gesehen hatte, und links lagen die ältesten Teile des Schlosses, von vor hundert Jahren oder zweihundert, nein, alles war noch viel älter. Es war keine Erinnerung mehr in ihrem Kopf an all das, was man in der Schule einst gelernt hatte. Der Mann war inzwischen wieder verschwunden.

Niemand klopfte, es wurde nicht gezerrt oder geschossen. Dort rechts, dort sollte sie anhalten. Also fuhr sie vor, rollte so bedächtig, wie es nur ging, an die Seite im Hof. Sie sah eine Flügeltür und dahinter noch eine. Sie sollte wissen, wo zu halten war, schließlich war sie der Fahrer, und der Fahrer wusste das. Dabei war sie völlig ahnungslos. Dann war da auch eine dritte Flügeltür. Alle geschlossen, keine Menschenseele zu sehen. Warum hatte Ernst nicht gefragt, wie es hier abzulaufen hatte? Oder hatte er es doch getan und vergessen, sie davon zu unterrichten? Nein, Ernst vergisst so etwas nicht.

Florentine entschied sich für die mittlere der Türen. Stoppte den Wagen. Hörte ihr Herz laut pochen. Und wusste dann nicht weiter.

Aber sie hatten es doch besprochen. Und sie hatte es vor den anderen wiederholt. Und für sich auch, ganz leise vor dem Spiegel, als sie sich vergewissert hatte, dass sie wirklich und aufrichtig tun wollte, was zu tun war. Dieses Schloss in die Luft zu jagen.

Der Begriff kam ihr mit einem Mal seltsam vor. Was konnte man schon in die Luft jagen? Ganz kurz stellte sie es sich vor. Das Schloss. In die Luft gejagt. Und schüttelte den Kopf. Ein dummes Bild. Und du musst nun aussteigen.

Und was dann?

Sie öffnete die Fahrertür.

Versuchte, sich zu erinnern.

Tu etwas.

Doch was, fragte eine Stimme.

Wer fragte?

Aber sie hatte es sich doch aufgesagt, eben noch, am Morgen, wieder und wieder.

Tu es jetzt, sagte sich Florentine.

Also stieß sie die Tür weit auf.

Die schweren Beine musste sie nicht simulieren, trotzdem stellte sie sich vor, sie wäre ein Mann, als sie die Füße auf den Boden setzte. Theodors Schuhe hatte sie vorn mit Zeitungspapier ausgestopft. Sie drehte sich schwerfällig zur Seite und hatte dabei das Gefühl, aus dem Anzug herauszufallen. Mit den groben Bewegungen eines Mannes tat sie die wenigen Schritte zum Heck des Lieferwagens und öffnete den ersten Flügel. Gleich ging es los.

Dann legte sie eine Hand an die zweite Tür, die andere überprüfte noch einmal, ob die Pistole immer noch in der Jackentasche darauf wartete, benutzt zu werden.

Langsam zog sie die Tür auf und wurde beinah überwältigt vom Geruch des Öls, das Joseph und Friedrich großzügig über den Dünger verteilt hatten. Kurz musste sie husten, sie ließ es zu, unterdrückte das nächste Mal, holte Luft, musste erneut husten, füllte die Lungen noch einmal mit Luft, und dann sollte es tatsächlich losgehen.

Mit so tiefer Stimme wie nur eben möglich rief sie: «Hilfe!»

Dabei drehte sie sich um und ging mit schnellen Schritten auf die Einfahrt und die beiden Wachen zu, die sich jetzt um- und ihr zugewandt hatten.

«Hilfe!», rief sie wieder, wobei es sich mehr wir Hülfe anhören musste, was sie ausstieß, doch war das gleich, völlig gleich, denn die beiden kamen auf sie zugelaufen. Florentine beschleunigte jetzt, um die beiden so nah an der Durchfahrt zu erreichen wie möglich. So hatte Ernst es geplant. Ernst, immer wieder Ernst, der so viel wusste. Und es war tatsächlich so, dass sie die beiden erreichte, als sie gerade unter dem Torbogen angekommen war.

«Da», sagte sie nur und zeigte auf den geöffneten Wagen. Und als die beiden Wachen mit ihr auf gleicher Höhe waren, wandte sie sich um, holte die Pistole aus der Jackentasche und zielte sehr genau.

64.

Am Morgen des gleichen Tages, des 28. Juni 1914, überprüfte Franz von Harrach, der Adjutant des Thronfolgers der österreichisch-ungarischen Monarchie, seinen Wagen der Marke Gräf & Stift, einen Doppel-Phaeton, den er für die Fahrt durch Sarajevo zur Verfügung gestellt hatte. Selbst würde er während der Fahrt auf einem Klappsitz direkt vor Franz Ferdinand und seiner Gemahlin Sophie sitzen. Es handelte sich bei dieser Fahrt um eine Repräsentationspflicht des Hofes. Man musste sich dem Volk manchmal zeigen. Das eigentliche Interesse des Thronfolgers galt dem Abschluss des Manövers zweier Korps der österreichisch-ungarischen Landstreitkräfte in Bosnien. Die Fahrt durch die Straßen der bosnischen Hauptstadt war schlecht vorbereitet, die Sicherheit des Prinzenpaares nicht gewährleistet. Aber es würde schon alles gut gehen. Weil eben meistens alles gut ging.

65.

Was hier gleich geschehen sollte, lag nicht in seiner Verantwortung, dachte Leutnant Peterhardt. Nicht mehr. Er hatte seine Pflicht getan und die Polizei in Berlin sowie Steglitz von den Ergebnissen seiner Arbeit unterrichtet. Nun stand er vor dem Haus dieses Malers, Schneider hieß er, und holte die Taschenuhr hervor. In zwei Minuten war es schon Mittag. Er hatte nicht erfahren, ob die Polizei um zwölf Uhr hier hatte auftauchen wollen oder ob sie vielmehr aufbrechen wollte um diese Zeit. Nicht einmal, wer die Verhaftung vornehmen wollte, hatte man ihm gesagt.

Er hatte seine Arbeit getan und die zusammengetragenen Informationen an die zuständigen Stellen weitergeleitet. Was nicht viel mehr bedeutete, als das Gespräch mit dem Hauptmann Spengler zu suchen. Der wiederum, das war sein Vorrecht, hatte die Polizei über Peterhardts Ermittlungsergebnisse in Kenntnis gesetzt und, so war sein Eindruck, im Gegenzug erfahren, wann hier in Steglitz losgeschlagen werden würde. Am Sonntag, da wurde bei Mord, jedenfalls bei einem solchen, keine Zeit verschwendet.

Nun, sicher wurde nicht losgeschlagen. Hier würde man nicht mit dem Mannschaftswagen vorfahren, nicht auftreten wie in einem Arbeiterquartier. Es war keine Gegenwehr zu erwarten. Ah, da kamen die Kollegen. Nicht immer verwendete er diesen Begriff, Kollegen, man war sich doch nicht immer grün. Aber heute war er in Gönnerlaune.

Zwei Wagen waren es nur. Als sie vor dem Haus der vom Baums hielten, näherte Peterhardt sich langsam. Er hatte kein anderes Interesse, als zu beobachten. Aus beiden Autos stiegen je zwei zivil gekleidete Männer. Natürlich konnte man erkennen, dass es sich um Polizisten handelte, wenn man, wie er, den Blick dafür hatte. Einer der beiden, ein Großer mit beinah schwarzem Haar und Bart, blickte sich um und sprach einige Worte zu den anderen, die stehen blieben. Der Mann kam auf Peterhardt zu.

«Leutnant Peterhardt?», fragte er. Die Hand ausgestreckt, sagte er seinen Namen, der mit dem Buchstaben R begann. Peterhardt meinte, danach noch ein A zu verstehen, dann aber rumpelte es irgendwo, weit entfernt, doch deutlich, ein Donnern war zu hören, das sich fortsetzte wie der Hall in einer großen Höhle. Der Mann, dessen Namen mit R begann, auf das mutmaßlich ein A folgte, zog seine Hand wieder zurück, blickte Peterhardt an, so als habe der den Donner zu verantworten, dann drehte er sich zunächst halb um. Seine Kollegen auf der anderen Straßenseite reagierten so ratlos, wie sich Peterhardt fühlte. Einer öffnete die Hände, der Nächste hob die Schultern, der Dritte schüttelte den Kopf.

«Was war das?», fragte der, der mit den Schultern gezuckt hatte.

Der, der die Hände geöffnet hatte, öffnete sie erneut. Der Kopfschüttler schüttelte noch einmal den Kopf. Der Mann mit dem Bart und dem R drehte sich wieder Peterhardt zu, dann ganz den Kollegen und wandte sich doch noch einmal um.

«Was meinen Sie?», fragte er Peterhardt.

Er wusste es nicht zu sagen. Sie hatten ein mächtiges Grollen gehört, gefolgt von einem schweren Donner, dessen Erschütterung er noch unter den Füßen zu spüren gemeint hatte. War es ein Munitionsdepot?, fragte er sich. Hochgegangen in einer Kaserne durch die Nachlässigkeit eines unerfahrenen Gefreiten? «Ich weiß es nicht», sagte er. Hinter ihm wurde ein Fenster geöffnet oder eine Tür.

Der Mann, dessen Name mit R begann, hatte sich mittlerweile wieder zu den anderen Polizisten begeben. Gemeinsam gingen sie zur Haustür, wo einer von ihnen vortrat und anklopfte. Er dauerte sicher eine halbe Minute, bevor eine Mamsell öffnete und sich anhörte, was es zu sagen gab. Sie ließ die Herren vor der Tür stehen und verschwand wieder in Haus. Nur einen Moment später stand Frau vom Baum in der Tür. Peterhardt näherte sich dem Haus noch ein Stück an und konnte sehen, wie die Frau ihre Arme in Abwehr vor der Brust verschränkte. Dann drehte auch sie sich um und ließ die Tür weit auf.

Im Grunde genommen wusste Peterhardt, dass die Explosion, sicher war es eine Explosion, nichts mit einem Munitionsdepot zu tun haben konnte. Statt einer gewaltigen hätte es zahlreiche kleinere und auch größere Erschütterungen gegeben.

Die vier Polizisten warteten noch vor der Tür und wechselten kein Wort miteinander. Als Frau vom Baum erneut in der Tür erschien, hielt sie das Mädchen an der Hand, Gerlinde Froh war ihr Name, das wusste er nun. Der Ausdruck auf ihrem Gesicht wurde dem Familiennamen nicht gerecht, dachte Peterhardt. Das Mädchen hatte weit aufgerissene Augen und hörte sich an, was der erste Polizist zu sagen hatte. Daraufhin brach sie in Tränen aus. Zwei der Polizisten griffen sie an den Armen und führten sie zu dem zweiten Wagen, mit dem sie vorgefahren waren. Einer der beiden stieß sie in die Kabine und kletterte hinter ihr her. Der andere wartete darauf, ob an der Haustür noch etwas geschah. Doch die war schon wieder geschlossen worden.

Die beiden Wagen fuhren los. Das alles hatte kaum einige Minuten gedauert. Als der zweite Wagen seinem Blick entschwunden war, spürte Peterhardt wieder den Zweifel aufkommen, gerade im Licht der verworrenen Geschehnisse. Schon am Morgen hatte er sich gefragt, ob dieses junge Mädchen tatsächlich den Mord begangen haben konnte, und sei es unterstützt von Brüdern oder dem Vater. Und wenn nicht ... nun, dann eben nicht. Die Polizei würde sie in jedem Fall hart anfassen. Sie war nur irgendein Mädchen.

In der Ferne, über der Mitte Berlins, sah August Peterhardt eine riesige Staubwolke aufsteigen.

«Hilfe!» Das war die Stimme einer Frau in seinem Rücken.

Er drehte sich um und sah eine stämmige Braunhaarige auf ihn zuhasten, mit der vor Tagen geredet zu haben er sich erinnerte. Sie hatte irgendetwas an den Händen.

«Hilfe!», rief sie erneut. Und dann: «Der Maler ... der Maler ist tot.»

Erst als sie bei ihm stand und ihn am Arm packte, wusste er, dass ihre Hände voller Blut waren. «Der Maler ist tot.»

«Warum?», fragte August Peterhardt und schalt sich gleich für die dumme Gegenfrage. «Was ist denn passiert?» Das klang deutlich intelligenter.

«Mit dem Messer», sagte die Braunhaarige. «Er liegt im Atelier. Das ganze Blut. Und das Bild ist ganz rot. Das Bild ...» Jetzt schluchzte sie und sagte: «Der Ernst war das. Bestimmt der Ernst. Dem hab ich nie getraut.»

«Wer ist denn Ernst?», fragte Peterhardt. Und als es ihm einfiel, fragte er auch noch: «Wo ist denn dieser Ernst?»

Danksagung

Dieser Roman hätte nicht entstehen können ohne die Freundlichkeit und Klugheit von Christian von Ditfurth, Orkun Ertener, Norbert Finzsch, Tom Franke, Henriette Gunkel, Gerda Heck, Robert Heck, Michael Henrichs, Anette Hoffmann, Matthias Penzel, Dorothee Plass, Sibylle Schubert, Lutz Semmler, Klaus Viehmann, Patrick Wagner und Joachim Zeller. Tiefen Dank dafür.